白夜に沈む死 上

オリヴィエ・トリュック

石油景気に沸く沿岸の町ハンメルフェスト。町に侵入するトナカイをめぐりトナカイ所有者と住人とのトラブルが絶えない。そんななかトナカイ所有者の青年が、本土から島の餌場にトナカイを移動させている最中に狼湾《ヴァリギスンド》で事故死した。数日後、同じ湾で市長が死体で見つかる。偶然かそれとも？　腑《ふ》に落ちないものを感じたトナカイ警察のクレメットとニーナだったが、青年が死亡した日にクレメットの叔父が撮った写真に怪しげな動きの人影が写っていた。日の沈まない夏の北極圏、北欧三国にまたがり活躍する特殊警察所属の警察官コンビが事件を追う。

登場人物

クレメット・ナンゴ……トナカイ警察の警官
ニーナ・ナンセン……クレメットの同僚
エリック・ステッゴ……トナカイ所有者
アネリー・ステッゴ……エリックの妻
ニルス・ソルミ……アークティック・ダイビング社のダイバー
トム・パウルセン……ニルス・ソルミのダイビング・パートナー
エレノール……ニルス・ソルミの恋人
レイフ・モエ……アークティック・ダイビング社の潜水作業指揮者
マルッコ・ティッカネン……不動産仲介業者
ヘニング・ビルゲ……フューチャー・オイルの代表者
ビル・スティール……サウス・ペトロリウム社の北ノルウェー代表者
グンナル・ダール……ノルグオイルの代表者
ラーシュ・フィヨルドセン……ハンメルフェスト市長
ユヴァ・シック……
モルテン・イーサック……
ヨーナス・シンバ……
（以上三名）トナカイ所有者

スサン……………………トナカイ所有者
オラフ・レンソン………トナカイ所有者、サーミ議会の議員
アンタ・ラウラ…………サーミ人芸術家
ニルス・アンテ…………クレメットの叔父
ミス・チャン……………ニルス・アンテの恋人
エレン・ホッティ………ハンメルフェスト警察署の警部

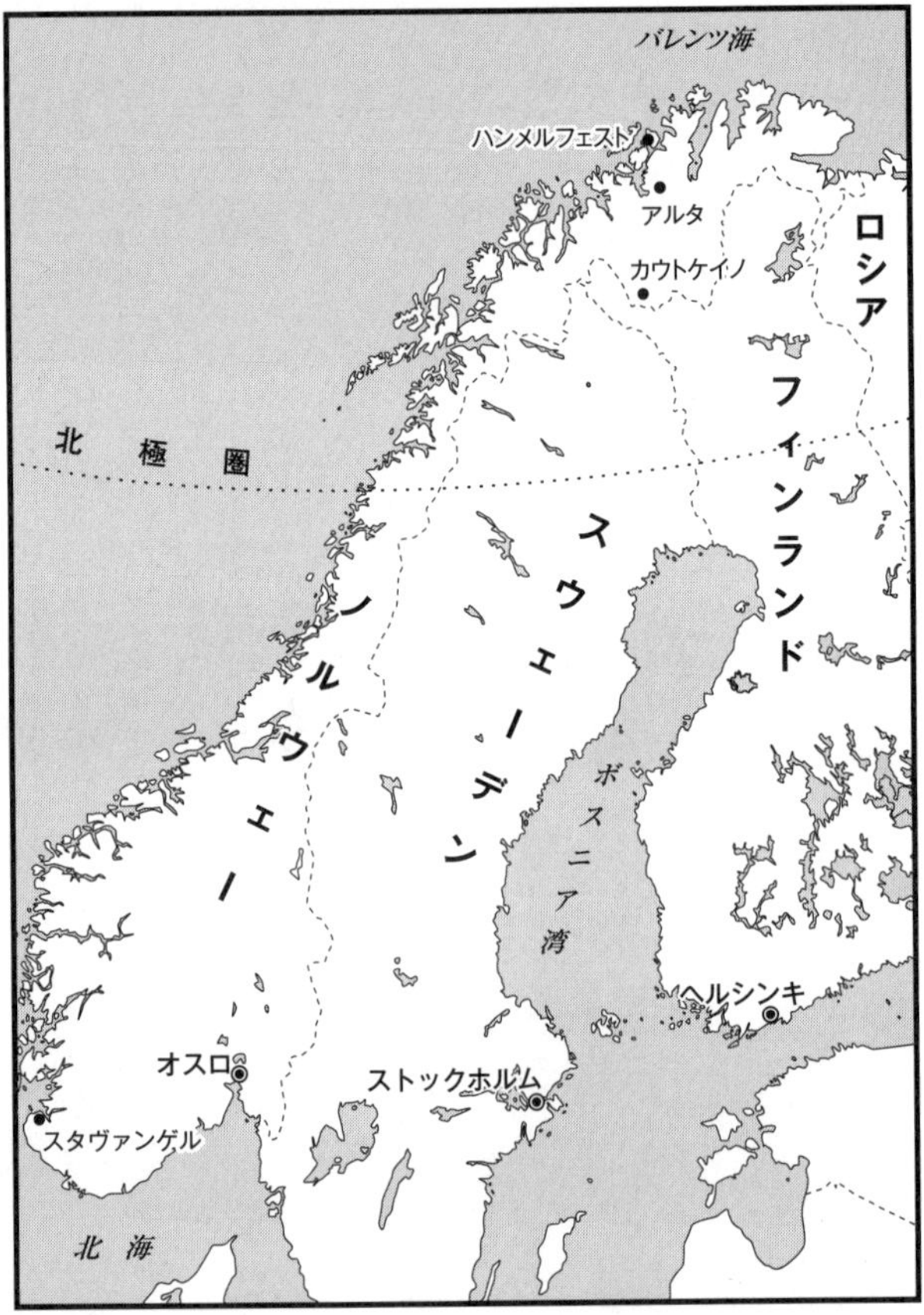

バレンツ海
ハンメルフェスト
アルタ
カウトケイノ
ロシア
フィンランド
北極圏
スウェーデン
ノルウェー
ボスニア湾
ヘルシンキ
オスロ
ストックホルム
スタヴァンゲル
北海

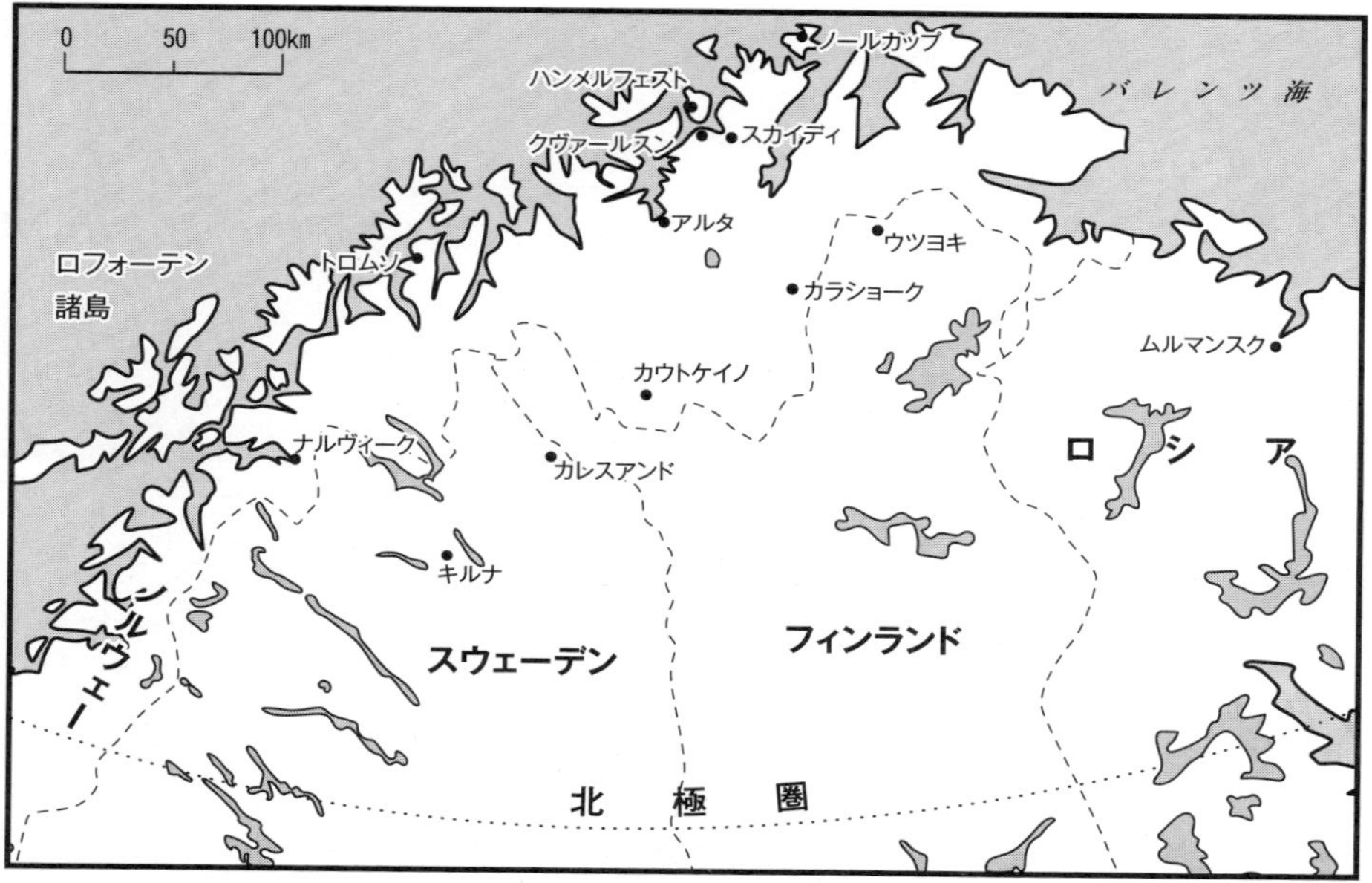

0
50
100km
ノールカップ
ハンメルフェスト
バレンツ海
クヴァールスン
スカイディ
アルタ
ウツヨキ
ロフォーテン諸島
トロムソ
カラショーク
ムルマンスク
カウトケイノ
ナルヴィーク
カレスアンド
ロシア
キルナ
ノルウェー
スウェーデン
フィンランド
北極圏

白夜に沈む死 上

オリヴィエ・トリュック
久 山 葉 子 訳

創元推理文庫

LE DÉTROIT DU LOUP

by

Olivier Truc

白夜に沈む死　上

マロウへ

〝昨夜はひどい夜だった。なぜまたそう書いているのだろう。他の夜は平気だったように聞こえてしまう。吐き気。口に当てた枕。最悪だ。悪夢。溺れる夢。またた。もう終わりにしてしまいたい。しかし他の夜のように救いが――そうまた、岩の上を歩く。ここは月面みたいだ。だがここには空気がある。ここで生き延びられるなんて、おかしくなったやつだけ。おれのように。空気。空気。何も飲んでいないのに酔っ払ったような感覚。酸素が溢れている。肺が。息を吐く。息を吸う。気が遠くなる。少しましだ。お前ら、どっかに行け！　吹き飛ばしてやる！　消えてくれ、おれの夜はおれのものだ。わかったか？　宙で爆発してやる。そうすればもう追ってこられない。宙。空気、やっと。いや、だめだ。誓ったのだから。自分の命は奪わないと。約束した。誓った。そして頭を撫でた。あの子、あの子はどこだ。お前はどこにいるんだ？　ひどい精神状態だ。恐ろしくてたまらない。なぜあんなことを誓ったりしたんだ……〟

1

四月二十二日　木曜日
日の出：三時三十一分、日の入：二十一時十五分
十七時間四十四分の太陽
ノルウェーのサプミ（伝統的にサーミ人が暮らしてきた土地）　狼湾《ヴァリギスンド》　十時四十五分

もう一時間以上、男たちは姿を隠している。

それよりもっと前から隠れている者もいた。五百メートル離れた両岸に計画的に配置され、忍耐強く待機している。鯨島《クヴァールエイヤ》側で待ち伏せている男たちなど、昨夜からそこに控えているのだ。

太陽がもうかなり長い間、ずっと高いところで、彼らの上で輝いている。

今はまどろむことはできない。誰かに気づかれずに動くことも難しい。

四月中旬、太陽は夜遅くまで照りつける。

しかし誰も夜のことは話していない。男たちはしっかりと目を開き、根気よく合図を待っている。

ボートの中では茶色の人影が、やはり身動きひとつせぬまま横たわっている。

顔の周りを虫が飛び交っても、男たちは顔色ひとつ変えない。雨風にさらされ、よく日に焼けた顔。凍原《ツンドラ》の大地に生きる人間たちだ。その目はどんな動きも見逃すまいと、瞬きすらしないかのようだ。幾人かは退屈しのぎにタバコを吸っている。匂いが届かない距離だからだが、それでもまずは風向きを確かめた。魔法瓶からコーヒーを飲んでいる者もいる。トナカイの干し肉をしゃぶったり、携帯電話でニュースを読んだり、ユーチューブの動画を観たりもしているが、イヤフォンを入れるのは片耳だけで、もう一方の耳はじっと澄ましている。

エリック・ステッゴはボートに横たわり、空を見上げている。暑くなってきた。まもなく不快なほどになるだろう。気温はせいぜい三、四度だが、何重にも着こんでいるせいで暑かった。

海岸はまだ雪に覆われている。解け始めてはいるが、雪の白さはその低いなだらかな丘の連なりの中でもっとも目を引く色だった。

ゆっくりと身体をひねると、今までに何度となく通った小道が目に入った。

着ているものを一枚脱ごうかとも考えたがそうせずに、心地よいけだるさに身を任せた。波の揺れに気分が明るくなり、波音のおかげで目を覚ましていられた。

ボートは本土に近い岸で待っている。狼湾の南側だ。

横たわっている状態では見えないが、向こう岸に立つ〝捧げ物の岩〟が目に浮かんだ。天に向かってそびえ立つ岩だ。

かつては祖先が何世代にもわたって、今エリックやその親族友人がやろうとしている作業の前に、神妙に岩の前に立ったのだ。彼らもこの作業が危険だということを知っていた。いかにして危険を回避するかも。回避できるのは、運命が慈悲を与えてくれる場合だけだが。

ボートに横たわる若いエリックは、岩に捧げ物をする時間がなかった。だからユヴァに頼んだ。ユヴァはやると約束してくれた。約束は神聖だ。

音が近づいてきた。群の一部が彼のほうにやってきたのだ。エリックはボートの中で身を縮めた。数十メートル先で怯えた息遣いを感じる。小石を踏みつける音。しかし息はそれ以上近づいてこない。また静かになった。決定的な瞬間だが、静かだった。

いよいよかと緊張したせいで、エリックは汗だくになった。安堵の吐息をつき、先ほどの怯えた息遣いのことは忘れ、またあのとがった岩と捧げ物のことを考えようとした。頭から信じているわけではないが、神秘的なところがロマンチックで好きだった。

そこに存在する美に対して魂や目を開くことができたのは、アネリーのおかげだった。それは彼女のためでもある。自分たちのために、何もかもうまくいってくれなくては困るのだ。

エリックはまた集中しようとした。身体を起こして見回すわけにはいかないが、高まり続ける緊張感に、その瞬間が迫っているのがわかる。

すぐそばで五百頭ものトナカイが、急な傾斜を下りた小石だらけの海岸にひしめきあっている。みつかった餌を食べ、塩を含んだ海藻も探し、ときおり不安げに頭をもたげて対岸を見つめる。鯨島のほうを。トナカイたちの最終目的地であるその大きな島からは、バレンツ海の北風に乗って草の香りが運ばれてくる。まだ六月ほど豊かな緑ではないが、ここ半年間雪に埋もれた地衣類のみという無味乾燥な食生活を続けてきた群には抗《あらが》いがたい誘惑だ。トナカイたちは不安を募らせ、そわそわしている。もう待ちきれないのだろう。雌トナカイは対岸に渡るまでは仔を産まない。しかしトナカイが島にやってくると、そのせいで町の緊張がさらに高まる。例年のように。しかしリーダートナカイは対岸に何が待っているかを理解している。中でもユヴァの白トナカイは誰よりも経験豊かだ。そのトナカイが対岸への移動を開始してくれるはずだ。例年より数週間も早くここに集まったのは、白トナカイが老いてきたせいだろうか。しかし今年は実際、移動路ぞいの餌の状態があまりよくなく、白トナカイは仲間を率いてどんどん先に進んだ。本能的にそれが打開策になると感じたのだろう。牧夫には群を追うことしかできない。それがヴィッダ――ここサプミの砂漠のような高原――の掟なのだ。

姿は見えずとも、エリックにも群の緊迫感が伝わってきた。トナカイの激しい吐息がエリックの鼓膜《こまく》に打ちつける。濡れた小石の上を滑る蹄《ひづめ》の響きが、他の何よりも情報を与えてくれる。

エリックは空だけを背景に、牧夫を一人一人はっきりと見分けることができた。彼らは硬い表情で、不安を押し殺したまま姿を隠している。わずかな失敗も許されないことは痛いほどわかっている。失敗するわけにはいかないのだ。そう、今だけは。ちょっとした動きで、丸一日の労働が水の泡になる。それでもまだましなほうだ。最悪のシナリオは想像したくもない。エリックはまた白昼夢を見始めた。

長いことあおむけに横たわっているといつも、事故で身体が麻痺《まひ》したらどうなるだろうかと想像してしまう。そしてやんちゃだった子供時代も思い出す。他の少年たちといくらでもいたずらを思いついたあの頃。

幼い頃はそんなこと考えもしなかった。しかし麻痺という発想がどこからきたのかはわかっている。真冬のある晩、叔父の一人がよその放牧地へと迷いこんだトナカイを探しに出かけ、スノーモービルで事故を起こして障害を負ったのだ。ヴィッダにおいては日常的な出来事、しかしエリックはショックを受けた。スノーモービルを完璧に乗りこなせるようになったのはその叔父のおかげだったからだ。仲がよくて、タバコも彼から教わった。本物のトナカイ牧夫らしく、冬には手を丸めてタバコの火が消えないようにすることも。しかしエリックも今や二十一歳で、もう大人の男だった。

アネリーと出会ったことでエリックはすっかり落ち着いた。いまだに騒ぐのが好きな友人たちには驚かれたが。いや、自分でも驚いた。太陽の女のそばで、あっという間に成熟したのだ。初めて酒を飲んだときもショックを受けた。あの感覚は忘れられない。驚き。吐き気。恥ずかしさ。それ以来、酒は飲んでいない。

今ではもう、アネリーなしでは生きていけない。

それ以外の人生は存在しない。

アネリーの言葉にも激しく心を揺さぶられた。彼女が話すとこの世が美に満たされる。彼女の言葉は雲でできているみたいだ。雲と同じ類の清らかな白さ、そしてふわふわした柔らかさ。

エリックはよくアネリーの言葉を自分でもつぶやいてみる。そして自分の不器用さに苦笑する。彼の口からは同じ言葉が並んで出てくるだけ。そのとおりに再現されてはいるが、魅力に欠ける。同じ音節がアネリーの唇から洩れると、五感を強く揺さぶられる。人々は立ち止まり、彼女の言葉に耳を傾ける。そして彼女は美しい。彼女の言葉にエリックは心を揺さぶられる。

しかしその瞬間、アネリーのことは頭から消えた。

ついに始まったのだ。

白トナカイが心を決めたようだ。

見事な角の白トナカイが今、水に飛びこんだ。そして他のトナカイもそれに続くはずだ。時間はかかるが、いちばん幼いトナカイですらもそれほど躊躇《ちゅうちょ》しないはずだ。空気を含んだ毛皮のおかげで水に浮くことができる。

転がる小石の音が小さくなると、エリックはついにそっと頭をもたげ、状況を確認した。もうトナカイたちが彼のほうを見ることはない。対岸にだけ集中し、長い列を矢じりのような形に広げて泳いでいる。

周囲は落ち着いていた。牧夫たちはまだ姿を隠している。

ずっと遠くに、鯨島と本土を結ぶ橋が見えている。エリックは少し頭を上げ、ユヴァが捧げ物をした岩を見つめた。ユヴァのことはよく知っているから、リースを捧げたはずだ。

両岸の男たちはまだ姿を現していない。

しかしそのとき、エリックは群に不安が広がるのを感じた。

何かが起きたのだ。

エリックは少し背筋を伸ばした。

その視線が対岸にたどり着いたとき、エリックは息をのんだ。自分の目が信じられなかった。一瞬、こんなことは現実にありえないと思った。しかしすぐに状況を理解し、ボートの中で飛び起きると、エンジンをかけた。

こうなるともう、姿を見られようと見られまいと関係がなかった。

リーダートナカイたちは対岸を目指すのをやめ、湾の真ん中でぐるぐる回り始めた。死の円舞が始まったのだ。

円になって泳ぐトナカイが増えるごとに、渦がはげしくなる。そして渦に吸いこまれて溺れる危険性が高まる。両岸では牧夫たちが物陰から出てきた。ボートも何艘か向かっている。

エリックはいちばん近くにいて、全速力で地獄の渦に突っこむのが自分の役割だとわかっていた。そうやってトナカイを追い散らし、渦を止めるのだ。

波が顔に叩きつける。幼くか弱いトナカイは必死に泳いでいるが、息ができなくなり、渦の中に消えようとしている。そのまま海の底へ吸いこまれるのだ。

エリックは速度を落とすことなく、パニックになったトナカイが密集した塊に突っこんだ。なんとしてでも追い散らし、渦を止めなければいけない。エリックはボートにしがみついた。波が激しい。白い水しぶきがトナカイの口から流れる泡と混じりあう。

エリックは大声をあげながら止まらずに進んだが、強くなる一方の波に揺られてボートのへりにぶつかった。ボートはトナカイにも当たり、恐怖に怯える瞳と目が合う。

ユヴァの白トナカイが目に入った。渦との激しい闘いに疲弊しきっているようだ。他のトナカイも水に沈みかけ、ごぼごぼと水を飲みながらあえいでいる。ボートはまだ激しく揺れているが、エリックにもトナカイの一部が円の中心とは逆の方向に泳ぎだすのが見えた。群の一部が向きを変えたのだ。しかしそのときエリックは足を滑らせ、ボートのへりに頭をぶつけた。血が流れるのを感じる。一瞬意識が遠のいた。ボートは危険なほど四方に揺れている。大嵐の只中にいるかのようだ。ほんの数十メートル向こうでは水面は穏やかで、空にも雲はほとんどないのに。

エリックは立ち上がろうとした。ボートがエンストしたので、再度エンジンをかけ、視界を遮る血をぬぐう。岸で牧夫たちが叫んでいるのが聞こえてくる。ボートで近寄ってくる男たちが手で合図をしている。溺れかけたトナカイのあえぎ。ボートにもぶつかってくる。恐怖に麻痺し、互いに衝突して角が折れ、波が船体に当たり、ボートに水が入ってくる。エリックは渦の中心に来ていた。

波に押されたトナカイが二頭、ボートに激しくぶつかり、その角がへりに渡されたロープに絡まった。トナカイたちはロープを外そうと怒り狂ったように頭を振った。エリックはバランスを失った。

泡立つ波に吸いこまれる直前、エリックが最後に目にしたのはふわふわの白い雲だった。

2

ハンメルフェスト　十六時三十五分

ニルス・ソルミは満ち足りた気分で顔を太陽に当てていた。ダイバーで構成されたいつもの仲間に囲まれて、パシャ（オスマン帝国の高官の称号）のようにふんぞり返っている。そこに近づいては肩を叩いていく者もいる。

ニルスはこのお気に入りのおしゃれなパブでくつろぐのが好きだった。数日前にはここのテラス席を完璧にしたい衝動に駆られ、自らバーカウンターのセットを購入した。目立つのも好きだから、購入品はヘリコプターでこの店まで運ばせた。

〈ブラック・オーロラ〉はオープンしてまだ数年のパブだ。鯨島の西岸に広がるハンメルフェストの町、それを見下ろす急な崖の上に建っている。

正面では輝く海と雪の積もった丘が溶け合っている。高台の下には町の中心部と港が見えていて、そこから海岸ぞいに沿岸道路が小さな半島へと続き、半島には航空機格納庫のような形の建物や原油の貯蔵タンクが建っている。町は海と丘に挟まれ、海岸にそってわずか数百メートルの幅の土地に建物がひしめきあっていた。

ハンメルフェストは第二次大戦時にドイツ軍が撤退するさい破壊しつくされた町で、こよなく美しいとは言いがたい。いや、美しいには程遠い。しかしヨーロッパ最北の町であり、その先には北極海という未知の水域が広がり、謎めいた雰囲気と冒険心が空気中に漂っている。明らかにそれが美よりも人を惹きつけるようだ。

道路は海岸ぞいに伸び、そのうちに地下のトンネルに入り、メルク島《エイヤ》という人工島に出る。外海にあるガス田〈白雪姫《スネーヴィート》〉の天然ガスを貯蔵、精製する工場島だ。ガス田に〈白雪姫〉という名前をつけるなんて、まったくおかしな発想だ。工場の煙突の先では絶え間ない炎が成功の色に閃《ひらめ》いている。

ニルスは脚にブランケットをかけ、その下でエレノールの手がこっそり身体を撫でるのを感じながら目をつむった。そのとき、人影が彼の前に立った。

「ニルス、あのバーカウンター……すげえな。まったくクレイジーだ。お前以外にこんなことをするやつはいないよ」

「おい、太陽を遮るなよ」ニルスは相手を手で追い払った。

お世辞を言った男はマック（トロムソにある世界最北のビール醸造所）のビール缶を手に立ち去り、ニルスの態度にまだ面食らったままデッキチェアにどすんと腰をかけた。空気は冷たいものの、冬は終わりに近づいている。気温はプラス二、三度だが、太陽の日射しに春の陽気を感じるには充分だった。

ニルスはスウェーデン人の女、エレノールのほうを向いた。自分の手を彼女の手におき、撫でるのをやめさせる。エレノールは金メッキのセックス爆弾みたいな女だ。他の男たちがよだれを垂らして彼女を眺めている。そしてニルスならこういう女を手に入れられる。ノルウェーでは石油産業のダイバーといえば男の中の男だ。スウェーデンではノルウェー人は田舎者扱いされるとはいえ。そのとき、また別の人影が近づいてきた。

「今回はどのくらい休みなんだ？」

「明日からまた仕事だ」

「どこでだ」

「呼ばれた場所でさ」

「海上のプラットフォームか？」

　ニルスは堂々とした手つきでサングラスを外し、あごの黒い髭剃り痕にゆっくりと手をそわせた。エレノールはブランケットから手を抜き、今はニルスの胸を撫でている。全身をニルスへの賞賛に震わせながら。ニルスの仕事の話になるといつもそうなのだ。そして他の男たちは自分がいかに惨めな労働条件で働いているのかを実感させられる。エレノールはニルスに夢中だった。彼女の住むストックホルムにはマッチョな男がいない。ニルスの不敵な態度にエレノールは文字どおりとろけそうだった。ニルスは人影を睨みつけた。

「なぜそんなことを知りたいんだ？　おれとペアでも組むつもりか？」

　相手はその場を去った。エレノールがシャツごしにニルスの乳首をつまむ。彼女はそうやるのが好きなのだ。ニルスやダイバー仲間がこのパブに来ると、若者が男も女もたくさん集まってくる。ニルスらとつるみたいからだ。今日は隅のほうにダイバーが数人座っている。苛酷な任務から戻ったばかりだというのが、こわばった表情から見てとれる。酒の飲みかたからも。任務明け最初の数日はいつもこうだ。ニルスはポケットが振動するのを感じ、携帯電話を取り出した。レイフ・モエ——ニルスがダイバーとして働くアークティック・ダイビング社の潜水作業指揮者だ。エレノールは不快感も露《あら》わに腰を振りながら立ち上がり、挑発するような動きで踊り始めた。他の男たちは彼女に釘づけだったが、ニルスがゆっくり立ち上がると目をそらした。エレノールがニルスの首に腕を絡ませキスをする。しかしニルスは何事もなかったかのように、静かな場所で通話するために駐車場へと向かった。

「警察から電話があった。溺れた男を引き揚げるためにダイバーが必要なんだと。会社としては断れなかった」

「断れなかった?」

「警察には何度も、馬鹿げたことに目をつむってもらってるからな」

「迷惑なんだよ。今、彼女と〈ブラック・オーロラ〉にいるんだ」

「潜れる状態なのはお前だけだ。他のやつらは全員任務に出ているか、任務から戻ったばかりで」

「くそっ! で、いくらもらえるんだ?」

「今迎えをやる。そこにいてくれ」

ニルスは通話を切った。どうせもうここにはうんざりしていた。背筋を伸ばすと、また一度、眼下に広がる雄大な景色を眺めた。まだ雪をかぶった丘々が地平線を覆いつくしている。テラス席では腰とワイングラスを揺らしながら立っているエレノールを見ようと、男どもが少し近づいていた。

「行かなくちゃならない」

「えっ？　やっと楽しくなってきたところだったのに！」

「急ぎの仕事だ。お前は残りたければ残ればいい。ほら、車のキーだ」

「ひどい。あなたのためにわざわざストックホルムから来たのに。こんな世界の果てで置き去りにするの？　冗談でしょ？」

エレノールは〝厄介な女〟を演じるために反抗的な表情を浮かべた。怒って腕組みをすると、それが胸のふくらみを際立たせて他のやつらをますます喜ばせた。エレノールはさらに暴言を浴びせたが、その声もまもなく轟音《ごうおん》に掻き消され、ヘリコプターが〈ブラック・オーロラ〉の駐車場に降り立った。その場にいる全員が驚きの表情を浮かべている――ダイバー以外は。ニルスは指でエレノールの唇に触れた。エレノールは殺しそうな目つきで彼を睨み返したが、その手を握りしめた。もう機嫌を直したようで、ニルスがスーパー・ピューマに乗りこむとき、彼女の瞳には誇らしさが浮かんでいた。


小さな島の南側まで、ヘリコプターだとたいして時間はかからなかった。狼湾の急斜面になった岸に着くと、ニルスはタンクの最終準備を整えた。顔を上げると、少し離れたところでがっくりと肩を落としたサーミ人牧夫の一団が見える。溺れたトナカイが何頭か引き揚げられている。

太陽がちょうど雲間から顔を出し、光は充分なはずだった。ニルスは警察を待たずに作業を始めることにした。打ちのめされた様子のトナカイ所有者が、牧夫が沈んだ地点を説明してくれた。潮の流れは強くなかった。

一時間もしないうちに、ニルスは死体を発見した。重い死体を対岸まで引っ張っていき、タンクを外した。

向こう岸では、牧夫がやっと到着したばかりの警官と話している。ニルスの姿に気づくと、全員が車に飛び乗り、橋を渡ってこちら側にやってきた。

溺れた牧夫の身体を表に返したとき、ニルスはショックのあまり吐き気に襲われた。車が近づいてくる。先頭は警察の車だ。ニルスは少し脇へどき、嘔吐《おうと》してあえいだ。

誰も先に教えてくれなかった。溺れたのがエリックだなんて。今引き揚げた死体は幼馴染だった。ニルスは乱暴に石を蹴った。なぜよりによっておれに――。ダイビングスーツの袖で口元をぬぐい、まだ吐き気を感じながら死体へと近づく。吐いたのは誰にも見られなかったはずだ。ニルスはどうしていいかわからないまま、エリックを見下ろした。思い出がいくつもよみがえる。

警官がやってきた。何人ものサーミ人牧夫がそれに続く。そのうちの一人が警官を怒鳴りつけていた。酔っているようだが、他の牧夫は気にもしていない。酔っ払い牧夫はトナカイが海を渡るときに警官がいなかったことをなじっている。

ニルスはマリンブルーの制服を着た男の警官に見覚えがあった。若くてかなり美人な金髪の同僚を連れている。ナンゴの野郎、絶対にもうあの同僚に手を出そうとしたはずだ。ニルスは愛想よく笑みを浮かべる努力もしなかった。

「ニルス、助かったよ」クレメット・ナンゴが死体に近寄った。

「いったい何があったんだ」ニルスは訊いた。

サーミ人たちも死体の周りに集まった。遠くから救急車が近づいてくる。牧夫が一人進み出た。ユヴァ・シックだ。ニルスは彼のことも昔から知っている。そのユヴァが事故が起きた経緯を説明した。

「おれの白トナカイも溺れちまった」ユヴァは最後にそうつけ足した。「これからどうすればいいんだ……」

ニルスはそんなことはどうでもよかった。若い女の警官は、ユヴァ・シックが仲間の死よりもトナカイのことを嘆いていることに驚きを隠せないでいる。

「今この状況で、それは不謹慎では？」

ユヴァは冷たい視線を返した。

「リーダートナカイがどういうものか知ってるのか？」

ユヴァは地面に唾を吐くと、その場を離れた。さっきの酔っ払いサーミ人がまだクレメットの周りで両腕を振り回している。

「この役立たずの警官どもめ！　いつも戦が終わってから現れる。トナカイ警察が聞いてあきれるわ。できることといったらスノーモービルの整備くらいだろ？　お前らはここにいなきゃいけなかったのに。お前らがあいつを殺したんだ。お前らだ！　お前らだ！」

クレメットの表情が次第に苛立ってきた。ニルスは女の警官に話しかけた。

「あいつと働いて長いのか？」

「初めまして、ニーナ・ナンセンです」ニーナはそう言って手を差し出した。「最近パトロールP9に入りました。警察自体まだ長くはないですけど。大学を出て初めての配属で」

ニルスはうなずいただけだった。ニーナはまだ話し続けている。

「牧夫が溺れ死ぬなんて。そんなに危険だなんて知らなかった」

「本物の危険を味わいたければ、いつでも油田に来て潜ってみろよ」

ニーナはニルスに怒りの視線を向けたが、自分を制して言葉には出さないようにした。腹を立てているのは顔に出ているのに、黙っている。ニルスは気に留めなかった。命がけの毎日を送る男への接しかたを知る人間は少ない。ここにもまた馬鹿が一人いるだけのことだ。

「もう行かなければ。皆を待たせてるんだ」

ニルスは、救急隊員に運ばれていく幼馴染の死体に目をやった。クレメットは他の牧夫と話している。千鳥足で侮辱してくる牧夫には背を向けて。

ニルスはダイビングの装備をヘリコプターへと運んだ。翼が回りだす。クレメットがこちらへやってきた。まだうるさいサーミ人があとをついてくる。しかし男の言葉はあっという間にヘリコプターの騒音に掻き消された。

「まだ警官をやってるのか」ニルスはばかにしたような口調でクレメットに叫んだ。

クレメットは長いこと、シートベルトをつけるニルスを見つめていた。それからニルスのダイビングスーツを指さした。

「吐いたようだな」クレメットは叫び返した。「臭いもする」

ヘリコプターが離陸した。歩き始めたクレメットの背中を、ニルスはじっと見つめていた。

3

狼湾谷　二十一時二十分

「まったくもう」ニーナは自分の小さなカメラを見つめていた。「まだ上達の余地があるわね。手ブレ補正の使いかたを教えてあげる」

クレメットは黙ったまま、トナカイ警察パトロールP9所有のピックアップトラックのハンドルを握っている。狼湾で起きた出来事に苛立っている理由は、ニーナにもわかる気がした。もう夜遅いことも一因だろう。クレメットの無口な性格も。

「もう少しで手錠を取り出すところだったよ、あの酔っ払いめ」

「あらあら。そうしてやればいい気味だったのに」

ニーナがにやりとしたのはクレメットには見えなかった。しかしニーナも、クレメットや他の警官に北極圏内の小さな警察署に配属されていた頃の辛い思い出があるのは知っている。そこでは泥酔事件にたった一人で対応することもあり、たいていは暴力が絡んでくる。トナカイ警察に異動するのは、常に気を張りつめていた職務から休憩をとるようなものだった。うつを患ったあとにトナカイ警察に志願した警官が何人もいる。

「海岸の斜面近くに大きなとがった岩があるのに気づいた？　捧げ物みたいなのもあった。あんなの今まで見たことがない」

ニーナは不機嫌な顔をしたクレメットのほうを向いた。まあ、そのうち機嫌を直すだろう。太陽はちょうど沈んだところだが、外はまだかなり明るかった。この季節、身体が休息を必要としていると気づいたときには遅すぎる。疲労が蓄積してしまっているのだ。ニーナは文句を言うつもりはなかった。自分が育った南ノルウェーにはなかった現象を体験していて、今のところまだいい面しか見えていなかった。

そのときクレメットが急ブレーキを踏んだ。道路から少し入ったところに小さなキャンピングカーが停まっている。ニーナは驚いて同僚のほうを振り返った。

「定期巡回だ。道路に近すぎる。危険だ」

不機嫌なクレメットは口やかましいモードに入ったようだ。口数自体は多くないくせに。五カ月ほど前にここ北極圏に来て以来、パトロールで何日間も二人きりになることがあり、機嫌が読めるくらいにはニーナもクレメットの性格を理解するようになっていた。

好きにさせておこう、とニーナは考えた。それで気持ちが落ち着くはずだ。クレメットはキャンピングカーのウインドウをノックした。すると、薄い髪が残っただけでほぼ丸禿の頭が覗いた。よく日に焼けたスポーツマンの顔。がっしりした美しい顎、柄の入った赤いスカーフを首に巻き、驚いた顔をしている。

「免許証を見せろ」

男はかろうじて、自分はドイツ人でノルウェー語が話せないことを説明した。なんとか英語で説明しようと試みているが、クレメットのほうは英語が苦手だ。ニーナはこの状況にクレメットがさらに苛立つことを予測し、間に入って通訳した。クレメットはこれ以上ありえないくらいくそ真面目に振舞い、ニーナが免許証を確認している間に、車の周りを一周した。

「ニーナ、ほらこっちに来て、見てみろ。もう二度とおれの直感を疑うんじゃないぞ」

キャンピングカーの後部に、アウトドア装備の男が眠っていた。クレメットが揺すって起こそうとする。もう一人ドイツ人か――。こちらは酔っ払って眠っているようだ。小さなトイレにコニャックの瓶がおかれているから。二人とも、ここ地元のコニャック入りコーヒーの伝統をすぐに取り入れたようだ。クレメットが荷物室からトナカイの角を取り出した。カウンターの下からは〝トナカイに注意〟の道路標識が出てきた。ドイツ人はこういうお土産が大好きなのだ。

「ニーナ、罰金」

運転手は弁解しようとした。自分たちは観光客で、標識は買っただけ。外したわけではない。トナカイの角も駐車場の近くでサーミ人から買った。それにここが駐車禁止だとは知らなかった。

ニーナはそのとおりに訳すだけにしておいた。でなければクレメットがあと一週間ずっと不機嫌なままだという予測がついたからだ。クレメットは駐車違反の書類を記入し、控えを男に渡した。

運転手は反論しなかった。さっさとすませてしまいたいようだ。ドイツに帰ってしまえば罰金から逃れられると思っているのかもしれない。

ドイツ人がキャンピングカーを移動させるのを見届けると、クレメットはまたピックアップトラックのハンドルを握った。あとはいちばん辛い作業が残っているだけだ。だからクレメットはこんな態度なのかもしれない。二人はエリックの若い妻に夫の死を告げに行くところだった。このあたりで野営しているのだ。放牧の移動路ぞいだが、他の群からは少し離れている。二人はまずスカイディにある小屋にスノーモービルを取りに寄ろうとしていた。この季節はその小屋が彼らの基地だった。しかしまだレッパルフィヨルドぞいを走っているうちに、クレメットがまた車を停めた。劣悪な状態のバンが駐車されている。今度は少なくとも駐車場ではあるが。

「あれがどうしたって言うの？」ニーナはため息をついた。

「かなりのポンコツ車だな。ちゃんと車検を通ったのか確認しなくては。あんな鉄くずを走らせておくのは危険だ」

相変わらず寡黙なクレメットだ。

運転席には誰も座っていなかったので、クレメットとニーナは中を覗きこんだ。虹のような色とりどりの付箋《ふせん》が助手席の前のインスツルメントパネルに貼られている。バックミラーには嘴《くちばし》の折れた小さな木彫りのライチョウ、それにサッカーチームアルタＩＦのペナントが下がっている。

クレメットはバンのサイドドアをノックした。眠そうな顔の男がやっとスライドドアを開けた。下半身は寝袋に入ったままだ。その奥でも寝袋に入った人影が動いた。

男は二人ともハンメルフェスト沖で働く建設労働者だと名乗った。工場島に並ぶプレハブ住宅ではなく、建設工事の労働者を住まわせるために借り上げた海上ホテルのひとつに住んでいる。一人はノルウェー人で、もう一人はポーランド人だった。ポーランド人がポーランド語で何か言い、それをノルウェー人が通訳した。ポーランド人はノルウェー語を話さず、英語もたいして話せない。二人とも免許証を携帯していないことを詫びたが、すぐにハンメルフェストの警察署に提示しに行くと申し出た。今はパスポートもここにはないが、問題など起こすつもりはまったくありませんから。ポーランド人は車の奥で横たわったままだったが、二人とも酒は飲んでいないようだった。クレメットは二人の話を聞いている間にも車内を観察していた。怪しい物は特になさそうだ。

「免許証をもっていないなら、罰金だ」クレメットはぶつぶつ言いながら罰金の用紙に記入し、控えを渡し、必ず警察署に免許証と車検の書類を見せに行くようにと念を押して、ドアを閉めた。

「こういう確認は大事なんだ。別荘に泥棒が入ったり、勝手に住み着いたりしていることもあるんだから」

ニーナにはクレメットが自分で自分を説得しているようにしか聞こえなかった。

また車に座ると、ニーナは同僚に向き直った。

「今夜じゅうずっと、見かけた車を一台一台確認するつもり？　あの酔っ払いのサーミ人のおじいちゃんに侮辱されたせいで？　エリックの奥さんに告知をしに行かなければいけない。それを忘れたわけではないでしょう？」

クレメットは意地の悪い視線を返した。そして罰金の用紙を二枚とも手に取ると、怒った顔で細かく破り、後部座席に投げ捨てた。

「これで満足か？」

ニーナの答えも待たずに車を出すと、スカイディのトナカイ警察の小屋までずっと黙ったままだった。

最悪な春だった。しかし北極圏の春というのは毎年最悪だ。太陽がどのくらい照るかによって、四月から五月の間はまだ雪が残っているが、スノーモービルで移動することを考えると、雪解けの時期がいちばん厄介だ。川や湖の氷が緩むし、半年間積もり続けた雪が解けるとそこらじゅうが広大な泥沼になる。少し緑が芽生え、夏のことを口にする勇気が出るのは六月に入ってからだ。春という季節は冬の延長にすぎないし、冬ほど美しくもない。冬ほど寒くもないが。この夜、気温はマイナス五度だった。

クレメットとニーナはスカイディの小屋でスノーモービルに乗り換えると、ステッゴ一族の野営地へと向かった。クレメットは氷が緩んで死の罠のようになっている部分を避けて走っていく。ニーナはクレメットを信用してそのあとを追った。最後の数百メートルは雪と地面が交互に現れる中を走り、一時間かかって雪の解けたヒースの平野に並ぶコタ（サーミの伝統的な移動式テント）に到着した。エンジンは切ったものの、クレメットはエリックの家族に事故のニュースを伝える瞬間を先延ばしにするように遠くを観察している。広大な丘陵地帯で携帯電話の電波は悪いとはいえ、ニュースはすでに届いているのだろう。二人がやってくるのを見て、人々が集まってきた。多くは子供と女性だ。北へ向かう移動が始まってしばらく経つ。男たちは遠く離れたトナカイの元にいるのだ。ただ、この群はかなり早い——とクレメットはニーナに説明した。今朝の悲劇があったせいで、泳いで海を渡ろうとしたトナカイの群はふたつに引き裂かれてしまった。湾の向こう側とこちら側に。近くに車道があるし、しかもハンメルフェストへと続く交通量の多い道路なので、監視を強める必要がある。コタの前に老人たちが座っていたが、ニーナには彼らが何をしているのかまでは見えなかった。

二人は真剣な面持ちでエリックの親族と挨拶を交わした。トナカイ所有者の死は常に悲劇だが、若者の死はとりわけそうだ。この職業とライフスタイルを選ぶ若者は最近では珍しくなってしまったのだから。クレメットは苦しんでいた。クレメットの一族は祖父の代でトナカイ放牧をやめることを強いられたため、その世界に対して劣等感を抱いている。ニーナも数カ月前にマッティスが殺された事件の捜査でそのことを理解した。多くの小規模なトナカイ所有者が弱肉強食という言葉の意味を痛いほど熟知している。

年齢不詳の女性が近寄ってきた。サーミの伝統的な帽子をかぶり、少しきつそうなマリンブルーのアウトドアジャケット、その下にはオーバーオールのズボンが見えている。スサンという名前の女性で、力強いオーラに顔が輝いて見えた。

「なぜあの場にいなかったの」スサンはなんの前置きもなくそう吐き捨てた。

酔ったサーミ人の老人と同じ非難の言葉だ。

「いたら何かがちがったと本当に思うのか？」クレメットは疲れた声で答えた。

「なぜちがわなかったと思うの？　所有者同士でもめごとが起きるのは、仕事柄知っているでしょう？　移動路ぞいのいちばんいい餌場は早い者勝ちだということも」

「もちろん知っているさ。それは今に始まったことじゃないだろう。それとエリックの死がどう関係ある？」

幾人かの女性の反応から、エリックが溺れ死んだことを全員が知っていたわけではないことがわかった。伝統的な衣装を身につけた老婆がスサンの腕にしがみつき、懸念した表情でサーミ語で何か尋ねた。スサンは燃えるような目つきで返事をした。エリックは老婆の甥だった。

「エリックとは知り合いだった？」スサンが尋ねた。

「よくは知らない」クレメットは答えた。「最後に話したのはずっと前だ。そもそもここはおれのパトロールエリアではないし」

「エリックは一族の希望の星だった。ウメオの農業大学にまで進学し、カウトケイノのサーミ大学にも行った。そんな若者はほとんどいない」

「何を言いたいんだ」

「わからないわ、クレメット。わからない」スサンはそう言ってわっと泣きだした。老婆はまだ腕にしがみついている。

クレメットはうなずいた。

「アネリーには？」

スサンは首を横に振った。

「アネリーは今、谷のいちばん奥の群のところにいる。頂に続く道を上がって行けばいい。トナカイを怖がらせないように、そこは徒歩でね。三十分も上れば、コタが見える。あの子はそこから谷底のトナカイを見張っている」

今にも出産をしそうな雌が何頭かいる。出産には早すぎる時期なのに。普段なら海を渡って島に着いてから生まれる。五月半ばから一カ月ほどの間に。七月の頭になることもある。

「仔トナカイが生まれてしまったら、向こう岸まで泳いで渡れないでしょうね」スサンの声には懸念がこもっていた。「どうすればいいのか……国家トナカイ飼育管理局の艀《はしけ》を借りなければいけないかも」

クレメットとニーナは頂を目指すことにした。野営地を出る前に、焚火の周りにサーミの老人が六人集まっている横を通り過ぎた。老人たちはうめくように歌っている。一人は恐怖の表情を浮かべて苦しそうだった。残りの五人も明るい表情ではない。今ではトナカイの移動のさいだけになった遊牧系《ノマド》生活で、彼らは最後の時間を共に過ごしているのだ。六〇年代にエンジンのついた乗り物が導入され、サーミ人の古くからの暮らしは消えようとしていた。

老人たちの歌を聞いてニーナは背筋が凍った。ヨイク（サーミの伝統音楽）ではないが、よく似たあとを引くような響きがあり、讃美歌のようにも聞こえた。怯えきった目のサーミ人が縮れた髪を額から払った。その老人は歌っていない。ニーナは立ち止まらずにその前を通り過ぎたが、頂へと歩きだすまで彼らから目を離せなかった。

どろどろに解けた雪の中を歩くのは大変だったが、アネリーはすぐにみつかった。若いアネリーは一人きりで群を見ていた。彼女、わたしよりも明るい金髪だ――とニーナは驚いた。まっすぐな長い髪が背中に流れ、ふっくらと豊かな唇、高く美しい頬骨。風が髪を顔に叩きつけている。アネリーはヒメカンバが点在する小さな谷にせり出した崖の上に立っていた。警官たちが現れたのを見て、少し驚いた顔になったが、トナカイの移動が遅かったり早かったりするとトナカイ警官は必ず現れるものだ。所有者同士が餌のことでもめるのを避けるためだった。二人に手を振ったアネリーは興奮した様子だった。かなり近づくと、崖の端まで来るよう手で合図し、感情を昂《たかぶ》らせた声でささやいた。

「ほら見て、今生まれるところ」

まだ視界はよかった。ニーナは双眼鏡を取り出し、その貴重な瞬間を目で追った。クレメットは背後に控えていた。ニーナがエリックの若い妻に起きたことを話さなければいけないのだ。

「ヴィッダからの風が、仔トナカイをこの地上での生へといざなうの」アネリーはニーナのすぐそばに立ってささやいた。

ニーナは生まれたばかりのトナカイがぐらぐらする細い脚でぎこちなく立ち上がるのを見つ

めていた。アネリーの息遣いを耳に感じる。

「脈々と受け継がれた力が、もうあの小さな仔トナカイに宿っているのがわかる？　そして本能的に自分の母親をみつける。母トナカイのほうは動揺しやすくなっていて、驚かされるようなことがあると、自分の仔を捨てて逃げてしまう。だから静寂こそが母と子の最初の愛情の証になる。この瞬間に、命の魔法のような力がほとばしっているのがわかる？」

柔らかで、清らかな心——アネリーの言葉に感動したニーナは思った。だからこそこの瞬間が余計に耐えがたかった。ニーナはクレメットのほうを振り返った。クレメットは影の中にしゃがんでいる。そしてニーナに向かってうなずいた。ニーナは優しくアネリーの手を取り、伝えなければいけないことを伝えた。

4

四月二十三日　金曜日
日の出：三時二十六分、日の入：二十一時二十分
十七時間五十四分の太陽
バレンツ海　十時五十五分

制御室の舷窓《げんそう》から、レイフ・モエにも波のうねりが見えた。

高さはせいぜい五、六メートルだ。

嵐には程遠かった。それにアークティック・ダイビング社の潜水支援船は安定している。海底にいるダイバー二人は水面の波など感じないはずだ。

「水深四十メートル」

バレンツ海に沈んでいくダイビングベル（ダイバーが入って海底に下りる釣りがね形の装置）は、色々な機能をもつケーブルで船と接続されている。ベルマンと呼ばれる補助ダイバーのトム・パウルセンが十メートルごとに水深を報告してくる。

いつものようにまずチェックリストの確認を行った。それだけで二十分かかる。潜水マスク、

各種レバー、残圧計、結合部分、何もかもをチェックする。ノルウェー大陸棚の就業規則は苦痛でしかない。

幸いなことに今回は混合ガスを使うほど深くは潜らない。でなければもっとたくさんチェック項目があった。

だがそう、クライアントが金を払ってくれるかぎりそんなことはどうでもいい——とレイフ・モエは思う。クライアント、いやクライアントたちが、もっともっとと要求してこなければの話だが。毎回もっと速く作業を進めろと言われるのだから。

アークティック・ダイビング社は一カ月前に大きな契約を失ったばかりで、ここで他のクライアントまで失うわけにはいかなかった。最近、減圧室の新しい設備に投資したところなのだ。ダイビングベルはまもなく作業水深に到達する。水深五十メートルの潜水にダイビングベルを使うなんてちょっと贅沢《ぜいたく》だが、新しい設備を試すいい機会でもある。今回は試掘井周辺に散らばっている機材を処分する作業だった。

それだけなら遠隔操作の潜水艇でもできたのだが、複雑な作業になりそうな予感がする——クライアントにはそう説明した。潜水艇が二艇とも壊れているとは言えなかったから。

ニルス・ソルミにまた活躍してもらえばいい。

ニルスは今、相棒のパウルセンに見守られながらベルの中で最後の準備を整えている。レイフ・モエはニルスのことが気にくわなかったが、この二人が誰も太刀打ちできない最強のペアであることは認めていた。水面下ではまるで双子のようだ。いや、水面下だけでなく陸でもか。

「水深五十メートル」

目的の水深に着いた。

ベル内の加圧が始まった。これで中のダイバー二人はグロッギーになる。手早くすませなければいけない。一分一分、二人のダイバーにかかるコストが加算されるのだ。

レイフ・モエは監視画面をじっと見つめている。ベルが充分に加圧され、ハッチが開いた。

「ドアが開いた《ウィー・ガット・ザ・ドア》」

さあ行け。進め、若造ども。進め——。

水はそこまで冷たくはない。プラス三度前後で、北海とたいして変わらない。いや、まあ少
し は冷たいか。だが、さあ進め。進め！　クライアントにうるさく言われる前に。

ちょうどそのとき、別の周波数にいるフューチャー・オイル社が進捗状況を知らせろと言う
声が聞こえた。ハンメルフェストの町にある、暖かくて居心地のよいオフィスからだ。

「アークティック・ダイビング、今どうなってる」フューチャー・オイルの代表者、ヘニン
グ・ビルゲの声だ。

「ダイバーは目的の水深まで下りた」

「タイムスケジュールが押してるじゃないか。これじゃあ時間内に終わらない」

「何もかも順調だ。オーバー」

ベルからはトム・パウルセンの報告が聞こえてくる。

「ダイバーがベルから出ます《ダイバー・リービング・ザ・ベル》」

さあ行け、さっさとやれ。さっさとベルから出ろよ、ニルス坊や。フューチャー・オイルのやつらにお前は最高のダイバーだというのを見せてやれ。自分たちの選択は正しかったと安心し、パーティーでお前のことを見せびらかせるように。

ニルス・ソルミは今アンビリカル、つまり〝へその緒〟をつけているはずだ。その中に彼を生かしておくためのチューブやケーブルが何本も通っている。ベルとの通信ケーブル、スーツ暖房用の温水、そして何よりも呼吸するためのガスを流している。

とんでもない深さまで潜るわけではない。あと数メートル下りればいいだけだが、海の底は暗かった。漁船の網を破らないように、試掘後に残されていた機材をすべて処分するという任務だ。

潜水艇の修理が間に合わなければ、まだあと数回潜らなくてはいけない。二艇とも同時に壊れるなんて初めてだった。ニルスにこの任務の大部分をやり遂げてもらうしかない。

ニルスはそれに最適な男だった。大胆で、リスクをいとわない。他の大勢のダイバーと一線を画すのは、ニルスにはそういった小さな付加価値があることだ。この業界では、当然その小さな付加価値が死を意味することもある。しかしニルスは馬鹿ではない。それに相棒には世界じゅうの保険を合わせた以上の価値がある。トム・パウルセンは安全を常に優先させる。それがクライアントの意向であろうとなかろうと。そしてどんなに高くついても。クライアントですら——まあクライアントの大半は——その点においてパウルセンに敬意を払っていた。ニルス・ソルミに小さな付加価値があるとしたら、トム・パウルセンはその逆だった。いわゆる予防原則というやつだ。そんな二人のコンビだからこそ、誰にも太刀打ちできないのだ。

「ダイバーのケーブルをもっと緩めて《ギブ・ザ・ダイバー・モア・スラック》」

そろそろ目標物の真上か、それに近いところに来ているはずだ。

「アークティック・ダイビング、目標物はみつけたのか？」

まったくうるさいな——。フューチャー・オイルのビルゲがまた目を覚ましたようだ。

「ダイバーは目的のエリアに到着した」

「潜っているのは誰だ？」

「ニルス・ソルミだ。ベルマンはトム・パウルセン」

「ああ、ソルミ坊やか。いいぞ。だがもっと急がせろ」

「オーバー」

このクソ野郎め！　それに誰もかれもがあいつを〝ソルミ坊や〟と呼んで喜ぶ。確かにニルス・ソルミのようなダイバーは他にいなかった。そしてニルス・ソルミは企業の見せ物に他ならない。石油会社の重役たちはアークティック・ダイビング社のスターダイバーがサーミ人だということを喜んでいた。サーミ人はニルスだけだが、なにしろ業界のスターだ。ニルス・ソルミという名の善きラップ人（ラップ族は古来より北欧ラップランドに暮らし、現在ではサーミやサーメと呼ばれる先住民族。昔はラップ人と呼ばれていたが、現在では「ラップ」という呼称は蔑称に当たる）は石油会社にとって広告塔のようなものだ。先住民を歓迎し、地元の発展にも参加させているという証拠なのだから。アメリカのサウス・ペトロリウム社から来ているあの太ったテキサス人など、どこまでもニルス・ソルミを崇拝している。養子にしそうな勢いだ。しかもそいつだけじゃない。まったくなんてばかばかしい！　彼らの間でニルス・ソルミはポリコレと呼ばれている。地元議員をなだめたり、ジャーナリストを攪乱したりしたいときに、ニルスを取り出せばいいのだ。あの厚かましい野郎はそんなことにも気づいていないようだが。その瞬間、海底のベルでパウルセンがソルミに話しかける声が聞こえてきた。

「やめろ、ニルス。そんな時間はないし危険すぎる。計画にはない」

「おい、何が起きている？」レイフ・モエは訊いた。

「もち上げるための部分が壊れていて、計画どおりに接続できない。ワイヤーを巻くためには海底を掘らなければいけないが、それには最低二日かかる」

「二日だって！」

「ニルスは今やってしまいたいらしい……。ワイヤーを溶接すればいいと。おれは反対です。ろくな工具もないのに」

「わかった。クライアントに伝える」

潜水作業指揮者がクライアントに状況を説明すると、予測どおりの答えが返ってきた。

「ふざけているのか？　お前らの加圧とやらにどれだけ超過コストがかかるのかわかっているだろ？　さあ、ソルミに急ぐように言え！」

「あわてたりしたら非常に危険だ。それに言ったことは聞こえたでしょう？　必要な工具をもっていない」

「クラブメッドのダイビングインストラクターに給料を払っているわけじゃないんだぞ。オーバー」

一分そしてまた一分が過ぎ、不安が募った。レイフ・モエは海上で成り行きを見守るしかなかった。潜水作業支援船の小さな制御室で各計測器を見守る。ベルの中の閉じこめられた空気でトム・パウルセンは息苦しくなっているはずだ。ダイビングスーツを着たニルス・ソルミのほうは寒さで感覚が麻痺《まひ》してきているだろう。パウルセンが相棒を説き伏せようとするのが聞こえてくる。ニルスのほうは独自の考えで動いているようだ。ともかく、任務に必要だと申請した時間はすでに超えている。

ニルスは引き揚げることになっている構造物に応急処置としてワイヤーを溶接しているようだ。自分もパウルセンもやめろと言ったのに。過剰な自信とＤＩＹの精神は、七〇年代に北海で石油産業の潜水が始まった頃と変わらない。モエはニルスが少々優秀すぎると思わずにはおれなかった。あのチビのサーミ人はちっとも悪くない。傲慢《ごうまん》で自信満々だが、めちゃくちゃ腕がいい。しかしパウルセンの叫び声に、モエは飛び上がった。

「ニルス、すぐ戻れ！　危険だ！」

「パウルセン、どうした⁉　何が起きた！」

「アンビリカルに問題が……。温水と空気の供給が減っている……三分の一にまで」

「あとどのくらいだ」

「三分」

「ニルスはベルからどのくらい離れている?」

「三分よりは近いが、まずは溶接を終わらせると」

「なんてことだ……すぐに戻せ!」

「了解。オーバー」

パウルセンは瞬時に行動を起こすつもりでいた。それもベルマンの任務に含まれているのだ。あとはマスクをつければいいだけ。パウルセンなら言った先からできるはずだ。相棒のためならマスクをつけずにでも助けに向かっただろう。モエの目は監視画面を、そして反射的にスタートさせたストップウォッチを凝視している。

「アークティック・ダイビング、お前らは気楽な人生を手放すつもりなのか!?」

レイフ・モエはクライアントとの接続を切った。これでうるさく文句を言われることもない。三分が経った。無線からはかすかな雑音が聞こえる以外、静まり返っている。外では船に波が当たっているが、気にならない程度だ。もうひとつの舷窓からは移動式のプラットフォームが見えている。プラットフォームも厳しい気候のことは気にも留めていない。

「ダイバーは二人ともベルに戻った《ダイバーズ・バック・イン・ザ・ベル》」

モエは安堵のため息を洩らした。そしてまたマイクを取り上げた。

「報告しろ」

長い二分間が流れた。

「ニルスはくたばってました。おれが着いたときには気絶していた。息はしているが、身体が冷えきっている。だがフューチャー・オイルにはいい報告だ。溶接は完了したから、いつでも引き揚げられる。オーバー」

レイフはあきれて頭を振った。

「上昇と減圧を開始。オーバー」

5

狼湾を望む高台　十三時四十五分

クレメット・ナンゴとニーナ・ナンセンはスカイディの小屋に宿泊していた。地元新聞のオンライン版では、エリック・ステッゴの命を奪った事故の記事にどんどんコメントがついていく。同情的なコメントが多かったが、辛辣《しんらつ》で日和見的なものもあった。毒を吐く機会を逃さない人間はどこにでもいるものだ。〝トナカイが鯨島に渡るのを禁止していれば、事故は起きなかった〟〝ハンメルフェストの住民はトナカイにうんざりしている〟

斬新な意見は見当たらない、とクレメットは思う。夏の間にハンメルフェストの町にやってくるトナカイの存在は、何十年もの間、異なる社会グループ間の関係を悪化させてきた。ハンメルフェスト市長が自分のフェイスブックに町中に現れたトナカイの写真を投稿したこともあるくらいなのだ。

ニーナとクレメットはまた湾を見下ろす高台にやってきた。餌場である鯨島への行き帰りにトナカイが溺れたのは今回が初めてではない。

冬の間はサプミの内陸部、カウトケイノとカラショークの間のエリアにいる群の多くが、春になると夏の餌場である北の沿岸、そしてその先の島々に戻ってくる。トナカイは泳いで海を渡るか、国家トナカイ飼育管理局が所有する艀《はしけ》で運ばれ、秋になると同じ経路を戻っていく。放牧の世界では毎年の恒例行事でしかない。しかし今回のように牧夫が死ぬというのは聞いたことがなかった。自分に非がないとはいえ、クレメットはスサンの言葉に傷ついていた。自分があの場にいても何も変わらなかったはずなのに。

逆光で何も見えなくなり、クレメットはサングラスをかけた。溺れたトナカイは全頭引き揚げられていた。全部で三十頭ほどだ。群の残りは数時間前に問題なく対岸に渡った。それ以外のトナカイはアネリーと一緒にまだ本土に残っていて、あとで島に移動する。

ニーナの言葉でクレメットは考えから引き戻された。いつもの遠慮のない言葉だ。

「ニルスとは何があったの？」

クレメットは黙ってニーナを見つめ返した。たいていはそれでうまくいく。だが今回はだめだった。ニーナには効かないようだ。

「おれはここのサーミ人全員と仲が悪いわけじゃないんだぞ」

クレメットは湾を見つめながら考えた。

「あいつがどんな男だか気づいたか？」

今度はニーナが黙る番だった。彼女もまた湾の風景に見入った。目の前にはまだ雪をかぶった斜面が広がっている。トナカイたちはもう島に散っていき、ハンメルフェストの町へ向かったトナカイもいれば、島の奥の人けのない台地に向かった群もいるだろう。

「ええ」しばらくしてニーナが答えた。「わかる。我慢ならないタイプね。抗《あらが》えないタイプでもある」

「どういう意味だ?」

今度はニーナが黙りこむ番だった。

パトロールＰ９が斜面を下り始めたとき、クレメットの携帯電話が鳴った。

「痕跡? なんのだ」

トナカイ盗難の通報だった。

「これで少しは考えることができたわね」クレメットが通話を切ると、ニーナが言った。

約束の時間に、レッパルフィヨルドに入る道路ぞいの駐車場で、盗難届けを出してきたトナカイ所有者と落ちあった。ラップランドは巨大な過疎地で、〝来れるときに来る〟が暗黙の了解だから、普段ならありえないような時間厳守だ。

トナカイ泥棒はこそこそする努力すらしなかったようだ。犯行現場は道路からわずか十五メートルほど入ったところで、しかも比較的開けた丘のふもとだった。今は真夜中でも明るいので、驚くほど危険な行為だ。トナカイ所有者はすぐに帰っていった。放牧の移動中は長く群から離れているわけにはいかないのだ。

トナカイはその場で解体されていた。それもまた非常に危険な行為だ。普通トナカイの盗難はたいてい秋に起きる。トナカイが沿岸の草をたっぷり食べて、肉が美味しいだけでなく、暗闇のおかげで目撃される可能性が下がるからだ。クレメットとニーナは青いビニール手袋をはめ、トナカイの毛皮や切り落とされた頭をひっくり返した。角は切り取られているが、耳は残っている。ニーナが先に口を開いた。

「耳が残っているということは、地元の人間の仕業じゃないわね。盗難の捜査をされたくなければ、耳は切って盗むもの、そうでしょう?」

クレメットは返事をする必要もないと感じた。ニーナはもうトナカイ警官として何もわからない新人ではない。基本はすでに学んだようだ。耳がなければマークもない。マークがなければ所有者も特定できない。所有者がいなければ盗難届は出せない。届が出なければ、事件は闇に葬られる。それがサプミのトナカイ警察の捜査における不変の掟だ。そのことは知っておかなくてはいけない。どのトナカイも両耳に切れこみが入っていて、その形が所有者を教えてくれる。警察にはトナカイの耳のマークがすべて載った本があり、この地域に存在する何百種類ものマークが掲載されている。クレメットとニーナは顔を見合わせ、同時に同じことを思いついた。二人はピックアップトラックに戻り、破り捨てられて後部座席で紙吹雪のようになっている罰金の用紙をかき集めた。

6

四月二十三日　金曜日
ハンメルフェストの港　十八時五十分

のけ者の埠頭――しかし誰も、ハンメルフェストでいちばん小さい埠頭がそう呼ばれるようになった経緯を覚えていなかった。

その埠頭は町の中心にあるにもかかわらず、町の他の部分や一万人の住人からは切り離されたような存在だった。埠頭から二百メートル西に行けば海に面した町の大広場と市庁舎、トーン・ホテル、雑誌やキャンディの売店〈ナルヴェセン〉、ケバブの屋台、そしてあと何軒か店が集まっている。そのすぐ後ろに石油会社の建物がそびえている。ショッピングセンターに覆いかぶさるように。

すぐ近くには凄まじくモダンな北極圏カルチャーセンターがある。湾に面した立派な建物で、暗い時期には青くライトアップされる。バレンツ海で採れる石油のおかげで建ったのだ。確かに理にかなっているのかもしれない。というのも、この古いハンメルフェストは北ヨーロッパで初めて電気の街灯が設置された町なのだ。

しかし町を歩く人々が港のいちばん奥に位置する埠頭まで来ることはなかった。彼らにとって最後の数百メートルは数百キロメートルに等しい。

のけ者の埠頭は、のけ者にされた世界を体現しているかのようだった。片端には小さな漁船が入ってきて係留する。数は決して多くはなく、せいぜい四、五艘だ。船の持ち主はサーミ人の漁師や、サーミ人ではない漁師だが、どちらも同じく貧しいラップ人だった。

埠頭の反対の端に泊まっているのは基本的に潜水用の船だ。今夜はアークティック・ダイビング号が停泊している。

この場所は独特で、目立たないパブが二軒、埠頭の延長のように建っている。隣りあわせで境界はないが、大きなガソリンタンクによって隔てられている二軒。一軒は任務から戻ったばかりのダイバーや船員が集う。しかし、同じ人間たちが皆に羨まれるようなパーティーを開く〈ブラック・オーロラ〉とは別世界だ。

のけ者の埠頭でダイバーが集まるパブ〈リヴィエラ・ネクスト〉では、同業者しかいないので、他のやつらより優位に立とうとか目立とうとかする必要はない。それでもダイバーは女にモテるし、パーティーでは王様気取りで、けんかっ早い。死をもあざ笑うようなやつらだという評判は絶えず、地元の住民からは忌み嫌われていた。ダイバーの世界に属せるのは選ばれし者だけで、普通の人間ならこの店に足を踏み入れた瞬間に落ち着かない気分になる。

すぐ隣のパブ〈ボレス〉はサーミ語で〝やあ〟という意味だが、そちらはもっと陰気だった。〈ボレス〉ではまた別の世界――漁師の世界を垣間見ることができる。サーミ人の漁師、そしてサーミ人ではない漁師の世界をだ。沿岸出身のサーミ人漁師はここのフィヨルドには数少なく、伝統的な漁でなんとか生き延びようとしている。サーミのヒエラルキーでは大規模なトナカイ所有者がいちばん上に君臨していて、こういった漁師は最下層に位置する。しかし鯨島にやってくるようなトナカイ所有者は大規模ではないし、これからも永遠にそうなることはないだろう。だから彼らがこのパブに来ることはある。たまには。いや、滅多に来ないが。今のハンメルフェストは完全にバレンツ海の原油と天然ガスのためだけに存在し、トナカイ所有者は自分たちが歓迎されていないのを感じている。ともかく、のけ者の埠頭なら町の他の部分との接触を避けることができる。

どちらのパブもごくありふれた金属製のシャッターが下りている。そのシャッターが上がると、中はタバコを吸えるエリアになっていて、テーブルが二台、バーカウンター、あちこちに灰皿、そして裸電球が鋭い光を放っている。バー自体はいちばん奥にあり、簡素な入り口には看板など一切ない。知らなければそれがパブだと気づかずに通り過ぎてしまうだろう。

トム・パウルセンと共に減圧室で一日の大半を過ごしたニルス・ソルミが、〈リヴィエラ・ネクスト〉に到着した。〈ブラック・オーロラ〉に行く時間はもっとあとだ。さっきは、二人が船を下りたとたんに、フューチャー・オイル社の現地代表者へニング・ビルゲが出迎えた。ビルゲは背の高い細面の男で、明るい金髪の髪を真ん中で分け、昔の会計士のような眼鏡をかけている。そしてダイバー二人をこきおろした。

こいつは海底で何があったのかを知ろうともしない――しかしニルスは人前では一言も言い

返すつもりはなく、罵《のの》しられるがままになっていた。これは態度の問題だった。ニルスは自分が優秀なダイバーであること、そして目の前にいる傲慢《ごうまん》な男が自分なしではやっていけないことをよく知っていた。相手が怒鳴る声は右の耳から左の耳へ抜けていく。超過時間、それにかかる費用、税金、何もかもニルスにはどうでもいいことだった。この男が度を超さなければだが。そこは微妙なバランスだった。テラス席にいる客の反応をニルスがどう解釈するかにかかっている。引き揚げの準備が整っていなかったことはダイバーの責任ではない。そしてビルゲはニルスに救われたことにも気づいていない。

ついにパウルセンがビルゲに歩み寄り、何があったのかを説明した。ニルスが命を賭けてまで任務をやり遂げたことを、常に相手に敬意を抱かせるパウルセンらしい話しかたで語った。

「何もかも、ちゃんと接合されていなかった金属の塊のせいだ」

他のダイバーたちは黙って眺めている。ニルスは最後まで表情を変えなかった。ニルスのクールな振舞いに、石油会社の代表者は笑い者になるのだ。そのへニング・ビルゲが急に蜂蜜のように甘い態度を取り始めても、ニルスは驚かなかった。ビルゲは場の雰囲気が変わったのを察したのだ。ニルスの肩をつかみ、抱きしめようとした。

「まあまあ、終わりよければすべてよしだ、ニルス。きみに仕事をしてもらえて光栄だよ」

ビルゲはその言葉を、ニルスだけでなく二軒のパブに座る見物人にも向けていた。

ニルスは相手が身体を押しつけてきた瞬間にささやいた。

「皆の前では別人だな」ニルスは相手の肩が壊れそうなくらい強くつかんだ。「これが最後だぞ」

二人は身を離した。痛みにもかかわらず、ビルゲはまだ笑みを浮かべている。そして、その場にいる全員を証人にしようとした。

「お前はここフィンマルク地方の希望の星だ。勇気と名誉、サーミの民のロールモデル。自分の手で運命を切り開いている。手を伸ばして他人が稼いだ金をほしがるのではなくてね。ブラボー、ニルス」

そしてそそくさと姿を消した。

ニルスは〈リヴィエラ・ネクスト〉のテラス席に座った。ガソリンタンクの向こう側では数人の漁師がビールを飲んでいる。おそらくフィヨルドで漁をするサーミ人なのだろうが、サーミ人ではないやつも確実に交ざっている。沿岸の町では誰がサーミ人で誰がそうではないかは判別のしようがなかった。住民は何百年も前から混ざりあってきたのだ。ニルスは自分がサーミの血を引いていることを知っているが、自らそれを主張したことはない。そんなのは、どうでもいいことだ。会社がそれを大袈裟《おおげさ》にアピールしたいのなら、勝手にすればいい。しかしそれでなんの得になるのかさっぱりわからなかった。ハンメルフェストの住民は、この町から数十キロ離れただけの場所、ツンドラの只中で何が行われるのかを全然知らない。ニルスはごくごくとビールを飲み、目を閉じた。そのとき、ゆっくりとした拍手が聞こえてきた。〈ボレス〉の暗い隅から響いてくる。

「よくやった、頼もしいよ」

ガソリンタンクの向こう側からの拍手が、沈黙の中に響きわたった。ようやくニルスにも、ビールを手にしたオラフが物陰から立ち上がるのが見えた。そういうことか、スペイン野郎が町に来ていたとはね。こんなところで何をやってるんだ？　オラフ・レンソンはトナカイ所有者でありながら、スウェーデンのサーミ議会の議員も務めている。軍国主義的な態度に多くの人の反感をかっていた。相手を挑発するように怒りを露《あら》わにし、威張った態度をとるせいでスペイン野郎というあだ名がついている。

「当然ながら、お前はエリックとは大違いだ」オラフ・レンソンが続けた。「あいつなら絶対に、あんなふうに侮辱されて黙ってはいないはずだ。エリックは背筋を伸ばして生きることを知っていた」

　ニルスはすぐには答えなかった。エリック・ステッゴの妻がオラフ・レンソンの背後にいることに気づいたからだ。彼女のことはよく知らなかった。

「お前ら一緒に何してるんだ？」ニルスは意地悪く言い返した。「もう付き合ってるのか？　夫が死んだばかりなのに、こんな男と皆の前に現れて恥ずかしくないのか？」

「オラフには放牧のことでアドバイスをもらっているだけ。わたしはこれから独りでやっていかなきゃいけないんだから。あなたがエリックを湾から引き揚げてくれたんでしょう？　お礼を言うわ。きっとあなたも辛かったはず……。でもわたしの友人を侮辱する権利はない。わたしたちは伝統に従っているだけ。あなたは自由に生きればいいけれど」

「伝統だと？　どの口が言う。あの動物どもがおれの文化に存在したことはないんだが。で、このおれに勇気を出せと説教するのか？　まったく、とんでもない冗談だ。おい、お前らも聞いたか？　このご立派なサーミ人どもを見てみろよ。自分たちの文化の存続のことばかり口にするが、決めたことを最後までやり遂げ、独立を要求する勇気はないときた。もうとっくに専用の土地やら議会、国旗だかなんだかはもらっているっていうのに」

ニルスの周りのダイバーたちは、出し物を見物するようにその様子を見守った。数人がグラスをこんこんとテーブルに叩きつける。ニルスはそれを気にも留めず、冷ややかな目で二人のサーミ人をじっと睨みつけた。

「全部手に入ってからやっと、何をするか決めるつもりなんだろ？　なあ、なぜこいつがスペイン野郎って呼ばれているか知ってるか？　闘牛士のように偉そうに尻を振るからだ。それにこいつは責任逃れの天才だ。だがおれは海の底で、すべての責任を自分で負う」

ダイバーが数人、ニルスを援護して口笛を吹いた。他のやつらは拍手をして笑っている。向こう側の客は表情を硬くした。無関係でいたい者は店内に入っていった。

「お前は状況が変わったことを忘れている」

オラフはガソリンタンクまで近寄ると、ニルスを指さした。

「われわれは今こそ独立を手に入れる。それで何もかも変わるのだ！」

「そうかい、そうかい。で、独立のための金はどっから手に入れるんだ？　トナカイの毛皮でも売って稼ぐのか？　なあ、金があるのはあそこ、海の中の石油だ」

「その独立はお前のものでもあるんだぞ。惨めなやつめ、ならばお前は何者なんだ？　その金、その石油とやらも、本来はおれたちサーミ人のものだ。ここの土地、海、石油——何もかもだ！」

今度は〈ボレス〉にいるサーミ人が拍手をして歓声をあげる番だった。反対側で数人のダイバーが立ち上がった瞬間、クレメットが姿を現した。

「おい、全員ちょっと落ち着け」

ニルスは席に座った。どちらにしても疲れていた。オラフが自分のビールを乱暴にテーブルにおく音が聞こえた。

「売国奴がもう一人登場したか！」オラフが嚙みつくように言った。「そうかそうか、どうせもうここに用はない」

「またどうせいつもの話なんだろう」クレメットは疲れた顔で言った。「アネリー、きみを探しに来たんだ。群のことで話がある」

ガソリンタンクの両側で、全員が自分の酒に戻っていった。激しい感情は瞬時に落ち着き、再び退屈な灰色の日にのみこまれた。ニルスはオラフらがパブから去るのを見て、グラスを掲げた。

「のけ者のお前らに乾杯」

7

ハンメルフェストの北極熊倶楽部　二十二時

　最北の町ハンメルフェストを訪れた者しか会員になれない王立北極熊同盟、通称〝白熊倶楽部〟はハンメルフェストのツーリストインフォメーションセンターの中にある。町の中心部を汚している背の低い陰鬱《いんうつ》な建物のひとつだ。

　入り口は水深の深い埠頭に面していて、そこに沿岸急行船《フッテイルーテン》の大型フェリーが停泊する。南はベルゲン（南ノルウェーにある港町）から最北のヒルケネスまで巡航するフェリーだ。ハンメルフェストの埠頭には毎日昼前に入ってくる。のけ者の埠頭からわずか五百メートルの距離だ。白熊倶楽部は数時間前から一般客は入れていないが、この夜、いちばん奥のセレモニーに使われる部屋からは明かりが洩れていた。

　マルッコ・ティッカネンはいつものように、何もかも完璧に手配していた。

「毎回、やらなければいけないことをやるだけさ」

　彼はポマードが足りなくて乱れた茶色の髪を正しい位置に戻し、重い身体を素早く動かして、すべてがあるべき場所にあるかどうか最終確認を行った。

部屋の中央には小さな八角形のテーブルがある。その中心には象牙《ぞうげ》で彫られた白熊が嵌《は》めこまれ、木の脚はロープが巻かれたデザインになっている。テーブルクロスはまだかけられていない。かける前に客が白熊を見たがるからだ。白熊にパワーをもらえると彼らは信じている。それを見ると満足し、喜ぶのだ。

テーブルを囲む椅子や二人がけのベンチも、やはり価値のある品だった。地元の洞窟で発見された壁画の模様が入り、座面にはアザラシの毛皮が敷かれている。壁にもアザラシの毛皮、ノルウェー北極圏の叙事詩的写真、そして動物の骨が飾られている。

部屋の隅には約五十センチの細長い骨が、粗野な観光客から守るためにガラスケースに入れられていて、訪問客の興味をそそっていた。白熊倶楽部で新しい会員を迎え入れるさいに使われる棒だが、新会員は自分がセイウチの巨大な陰茎骨に叩かれているとは知らなかった。

この部屋には窓がなく、夕暮れの柔らかなオレンジ色や青紫色は入ってこない。しかし薄暗い照明が似たような雰囲気を与えていた。

まもなく客がやってきた。マルッコ・ティッカネンは大袈裟《おおげさ》で慇懃な態度で一人一人に頭を下げ、フィンランド出身の名残である抑揚の激しいノルウェー語で歓迎の挨拶をした。集まったのはこの小さな町、とはいえ極地のシンガポールとなりつつあるこの町でもっとも権力をもつ男ばかりだ。いや、北極圏のドバイと言ったほうが正確だろうか。それは好みによるだろう――ともかくマルッコ・ティッカネンは自分にそう言い聞かせていた。それでも、この小さな町を見ているかぎりは理解しづらい。鯨島の片隅に追いやられ、バレンツ海を前に、丘のふもとで風にさらされているだけの町なのだ。しかしティッカネンはティッカネンだから、「母がわたしを楽天家に産んでくれた。さもなきゃ絶望のあまり瞬時に死んでいただろう。自分がどんな僻地に生まれたかを考えると」と言う。ティッカネンはそんなふうに世界を見ている。そして彼独特の詩的な表現を繰り出す。まあともかく、ティッカネン自身は自分を詩的だと思っている。もしくは健全な良識をもってるだけなのか。

よし、何もかも準備は整っている。今ちょうど、テキサスボーイもやってきた。するとティッカネンの顔にも満面に笑みが浮かぶ。ビル・スティールは本物のテキサス人だ。なぜなら葉巻を吸っているからだ。ともかくティッカネンはこの男をテキサスボーイと呼ぶことにしている。たとえ実際にはミシガン出身だったとしても。おそらく葉巻のせいだろう。ビル・スティールは特別な男だと思われている。なぜならテキサス出身のくせにいつもシカゴ・ブルズのキャップ帽をかぶっているからだ。そんな男は世界でただ一人にちがいない。その理由は誰も知らなかった。雄牛のような、ドクドクと血管が脈打つ首に皆が感心する。ただ、そのことを指摘する勇気のある者はいない。口に出す勇気がなくなる理由を思いついてしまうからだ。そのせいで皆からさらに一目おかれている。だらしなく太ったティッカネンが周囲を面白がらせる一方で——特に急いでいるときは愉快な光景だったし——テキサスから来た巨漢は筋肉に鎧われた身体で皆に敬意を抱かせた。ティッカネンが「ティッカ」と呼ばれても黙っている理由はそこだ。馬鹿にしたような口調を決して喜んではいないのだが。

ティッカネンは他に類を見ない優秀なホストだとみなされているが、客たちの家系図も熟知していた。驚いたことに、ティッカネンは人々の記録カードをつけている。出身、生業、ちょっとした習慣など、何もかも把握しておきたいのだ。この強迫観念は自分のビジネスにも役立っていると、自分にそう弁明している。

会合の前には必ず客たちの情報を復習する。テキサスボーイのビル・スティールは冒険物語のようなノルウェー石油史における古株で、六〇年代の半ばに北海にやってきた。スティールは当時から非常に独特なスタイルで、五メートル以内に近づく生き物はことごとく侮辱するという評判を得ていた。しかし歳をとるにつれ落ち着いた。だからアメリカ企業サウス・ペトロリウム社の北ノルウェー代表者に任命され、石油産業における重鎮の一人になっている。

ティッカネンはヘニング・ビルゲにうやうやしくお辞儀をした。細面で背が高く、金髪を完璧なまでに真ん中で分けている。探るようなイタチの目つき。自信過剰。ビルゲの会社フューチャー・オイルはスウェーデン企業で、まずスウェーデンということ自体怪しいが、石油業界においても重要なプレイヤーだとはみなされていなかった。ただしリスクエリアに特化している。そういうエリアは見通しがそれほどよくない国にも存在する。北極圏の石油？　きな臭い！　最高じゃないか。フューチャー・オイルは自分の得意分野を認識している。ティッカネンもリスクの高いビジネスに背を向けはしない。荒波に身を投げ出さずしては何も成し遂げられないのだから。そのことを誰よりもよくわかっていた。しかしティッカネンはティッカネンを熟知している。少なくとも、自分自身は信用できる。そう、たいていの場合は。自然の力が抵抗してくるとき以外は。それに不運に見舞われたとき以外は。それに官僚たちもだ。彼のような人間に対して悪意をもつこの世のすべて。ティッカネンはルーレット台へと進んだ。酒瓶がカチャカチャと音を立てる。ティッカネンは白熊のテーブルのほうを手で示した。

フューチャー・オイルの男は――今テキサスボーイの耳に何かささやいているが――おまけに南ノルウェー出身だった。ノルウェー人のくせにスウェーデン企業で働くとは……。そもそも南ノルウェーの人間というのはろくでもないことで有名だ。アイデアと南の方言を引っ提げて現れ、人生について教えてやったと思いこんでいる。だが彼らは大金と投資プロジェクトをもってる。そしてプロジェクトには土地が必要だ。その土地こそがティッカネンの専門だった。ティッカネンは出会う人間全員の記録カードをつくるだけでは満足せず、鯨島じゅうの土地の所有者の名前もほぼすべて空で言えた。おまけにトナカイが春から秋にかけてどこで餌を食べるのかも知りつくしている。別の言いかたをすると、どこでトナカイ所有者の紛争が勃発するのかを熟知しているのだ。それは黄金にも値する情報だった。先住民との争いはビジネスにはつきもので、そのせいで多国籍企業が工場を閉鎖するわけではないが、企業イメージの低下に直結する。だから大企業はそれを避けようとする。その種の問題をいかに解決するか、ティッカネンはそんなアイデアも豊富にもっている。

ティッカネンは愛想よくビルゲに近寄り、どの席に座ればいいのかをささやいた。最後にグンナル・ダールがラーシュ・フィヨルドセンとともに現れた。二人とも地元の人間だ。その点については何も言うことはない。この二人は率直にものを言うが、うるさいことは言わない。記録カードによれば、ラーシュ・フィヨルドセンは少なくとも四分の一はサーミ人だ。おそらく本人はそのことを知らないが。それにそんなことは心からどうでもいいと思っているはずだ。沿岸では誰だって少なくとも半リットルはサーミの血が入っている。フィヨルドセンは小柄でほとんどはげていて、小さな生き生きした青い目で突如として相手を壁に磔にすることがある。

ハンメルフェストの市長を務めるフィヨルドセンは政治の世界に入る前はノルグオイル、ノルウェーの国営石油ガス企業の地質コンサルタントを務めており、地震学の研究で脚光を浴びた。北海にあるトロールという油ガス田の発見に貢献したのだ。当時世界最大の油ガス田だった。彼は野心ある好戦的な労働党員で、政治の世界でもあっという間にのし上がっていった。政治は彼の生きがいで、誰とでも知り合いかと思うほどの人脈をもっていた。フィヨルドセンのような男は記録カードなどつける必要もない。ティッカネンはそれが羨ましかった。

四人目は他の男たちに比べて、かなり把握しづらかった。いくぶん恐怖を感じるほどだ。いや、恐怖ではない。そう、ティッカネンは何事も何者も恐れることはないのだから。まあ、たいていの場合は。

そのグンナル・ダールは目を奪うほど個性的な姿をしている。極端に背が高く、細身で、毛深い。失笑したくなるほど細い——とティッカネンは思う。口髭は生やさずに、リンカーンのようなヤギ鬚がもみあげまで続いている。しかしリンカーンよりも、ティッカネンが子供の頃に家に訪ねてきたレスターディウス派の牧師を思わせた。ダールは石油産業でも有名な存在だった。牧師のような容貌のせいもあるかもしれない。実際、足しげく教会に通っている。ダールは仲間内で最年長でもあった。世界じゅうの天然資源を征服するために飛び出したノルグオイルのパイオニア、その第一陣に属していた。当時ノルウェーの影響力はまだ国境の内側で止まっていた。新しい財産の調査を始めたとき、ノルグオイルは世界各地に散らばるノルウェー人宣教師のネットワークを利用して地元社会を理解し、彼らの物流網を活用した。宣教師たちは国教会に属していて、ノルグオイルも国営企業だから、互いに親睦を深め、国家公務員同士協力しあったのだ。しかしティッカネンはそんなの偽善の最たるものだと思う。ノルグオイルの役人の大半は教会のことなど完全に軽視していた。しかしグンナル・ダールはその大半とは一線を画し、喫煙はしない、飲酒もしない、いろんな女とセックスして回ったりもしない。それで尊師と呼ばれるようになった。その名前の響きは、原始的で打算的なこの業界においてことさら特異だった。

全員が揃った。ティッカネンは少なくとも月に一度、この種の会合をセッティングする。いつも金曜だった。非公式な会合で、決まった議題があるわけでもない。しかしティッカネンの招待を断る者はいない。美味しい食事、美味しい飲み物、ときには美しい同席者もいる。今夜はいないが。ティッカネンのほうは興味深い情報をいくらか入手できればと期待している。今夜はいないが。ティッカネンのほうは

ティッカネンがテーブルにテーブルクロスをかけ、客に食事を振舞う準備が整った。彼らはあえてティッカネンを会話に参加させようとはしない。ビルゲなどティッカネンのほうを見ようともせずにグラスに手を伸ばしたし、フィヨルドセンはティッカネンに早く料理を出すよう催促した。

「ティッカ、今夜は可愛い女友達はいないのか?」テキサスボーイが不満げに言い、ビールを

半分飲み干した。

　ティッカネンは困ったような視線を尊師のほうに投げかけたが、グンナル・ダールは普段から仲間が小さな冒険をして羽目を外すことには口を挟まない。牧師のような容貌だが、絶対に彼らの行動に怒ったりはしない。自分に関する噂を知った上で、善きロールモデルの影響力を信じ、モラルに関する説教をぶつつもりはないのだろう。ダールと仕事上の悩みや解決策を議論するためにここへ来ているのだから。

　ティッカネンの答えも待たずに、テキサスボーイは地響きのような笑い声をあげ、サーモンのオープンサンドイッチに襲いかかった。ティッカネンは相手を促すようにうなずいた。他の男たちはまたひそひそ声で会話をしている。ティッカネンがその場にいるといつもそうだ。ティッカネンを仲間外れにしようとするのだ。もっとワインを取ってこいと命じては追い払う。それが儀式のようになっている。ティッカネン自身はその扱いに慣れてしまった。知るべきことは時がくれば教えてもらえるからだ。ティッカネンは自分の居るべき場所を知っている。それに負け犬ではない。自尊心という意味を除けば。ゲームの駒にすぎないことを自分でもわかっている。ティッカネンは最高級のエビのカクテルをテーブルに並べた。テキサスボーイはクジラ肉の薄いスライスに目がないし、アザラシの燻製は尊師の唯一の弱点のようだ。市長のフィヨルドセンも無邪気にトナカイの肉を薄パンで巻いた前菜に飛びかかった。いつもそれを皆が笑う。というのは、フィヨルドセンは町にやってくるトナカイを狩ることで知られているからだ。ヘニング・ビルゲだけが相変わらず難しい顔で、料理に味があること自体が驚きだと言わんばかりだ。

「スティールはもちろん悪気はないんだ、ティッカネン」ビルゲはそう言って、偽善者のような表情を浮かべた。

「ビルゲ、お前さんは本物の馬鹿だな」テキサスボーイがげらげら笑った。「何もわかっちゃいない。もっと女とやったほうがいいぞ。ああ、失礼、尊師殿。ティッカ、もっとビールだ！」

そしてティッカネンに顔を寄せ、耳にささやく。

「なあ、約束した女たちはどうなってる」

ティッカネンは相手のほうに身を乗りだそうとしたが、巨大な腹が邪魔になった。前のめりになっただけで息が上がる。額の汗をぬぐい、スティールに隣の部屋についてくるように言った。そこなら腹を割って話せるからだ。

「もうすぐムルマンスクから三人、若い女がやってくる。思い出の夜になるはずですよ」

「やるじゃないか、ティッカ。ユー・アー・ザ・ベスト、マザーファッカー！」

「いやあ……ところでサウス・ペトロリウム社の計画は決まったんでしょうか」

「ああ、なるほど、ティッカ、お前は腹黒いな。賢いじゃないか」

「何か手伝えることはないかと思いましてね」ティッカネンはまた額をぬぐった。

「前にも言っただろう、ティッカちゃんよ。トナカイ所有者にケンカを売られないようないい場所があれば、おれは幸せになれるんだ。ティッカ、ティッカ」

「そのような場所はこのあたりでは珍しいのはご存じで……」

「おれにあれやこれや説明するなよ、ティッカ、聞こえただろう?」

テキサスから来た男はもう笑みを浮かべてはいなかった。首の血管が少なくとも二倍に膨れ上がっている。ティッカネンは相手の両手にビールグラスをつかませると、深く懸念した表情をつくった。

「できるかもしれないが、時間がかかるんですよ。世間の注目を引きたくなければね」

「そんなことどうでもいい、ティッカ。無条件で二億ドルを渡すわけじゃない。ダラスにいるボスたちを納得させられるようなプロジェクトが必要なんだ。わかるか、ティッカ」

テキサスボーイは両手にビールをもって自分の席に戻り、ティッカネンは小さな焼き菓子やクッキーを満載した皿を運んだ。ビル・スティールが皆の前でソルミ坊やを褒めそやした。わが子のように気に入っているダイバーだ。

「おれにとっては息子のようなもんだ」ビル・スティールはヘニング・ビルゲに向かって吼えるように言った。「おい、お前。うちの息子にケンカを売るんじゃない」

そしてげらげらと笑いだしたが、それから急に真剣な表情になり、他の皆のほうに身を乗りだした。四人の男は額を寄せあってささやいている。ティッカネンには聞こえないように。ティッカネンはそのメッセージをはっきりと理解した。ティッカネンは彼らの倶楽部には属していない。彼らはティッカネンにそう感じさせ、ティッカネンの自尊心を傷つけないようにという配慮は一切ない。しかしティッカネンは最後に勝つのは自分だとわかっていた。しょせんこいつらは……一時的にここにいるだけの存在だ。いつの日か、北極海からの風が、彼らを南へといざなうはずだ。地元出身の尊師とフィヨルドセンだってそうだ。そんな予感と蜂蜜のように甘い笑顔で、ティッカネンはまた客のグラスに三ツ星のコニャックを注いだ。

ミッドデイへ

きみから連絡がないままに、あまりに長い年月が経った。最近、昔の仲間から連絡があった。先駆者の一人だ。彼は世界に対して怒っている。予期していなかったが、わたしの元に戻ってきた。わたしが最悪な状態のときに。彼自身も最悪な状態だ。だが二人なら何かできると彼は思っている。正義という言葉を使っていたが、わたしは懐疑的だ。ともかく、わたしたちはここに戻ってきた。嬉しくはない。彼だってそうだ。どうやって進めればいいのかわからないが、やるべきことをやるしかない。会わなければいけない人間と、会う約束をとりつけるのだ。

8

四月二十四日　土曜日
日の出：三時二十分、日の入：二十一時二十六分
十八時間六分の太陽
ハンメルフェストの高台にあるプラーリエン地区　七時三十分

パトロールP9は早朝に起こされた。ハンメルフェストの市長ラーシュ・フィヨルドセンから電話があったのだ。市長は激怒していた。フィヨルドセンは用心深く物事を進めるタイプではない。毎朝夜明けには市庁舎に向かうのだが、自分の町の中にトナカイがいたという。いくらなんでも早すぎるだろう！　市長はそう文句を言った。

五月にトナカイがやってくるだけでも苦痛なのに、四月にもう来ていたら秩序などないも同然だ。数頭だけの話だろう、なんて言うんじゃないぞ。トナカイ所有者たちはいつもそう言うが、トナカイ警察まで同じセリフを言うのを聞きたくはない。その代わりにさっさとここへ来て、トナカイを町から追い出してくれ。スクールバスがトナカイを轢《ひ》いたり、脱輪したりする前に。

電話を取ったのはクレメットだった。よかった――とニーナは思う。というのもこの朝、市民に選ばれし者の苦情に耐える心の余裕はなかったからだ。ニーナはよく眠れなかった。明るくなるのが早すぎるのだ。ニーナの故郷である南ノルウェーはここから三千キロ離れていて、この時期でも夜はもっと暗い。だからニーナにはカーテンなしで寝る習慣があった。季節のうつろいを感じながら、自然の恵みと生きるために。そこには光も含まれている。母親にそう育てられたのだ。神からの贈り物を感謝して受け取る。しかしここはさすがに明るすぎた。泊まっているスカイディの小屋で、ニーナの簡易ベッドは東向きだった。夜、睡眠サイクルのいちばん重要な局面でも、太陽はめいっぱい輝いていた。おまけにトナカイが町にいるですって？今日という日は思ったほど退屈にはならないかもしれない。クレメットは相変わらず機嫌が悪いが、それはまた別の理由だ。

ニーナは起きたときにはすでに疲れていた。疲労感を抱えたまま、黙って素早く朝食をとる。テーブルにはびりびりになった罰金の用紙がある。紙片をパズルのようにつなぎあわせるのは思ったより根気のいる作業だった。用紙を破いたとき、クレメットは本気で苛立っていたようだ。二人とも疲れてしまい、またあとでやろうということになった。一時間後、二人は町の高台にあるプラーリエンという住宅街に到着した。小さな飛行場の裏だ。眼下には一軒家が何列も並行してカーブを描き、その斜面が海まで続いている。町の他の部分やそこを横断する幹線道路と同様に、湾に向かってそびえ立つ丘に支えられている。各家は広いが、新しく開発された住宅地のように目を見張るような贅沢《ぜいたく》さはない。庭はまだ半分雪に覆われているが、すでに春の息吹が強く感じられ、色と香りの洪水を起こす準備が進んでいる。あと二カ月という長い期間を経てから何もかもが爆発するわけだが、ニーナにも間違いようのない匂いが感じられた。それはニーナが初めて嗅ぐ匂いだった。市長の朝を台無しにしたトナカイの群をみつけるのに、長くはかからなかった。十頭ほどいる。モーネ通りぞいで餌を食べていた。

「まずはあたりを一周してくれ」クレメットが言った。

ニーナはトヨタのピックアップトラックを発進させた。住宅街は六、七軒がひと区画で、三十軒程度の家が集まっている。この十頭は単独で冒険にやってきたようだ。他のトナカイの姿は見当たらない。ニーナはまた元の場所に戻ると、トナカイから五十メートルほど手前で車を停めた。どのトナカイも植木鉢に植えられたばかりの植物を夢中で食べている。半年間地衣類だけで生きてきた彼らにとっては堪えられないほど魅力的なのだ。その家は留守のようだった。住人は仕事に出かけているのだろう。

「この町では、トナカイがこんなことしているのをどう思っているの?」

「まあ、喜びはしないな。だって植えた花を食べられてしまうんだから。わかるだろ? うわ、ちょっとあそこのお年寄りを見てみろ」

隣の家の老人がちょうどトナカイに気づいたところだった。歩きづらそうに杖をついているが、覚悟を決めた様子だ。老人は庭を囲む木の柵まで行くと、杖で乱暴に柵を叩いてトナカイを脅かそうとした。しかしトナカイは顔を上げたものの、老人のことは無視することに決めたようだ。

「普段なら、こういうことは夏に起きるんだ。トナカイが町に入ってしまうなんていうのはね。去年の夏はひどかった。きみが警察に入る前だ。十頭以上やってきて、ここの庭をめちゃくちゃにして大騒ぎになった。トナカイは海ぞいでも涼むが、家の陰にも寄ってくる。そして食べられる物はなんでも食べてしまう。あのときのフィヨルドセンの顔を見せたかったよ。文字どおり顔を真っ赤にして怒っていた」

離れたところから見ていると、老人は歩道に足を踏み出し、金属の郵便受けを杖で叩いた。すると今度はトナカイも即座に逃げだした。そして危うく車にぶつかりかけ、群は分散した。老人はちらりと二人のほうを見ただけで、家のほうに戻っていった。しかし何か思いついたように振り返ると、ピックアップトラックに視線をやり、二人に向かって杖を上げた。

「読唇術は必要ないな」クレメットが言う。「さて、行くか」

ニーナはまたそのエリアを一周し、丘の側に続くフェンスと車でトナカイを挟むようにした。フェンスはトナカイが入ってこないようにするためのもので、町をぐるりと取り囲んでいる。

「市長さんのフェンスはあまりうまく機能してないみたいね」

クレメットはすぐには答えなかった。双眼鏡でフェンスを眺めている。

「フェンスには扉がついているが、丘に散歩に行く人たちが閉め忘れることがある。それに、わざと開けっぱなしにするやつもいるんだ。自分たちのほうが閉じこめられているみたいで嫌だからと」

「自分がトナカイみたいな気分ってこと？」

「まあそんなところだろうな」

クレメットは双眼鏡を脇へやると、車を降りた。アウトドアジャケットを正し、周囲を見回してから、トナカイに近寄る。ニーナはハンドルに腕と顎をのせてのんびり座ったまま、同僚の動きを目で追った。クレメットは極端にゆっくりと進んでいく。トナカイは三十メートルほど先で、相変わらず人目をはばかることなく植物を食べている。クレメットは慎重に歩を進めたが、警察の分厚い制服を着た丸々としたシルエットのせいでちょっとコミカルだった。これから起きる光景を想像して、ニーナの口元がほころんだ。クレメットは宇宙飛行士のアームストロングが月を歩いたときのように足を上げている。熊のような重い足取りでのしのしと進んでいく。それからゆっくりと、地面と平行に腕を伸ばし、飛び立とうとする鳥のような体勢になった。そして腕をそっと下ろし、また奇妙な月散歩のような動きを繰り返した。ニーナはもう我慢できずに大きな笑みを浮かべ、アウトドアジャケットからカメラを取り出すと、その光景を永遠に焼きつけた。朝の疲れは吹き飛んだ。トナカイたちが頭を上げ、近づいてくる奇妙な生き物を見つめた。クレメットはトナカイが怯えて分散してしまわないように気を配っているのだ。落ち着いて、トナカイを望みどおりの方向に動かさなければならない。つまり二百メートル先のフェンスまで。いちばん近くにいるトナカイがやっと反応し始めた。また頭を上げ、数歩動く。ここまでは順調だ、とニーナは思った。ニーナはクレメットの数メートル後ろで車を徐々に進め、逃げられないよう道路を塞いでいる。

クレメットはこのみっともない行進を誰にも見られていないことを確かめるように、しばらく立ち止まったが、大丈夫だと踏んだようだ。またおかしな鳥が月を散歩するような動きを始めたとたん、交差した道から一台の車が飛び出してきた。運転手はトナカイを見て何度もクラクションを鳴らし、警官が目に入るとウインドウから腕を出して失礼な挨拶をした。トナカイはパニックになって逃げだし、あっという間に散り散りになってしまった。車は激しくクラクションを鳴らしながら去っていく。ここまでの努力は無駄になった。クレメットはあわてて飛び出し、左側の小道を塞ごうとした。走りながら腕を振り回している。家のドアが開き、人が顔を出した。クレメットは走るのをやめ、腕も下ろして、まともな動きになった。しかしドアが閉まるとまた腕を回して走り始めた。ニーナは大笑いしていた。クレメットは走り続け、つまずいて溝に倒れこんだ。ニーナはもう笑いを止められなかった。トナカイの群は落ち着きを取り戻し、三、四十メートル先で立ち止まった。そこの庭で植えられたばかりの花を食べている。別の家の老婆が玄関前の段に立ち、クレメットに何か言った。クレメットは怒った表情で泥と雪で汚れたジャケットをはたいている。ニーナには老婆が何を言ったのか聞こえなかったが、クレメットの怒りが鎮まるような内容ではないのは明らかだった。助けに行くべきだろうか。クレメットはわざとニーナのほうは見ずに、また威厳を保った姿勢に戻った。そして老婆のほうに向き直って何か言うと、老婆はあきれたように頭を振り、ショックを受けたような表情で家に入ってしまった。トナカイたちはまた走りだした。ニーナが見たかぎり少なくとも三つのグループに分かれている。複雑な任務になってしまった。クレメットも車に戻ってきた。そしてドアを乱暴に閉めた。

「帰って報告書を書こう。ここにトナカイがいるという通報があった。そして確かにいたことが確認できた。終わり」

「終わり?」

「ああ、終わりだ。任務完了。偉大なるトナカイ警官のちょっとした任務だ」クレメットはつぶやいた。まだイライラしている。「モルテン・イーサックに電話する。この地区のボスだからな。彼の地区のトナカイだ。トナカイを町から追い出す義務があるのはあいつだ。トナカイを撃たれたくなければ」

「そうね、わたしたちには難しそうだし」ニーナは笑わないように唇を噛んだ。

クレメットはニーナの顔は見ずに、携帯電話を取り出した。

「もしもし、モルテン。クレメットだ。ああ、ああ、そう、トナカイ警察の。またきみのところのトナカイがプラーリエンに来ている。すぐに人を寄越してくれ」

クレメットは携帯電話を耳から離した。この地区のボスが怒声をあげているのが聞こえる。

「どっちでもいい」クレメットはまた通話に戻った。「そっちに寄るよ。他にも話がある。だからそこにいてくれ。今行くから。そして後生だから、誰かをここに来させてくれ」

クレメットは電話を切ると、あきれたように頭を振った。

「なんて頑固な男なんだ」

ニーナは中心部に向かって車を走らせた。

「モルテン・イーサックはどこに?」

「鯨谷《クヴァールスン》だ」

クレメットはラジオをつけた。NRK（放送協会《ノルウェー》）フィンマルク地域局のニュースの時間だった。この地方の三月の失業率は今のところ普段どおりごくわずかだという。ノルグオイルが地元の企業と約一億五千万ノルウェークローネで電気メンテナンスの契約を新しく結んだことを発表。川でスノーモービルの事故が二件。氷が割れて水に落ちたが、運転手たちは助かった。アナウンサーは改めて週末も警戒するよう告げた。家族でピクニックをしに、スノーモービルでやってくる人たちが多いからだ。ダイバーが一人海底で意識を失ったというニュースはごく曖昧《あいまい》に伝えられた。市長フィヨルドセンが長いインタビューの中で、またハンメルフェストにトナカイが現れたことに苦言を呈していた。今年最初のトナカイだ、それに正直に言って――と市長は声を荒らげた――これはもう我慢できないところまできている。それよりも、この町にやってくる企業が成長できるように、町を拡大しなければいけない。いい仕事に就きたい者ならば誰だってその重要性を理解できるだろう。カウトケイノではイースター・フェスティバルが始まり、今夜は歌手が何人も登場する。そしてサッカーの練習試合ではアルタIFがトロムソのTILとのアウェイの試合で、一対〇という小さくもありがたい勝ち星をあげた。

クレメットはラジオを切った。

「エリック・ステッゴの死については一言もない」ニーナが口に出した。

「昨日報道していたからな。それ以上何を追加するんだ？」

「さっきのおばあちゃん、あなたになんて言ったの？　ずいぶんきつい返事を返してたみたいだけど」

クレメットはまた怒った顔になった。

「いつもの苦情さ。なんでサーミ人やトナカイがこの町にいるんだ、ってね。何もかもぶち壊すばかりの、無価値なやつらだと」

「そんなに長く話してたかな……」ニーナがからかった。

「あいつらはいつも同じことを言うんだ」

「で、あなたはなんて答えたの？」

クレメットは肩をすくめた。

「じゃあアルバムを見てみろって言ってやった。きっとサーミ人のひいおじいちゃんかひいおばあちゃんがいるはずだからって。それが気に入らなかったみたいだな」

ニーナは大笑いした。

「最低ね！」そしてさらに笑ってから、つけ足した。「かなり意地悪なんじゃないの、そのコメント」

「なぜだ。サーミ人の血が混じっていると言ったら意地悪なのか？　ここ沿岸では全員が混合種みたいなもんだ。だが誰もそのことは口にしない。ただの言いがかりだよ、あいつらが言ってるのは」

ニーナは考えこんだ。

「確かにね。あなたを傷つけるつもりじゃなかった。ごめんなさい」

二人は残りの道中、黙っていた。しばらくすると車は島の南側のトンネルを抜け、狼湾にかかる吊り橋を渡った。すると二人とも同時に右のほうを見た。エリック・ステッゴが溺れたあたりを。

「何が起きたんだと思う?」

「トナカイ所有者にか?」

「野営地で会った女の人は……」

「スサンだ」

「移動路の餌場の問題だと言っていた」

「放牧は昔から谷ぞいに同じ経路で移動していく。トナカイたちが食べられる餌がみつかる場所をね。沿岸にある夏の餌場に到着するまで数週間かかるんだ」

「で、何が問題なの?」

「問題は、だ。冬が明ける頃にはトナカイは非常に弱っている。極端に弱ってしまっていることもある。冬じゅう地衣類だけで、やっと命をつないでいたんだから。だからどの所有者もいちばんにいい餌場に着きたい。自分のトナカイに肉をつけてやりたいんだ。伝統的に決まっている順番もあるにはあるが」

「じゃあおとといここにいた所有者たちの間でも、もめていたんだと思う?」

「調べるしかないな」

数分後、車はガソリンスタンドの隣に停まった。クレメットが小さな木造の家のドアをノックすると、中から、髪全体に寝ぐせのついた六十歳くらいの男が出てきた。分厚いウールのセーターにズボン下、毛糸編みの靴下をはいている。ズボンは手にもったままで、外に出る支度をしていたところのようだ。男は一言も発さずに横にのき、二人を中に入れた。

トナカイ餌場二十三地区のボスはコーヒーを淹れ始めた。窓からは海岸、吊り橋、そして海の向こうに鯨島が見えている。事故現場や聖なる岩はここからは見えなかった。

「ニーナ・ナンセンとはもう会ったな？　この冬からパトロールP9で働き始めた」

「会ってはいないが、話には聞いている。可愛らしい金髪の子がなんと南からこんなところまでやってきたとね。お嬢ちゃん、こんな場所に送られるなんて、警察大学でどんなヘマをしたんだ？」モルテン・イーサックが尋ねた。「おいクレメット、サプミで働きたい男はもういないのか？」

「それってあなたにとって問題ですか？」ニーナが言い返した。「サーミ人にも女性のトナカイ所有者がいるように思いましたけど」

「それでトナカイ放牧が盛んになるとでも思うのか？　そもそも何人いると思う。ジャーナリストやオスロの政治家が喜ぶ話ではあるだろうよ。まったく、最近はいつでもどこでも男女比の話ばかりだ」

「そうですね、たしかにトナカイの番には男のほうが向いてますよね」ニーナが皮肉をこめて言った。「ところで、なぜわたしたちが来たかはご存じですね？」

クレメットはキッチンのテーブルに地図を広げたが、男女比についての会話に加わることは避けた。地雷を踏みたくなかったからだ。モルテン・イーサックは二人にコーヒーを振舞った。そしてクレメットの説明も待たずに、ハンメルフェストの町を囲む線を指さした。

「このフェンスのせいで何年も自治体ともめてきた。二十キロにもわたるフェンスを張って、町の中心部にトナカイが入るのを防ごうとしたわけだが、やつらが望もうと望むまいと、この町は島に渡ってきたトナカイにとって、非常に重要な餌場への道中にあるんだ」

ニーナは家の中を見回した。キッチンは簡素で、玄関から見えた他の部分も同様だった。このトナカイ所有者は一時的にここに住んでいるだけで、自宅はサプミの内陸部にあるのだ。カウトケイノやマーゼ、カラショーク近辺のツンドラの只中に。ニーナはモルテンが自分の視線を追っていることに気づいた。

「この地区には大金持ちのトナカイ所有者などいない。数にして二十人ほどで、サプミのトナカイ餌場地区としても最小の部類だ。トナカイの数を全部合わせても二千頭、そんなもんだ。それでもこの町のやつらにとっては多すぎるようだが」

「そうだな。だがルールというものがある」クレメットが口を挟んだ。「きみたちは自分のトナカイが町に入るのを防ぐ責任がある。状況を悪くしても得はしない」

「だが今後はますますひどくなる」モルテン・イーサックは声を震わせ、テーブルを拳《こぶし》でどんと叩いた。「あいつらがやっていることに気づかないのか？　今度は精製所までつくろうとしている。これまでだって常にもっともっとと土地を要求してきた。その土地を誰から奪っていると思う？　さあ出ていけ。おれはうちの男たちを集めなければいけないんだ。またトナカイを迎えに行かなきゃならないんだよ。そしてまた侮辱されて……」

ニーナはクレメットが言い返そうとするのを見て、そっと腕を引っ張った。メッセージは伝わったのだからもう充分だ。自分たちも他に仕事がある。

ニーナはまたスサンのことを考えた。トナカイ餌場地区のボスは身支度を続け、二人のことはもう気にしていなかった。

「モルテン、鯨島で夏を過ごす群の中で、移動路のことでもめていた所有者はいる?」

モルテン・イーサックは腹を引っこめてオーバーオールのズボンのボタンを留めた。ニーナを見つめ、それからクレメットに目をやる。

「さっき言ったことが聞こえなかったのか? 餌場はどんどん小さくなっていく。所有者たちにどんな影響があると思う? ああまったく、十歳児みたいに何もかも説明せにゃならんのか?」

ニーナはまた、すでに何度も見たことのある絶望の表情を見ることになった。前にも見たのはマッティス。彼は迷える貧しいトナカイ所有者だった。数カ月前に死ぬまで、徐々に衰退していった。それからエリック・ステッゴのことも考えた。溺れ死んだトナカイ所有者。その寡婦のアネリー。夫が亡くなったことを知ったときの若いアネリーの瞳、ニーナはそれを忘れられなかった。一言も発さないまま、彼女の目に涙が溢れた。そしてニーナの手を離すと、くるりと向こうを向いて谷へと下りていってしまった。

9

ハンメルフェスト　二十一時

マルッコ・ティッカネンは一日のうちのこのなんとも言えない時間が好きだった。太陽が時間をかけてやっと、鯨島のすぐ西にある南島《セールエイヤ》の後ろに隠れる時間だ。まるで天空が人をあざ笑うかのような光景だった。やっと癒しが訪れると期待させておいて——太陽はまだ輝き続ける。まさにティッカネンのように。

車のライトが近づいてきた。相手は時間に正確のようだ。

ティッカネンはあたりを見回した。この時間はいつもそうであるように、素晴らしい風景だ。ティッカネンは見晴らしのよいこの場所で人と待ち合わせるのが好きだった。急な崖の上にいると、自分が町を支配しているような感覚を覚える。メルク島やガス工場。あながち嘘ではなかった。ティッカネンがこの町を支配している。まあ少なくとも、そういう野心をもっている。ティッカネンはこの町の秘密をいくつも知っていた。記録カードにも丁寧に記されている。

スポーツカーが現れ、隣に停まった。車からはニルス・ソルミが出てきて、ティッカネンの大きな韓国製ＳＵＶに乗りこんだ。

若いダイバーの態度はいつものように尊大だった。石油業界の重役どもよりさらに我慢ならない。ティッカネンを空気のように扱うあいつらよりも。あいつらは少なくとも本物の権力をもっているから、ティッカネンだって我慢できる。だがこのダイバーは何をもっているって言うんだ？　いったい何様のつもりだ。

礼儀正しく挨拶することもしない。ただ紙切れをティッカネンに手渡す。不動産仲介業者はそれを見つめた。

「難しくはないし、それほど時間はかからない。お友達は急ぎなのかい？」

「いつものことさ。今はホテル住まいだが、仕事の契約は二年だから、さっさとアパートに引っ越したい。半年後とかじゃなくて」

「もちろん、もちろんだ」

紙切れの上に、今空きのある家やアパートが次々と流れた。ニルス・ソルミはティッカネンに他のダイバーや石油企業の重役といった客を紹介する役割を担っている。通常、労働者はプレハブ住宅か、メルク島ぞいに浮かぶ大きな海上ホテルに暮らす。この小さな町は原油景気にのみこまれ、充分な数の住宅がないのだ。今では人口が一万人になった。非常に金払いのよい若者たちを至急助けるために、ティッカネンは毎回信じられないような手を使わなければいけなかった。

「で、丘の斜面に建つはずのおれの家は？　いつになったら引っ越せるんだ？」

「数日前に市長と話したところだから、あと少しだ」

昨日倶楽部でフィヨルドセンに会ったことは会ったが、ティッカネンはそのことを話すことができなかった。タイミングを逃したのだ。テキサスボーイが夜じゅう、ムルマンスクからやってくる三人の若い女のことを根掘り葉掘り訊いてきて、ティッカネンを離してくれなかった。ビル・スティールは興奮で顔を真っ赤にして、ティッカネンの尻を乱暴に叩くと、ねっとりとした恐ろしい笑い声をあげた。

「お前はいつも、あと少しと言うばかりじゃないか」ニルスが言った。

「ではこちらも言わせてもらうが、きみは要求が非常に高いんだ。ハンメルフェストの町とフィヨルドを見下ろせる場所に建築家がデザインした家を建てるなんて……。しかも交通量の少ない道路ぞいで、庭は……」

ニルス・ソルミはインスツルメントパネルを乱暴に叩いた。

「いつから待っているのかわかってるのか？」

ちっとも感じのよい口調ではない。ティッカネンはこの男が好きではなかった。怖いわけではない。ティッカネンは誰のことも怖がらないのだから。とはいえ一撃の痛みを弱めるためには、頭を垂れるほうがいいことも知っている。この町でソルミの立場は独特だった。サーミ人というだけで会社のお気に入りなのだ。まったく馬鹿げているが、この町の国際企業はもうずっと前から、サーミ人には敬意をもって接しなければいけないとしてきた。先住民は国際法で守られているからだ。北欧諸国は必ずしもその義務を国内の法規制に反映させていないとはいえ。そしてどの企業も、事業を拡大するために土地を必要としている。

「落ち着け、ニルス。落ち着けよ。もうすぐ色々な話が進む」

「本当にあと少しで市庁舎でも話が進むのか?」

ティッカネンは笑みを浮かべた。実のところ、その土地の件は市のほうではまったく進んでいない。具体的な企みは明かさずに、フィヨルドセンには数カ月前にその土地のことを訊いてみた。ティッカネンはまず、あらゆる聖なる存在に誓って、その特別な場所に自分個人が興味があるわけではないと明言した。しかしそれでは市長は納得しなかった。人の住んでいない保護地区なのだ。ティッカネンはもちろんそのことを知っていたが、これは大きなプロジェクトになる、と説明した。丘を立派に開発すれば、将来的には町の見どころにもなるはずだ。顧客の名前は明かせないが、何もかもプロらしくあらゆる規則に則って進める。

ティッカネンはソルミにもっと確証を与えなければならなかった。

「副市長とも仲がいいんだ。彼は世間の関心がどこにあるかをよく理解している。市長よりもね。辛抱強く待ってくれ、ニルス。そして友達にもよろしく伝えてくれ。アパートには十四日以内に入れるから。このティッカネンがそう誓うよ」

10

四月二十五日　日曜日
日の出：三時十四分、日の入：二十一時三十一分
十八時間十七分の太陽
国道九十三号線　九時三十分

パトロールP9のピックアップトラックは早朝に出発した。今日はイースターの祝日で仕事も休みのはずだったが、二時間前に受けた電話のせいで選択の余地がなくなった。叔父のニルス・アンテが、即座にカウトケイノまで会いにくるようにと勝手に決めてしまったのだ。どうしても見せなければいけないものがあるからと言って。それがなんなのか、叔父は明言を避けたが、即刻に現れないならお前は現代最悪の警官だし、親族の恥だとまで言われた。ニルス・アンテには物事を大袈裟《おおげさ》に表現する才能があって、甥がいい警官かどうかは実のところどうでもよかった。太陽はすでに高く上っている。海ぞいの急な丘の尾根から顔を出し、ツンドラの大地を輝かせている。

クレメットは叔父の話に慎重だった。子供の頃は、読まなかった本を全部合わせたよりも叔

父の話が人生に特別な彩りを与えてくれたとはいえ。これからあと数週間は泊まるスカイディの小屋を出てから、クレメットは無駄だとわかりつつ、先日罰金を科した二台の車を探していた。特にトナカイを盗んだほうの二人組に腹が立っている。自分が過剰に反応しているのも自覚しているが、同僚の前でプライドを守りたいというのもある。

ニーナは隣で丸くなって眠っている。昨晩もよく眠れなかったのだ。車は十五分前にアルタを過ぎ、カウトケイノに向かって南下した。そのとき電話が鳴った。

「今、向かっているところだ」クレメットは挨拶もなしに言った。

「それはわかっている。叔父の言いつけにそむくわけはないだろうからな。だが、急げ。トナカイ競争のためにカウトケイノの大通りが封鎖されるぞ。十一時半からだ」

「くそ、今日はトナカイ競争まで……。だがその時間には間に合う、大丈夫だ」

通話を切ると、ニーナが伸びをした。

「トナカイ競争？」

「カウトケイノのイースターの風物詩だよ。しかもそれだけじゃない」

ニーナはあくびをして、コーヒーの入った魔法瓶に手を伸ばした。まず同僚の白樺のコーサ（白樺の瘤でつくったサーミ伝統のカップ。スウェーデン語でコーサ、フィンランド語ではククサ、北サーミ語ではグクシと呼ばれる）に注ぎ、それから自分のコーサにも注いだが、二口飲んで顔をしかめた。

「で、他には何があるって？」

「ちょうど見られるかもしれない。結婚式だよ。しかも合同結婚式だ。トナカイ所有者はイースターの祝日に結婚したがる。移動の旅に出る前にね」

ニーナはちびちびとコーヒーを飲んだ。クレメットはニーナが目の端でこちらを観察していることに気づいた。

「で、あなたはそういうのが好きなの？」

「どういう意味だ」

「いやあ、よくわからないけど。そういう伝承とか民族的なこととかって、あなたの好みじゃないような気がして」

「そうは言ってない。それに少しはおれの世界でもある、そうだろ？」

「わたしに訊かないでよ、あなたのことでしょう。だけどコタのことを考えると……あなたがカウトケイノの自宅の庭に建てたやつね……あなたの世界でもあるんでしょう。ところでエヴァ・ニルスドッテルとはあれから会っていないの？」

クレメットは自分のコーサを差し出した。訊かれたくない質問だった。

「もっていてくれ。このコーヒーは苦すぎる」

ニーナは理解したようで、その話題は終わりになった。

よく考えてみると、今日この祝日にカウトケイノにドライブに行くのは悪くなかった。カウトケイノの人口は二千人で、その大多数がサーミ人だ。カウトケイノにはサーミの伝統が強く残り、イースターは彼らにとってもっとも重要な祝日なのだ。

彼ら、か――。自分たち、とは考えないわけだ。クレメットは心の中で自分に指摘した。車はまもなくカラショークへ向かう道路との交差点にあるカフェ〈トナカイの幸運〉を通り過ぎた。道の両側にはツンドラの地面のところどころに雪が見えている。雪の白が完全になくなるまで、まだこれから何週間もかかるのだ。

携帯電話がまた鳴りだした。

クレメットはぶつぶつ言った。

「まったく、気の短い叔父だな。もしもし！　今度はなんだ？　そっちに向かっていると言っただろう」

それから静かになった。クレメットは相手の話を聞き、そしてうなずいた。

「それがおれたちにどう関係が？」

クレメットは電話を切った。

「ハンメルフェストのボスからだった。なんてことだ……信じられないが、市長が死体でみつかった。狼湾の斜面で転倒したらしい。恐ろしいな」

「わたしたちはそれにどう関係あるの？」

「いや、特にないと思う。だが市長が死んだりしたら全員が巻きこまれるものだ。たとえ階段で転んだだけでも、公務員は皆大忙しになる。ともかくここではめちゃくちゃ重要人物だったからな、あの男は。影響力の強い人物。警官は全員葬儀やなんかに駆り出されるだろう。しかしエリック・ステッゴが数日前に溺れ死んだばかりの場所で転んで死ぬなんて、奇妙な話だ」

ニーナもうなずいたが、何も言わなかった。何か考えているようだ。

「なぜ叔父さんに呼ばれたのか想像はついている？」

「きみも叔父がどんな人かは知っているだろう。言いたくないときは何も言ってくれない」

「トナカイの盗難と関係があるのかな」

クレメットはすぐには答えなかった。まだ市長の死のニュースを消化しきれていなかったのだ。それに、叔父が誰かを警察に突き出すなんて想像できない。

「盗難は叔父の家からずいぶん離れたところで起きているし、目撃したとは思えない。それに、そういうことに口を挟む人間でもない。ここでは見なかったふりをすることもあるんだ。盗むこともあれば、盗まれることもある。だからお互いさま」

「よほど大きな盗難じゃないかぎりね。前にあなたが教えてくれたじゃない。小規模な所有者の場合、季節が一巡した頃にはすべてを失っているって」

「だがこれは一頭だけの話だ。それで倒れる所有者はいない」

ニーナは座席に深く座り、コーヒーをすすった。

「あなたの叔父さんは好きよ。まだミス・チャンと一緒なのかしら」

「ああ、今までになくね」

「ねえ、またあなたのコタに呼んでくれる？」

クレメットは冬にニーナに平手打ちされたことを思い出した。その辛い出来事以来、ニーナとは距離をおこうと努力してきた。しかしそれには相当な努力を強いられる。ほとんど一緒に住んでいるみたいなものなのだ。ニーナの若さとオープンな性格のせいもあり、距離をおくのは簡単なことではなかった。

「まあ、そのうちね……」

「え？　そんなこと言わずに……」

クレメットは自分がからかわれているのがわかった。車はカウトケイノに到着していた。サーミの町はイースター・フェスティバルで盛り上がっている。とはいえ道路は封鎖されていなかったし、封鎖される予定もないようだが、あの叔父の言うことなのだからクレメットにも予測がついていた。トナカイ競争は町を縦断する凍った川で行われる。その川が見えてきた。すでに人だかりができている。スノーモービルが何台も並び、木のポールにオレンジの長いネットを張ったコースができている。川ぞいには家族連れがテントを張っている。

クレメットは教会に続く短い道路との交差点でいったん車を停めた。ちょうど結婚式が終わったようだ。伝統的なサーミの民族衣装を着た人が十人ほど、川のほうへ下りていく。

「クレメット、ちょっと待って」

ニーナはもうオーバーオールのポケットを探ってカメラを取り出し、助手席のウインドウごしに写真を撮っている。ちょうどトナカイ競争の選手が登場したところだった。手綱をつけられたトナカイが舌を横にだらりと垂らして、必死に木の橇《そり》を引っ張り、橇の上では選手がうつぶせに寝そべっている。驚くような速度ではないが、観客はこの競技に夢中だった。

カメラをのぞいていたニーナが、急にクレメットの袖を引っ張った。

「アネリーだ。次のレースのスタートについている」

次のレースはまた別の競技だった。選手はスキーをはき、トナカイの真後ろに立っている。このレースのほうがずっとスピードが速く、危険だった。スタートの合図で四頭のトナカイが飛び出し、手綱を引いている選手を引っ張っていく。その中でヘルメットをかぶっていないのはアネリーだけだ。そんな不注意さが深刻な事故につながることもある。アネリーにはそれがわからないのだろうか。ニーナは手に汗を握りながら、カメラのファインダーごしにレースを見守った。クレメットはアネリーが理性を失ったかのように危険を冒しているのがわかった。双眼鏡を覗くと、あの慈悲深いアネリーがちょうど左側のライバルを押したところだった。偶然当たったようにも見えるが、クレメットはそうではないと思った。アネリーはそこから接近戦に挑んだ。ポールぎりぎりのところを回り、ときには他の選手の行く手を塞ぎ、彼らを挑発して乱暴な態度に出させた。アネリーのトナカイはだらりと舌を垂らしながら走っている。その吐息までは聞こえないが、観客の反応がクレメットのいる場所まで伝わってくる。観客も何かおかしいことに気づいたようだ。アネリーはもう一人の選手と並んでカーブに差しかかった。二人のスキーが重なり、アネリーが転倒した。観客が悲鳴を上げる。アネリーはうつぶせのまま引っ張られていくが、手綱を離そうとはしない。立ち上がろうともがきつつも、トナカイを止める様子はない。そして木のポールにぶつかった。それでも手綱を離さない。トナカイがやっとスピードを落とし、ゴールに近づく頃、アネリーはまだはいていたスキーで立ち上がることができた。二位の選手よりわずかに早くゴールを決め、興奮した観客がそれに拍手を送った。

クレメットはアネリーの顔から目を離すことができなかった。頭に傷を負い、処置のために人々が駆け寄ってくる。アネリーは足を引きずりながら、手で肋骨を押さえている。クレメットは双眼鏡ごしに彼女のこわばった、荒々しく光る瞳を見つめた。よく見えてはいないその目が警察の車のほうを見上げ、クレメットを捉えた。クレメットはその瞬間、彼女の負けだと感じた。

「なんてレースなの！」ニーナが叫んだ。「まるでベン・ハーじゃない！　毎年こんななの？」

車の横に老婆が立ち、やはりレースを眺めていた。

「ステッゴ一族の……」クレメットがニーナに返事をするより先に、サーミ人の老婆がそう言った。彼女は結婚式のあった場所から、凍った川に下りる途中だった。「かわいそうに、夫を亡くしたばかりで」

「知り合いなんですか？」

「今日の結婚式では証人になるはずだったのに、無理だった。かわいそうに。一年前、あの子自身がここで結婚したんだ。なんて残酷な事故。そして今、あの子は自分自身を危険な目に遭わせた。どれほどの怒りを抱えているのか。気の毒に……」

老婆は川のほうへと下りていった。毛布に包まれたアネリーが運ばれていく。他の選手たちは激しい身振りで実行委員に文句を言っている。クレメットは双眼鏡を脇へやると、町から出る道路へと車を走らせた。

数分後にクレメットは、カウトケイノ郊外にある叔父の家の前に車を停めた。玄関では汚れた雪の山から茶色い水が垂れている。気温がプラスとマイナスの間を行き来する季節の風物詩だ。クレメットとニーナは泥の中を家の前まで進んだ。庇の下でブーツを脱ぎ、ノックもせずに中に入る。叔父がほとんどの時間を過ごす二階へと上がり、何度か咳払いをしたが、なんの物音も聞こえてこない。

「あなたの叔父さんなら、また音楽を聴いているわよ」

書斎のドアが開き、微笑みを浮かべた顔が現れた。その笑みはクレメットの顔を見てさらに広がった。クレメットは叔父の同棲相手である若い中国人女性に手を振った。この二人は片時も離れられない仲なのだ。彼女がドアを大きく開けると、中でニルス・アンテがパソコンの前に座っていた。甥とニーナの姿に気づくと、キャップ帽を脱いだ。

「まったく、最近の若者の厚かましさにはきりがない」

ニルス・アンテは怒っているようだった。

「なんでもヨイクと組み合わせればいいと思っている。ラップ・ヨイクはまだいい。ジャズ・ヨイク、それもありだ。だがブラックメタル・ヨイクは……それはさすがに勘弁してほしい」

叔父がそんな文句を言っていることにクレメットは驚いた。叔父はルール破りの天才なのだ。その叔父が——やはり歳のせいだろうか。

「しかしここに来るだけでどれだけ時間がかかったんだ。また道を忘れたんじゃないだろうね、甥っ子よ。年老いた叔父のところには滅多に訪ねてこないんだから。幸いなことにミス・チャンがわしの人生に現れた。彼女は少なくともわしを忘れたりしない。愛するチャンよ、ツンドラの真珠《しんじゅ》よ、心無い甥に例の写真を見せようじゃないか。寝室にあるノートパソコンをキッチンへもってきてはくれないか？」

一階に下りるとニルス・アンテは全員にコーヒーを振舞った。叔父をよく知るクレメットは怒りで爆発しそうだった。あまり訪ねてこない甥を罰するために、わざと時間をかけているのだ。

「ニーナ、この気の毒な甥が子供の頃、わしのヨイクに飽き飽きさせられたことは知っているだろう？　その話はきっとすでに聞いているね？」

「愛する叔父さん、写真を見せてくれるんじゃなかったのか？」クレメットが口を挟んだ。

「おや、昔はそんなにせっかちではなかったのにな。感謝の足りない甥め」

頬のこけた皺《しわ》だらけの顔。目にはいたずらっぽい光が宿っている。クレメットはいつも叔父が冗談なのか本気なのかわからなかった。

ミス・チャンがノートパソコンをもってきて、それを優雅な身振りでテーブルにおいた。透ける素材のブラウスを着ていて、小さな胸が見えている。タイトなズボンのお尻をクレメットはまじまじと見つめてしまった。若いミス・チャンはニルス・アンテの頭に優しくキスすると、笑いながら彼の長い白髪をくしゃっとやった。するとニルス・アンテは彼女の腰に腕を回し、ブラウスごしに片方の乳首にキスをした。それからぽんと尻を叩いて、向こうへ押しやった。

「美しいライチョウがわしの理性を失わせる。さて、甥っ子よ。この画面を見て、わしの話をよく聞きなさい。ミス・チャンとわしは先日、狼湾に行ったんだ」

「先日って、まさか……」

「そう、気の毒なエリックが溺れた日にだ」

「トナカイが海を渡るために封鎖されていたエリアをうろうろしてたってことか？」

「口うるさい警官を演じていないで、よく聞きなさい。ミス・チャンが元々はベリー摘みの仕事でこの地方にやってきたことは知っているだろう？　わしにとっては幸せなことに、その後も帰らずにここに残ったわけだが。彼女はなんと、自分の親戚をここに呼ぼうと思いついたんだ。そしてベリー業界に参入する。夜な夜なわしに精を与えてくれる素晴らしきブルーベリーだ。それであのあたりを撮影していたんだ。中国からここに来てもらえるよう説得するためにね。さあ、チャン、写真だ」

　ミス・チャンは警官二人にパソコンを向け、スライドショーを開始した。自然の風景が次々と画面に映る。ツンドラの景色、ヒースをアップで撮った写真、黄色い苔《こけ》に半分覆われた岩、密に茂ったベリー、小川。クレメットは我慢の限界だったが、失礼にならないよう何も言わなかった。二人はずいぶん長いことあの場所にいたようだ。ほとんどの写真にミス・チャンが写っていて、ベリーや特定の場所を見せている。膝まである靴下に長いスカート、半そでのブラウスを着ていた。クレメットもあの日はよく晴れていたことを思い出した。それから酔っ払いサーミ人とニルスの態度のことに考えが及んだ。写真が次々と流れ、クレメットの興味が増した。見覚えのある狼湾の風景が現れたからだ。やっとか。ニルス・アンテとミス・チャンは湾を見下ろす高台にいたようだ。ある写真には湾の全景が写っていた。湾の両側ともだ。まだ平和な状態だった。ずっと遠くの南の岸の斜面に見えている点々がトナカイだろう。ミス・チャンも写真に写っていて、嬉しそうに微笑みながらトナカイを指さしている。立ったまま岩にもたれているから、下からは彼らのことは見えなかったはずだ。次の写真でニーナが笑いだした。ミス・チャンもくすくす笑い、ニルス・アンテが悲鳴をあげ、クレメットはあきれて黙りこんだ。ミス・チャンがいたずらっぽい表情で、カメラの前でパンティを振っている。

「おやおや、わしのお砂糖ちゃん……頼んだじゃないか。余計な写真は消しておくようにと」

「あらまあ、忘れちゃったみたい」ミス・チャンはくすくす笑いながら、ニルス・アンテの耳を軽く噛んだ。

ニルス・アンテはまだ一言も発していないクレメットに向き直った。

「まったく、若さとは……。他の写真は別のファイルに移動しただろうね？　そう願うよ、わしのとんでもないチャンよ。移動した写真は今夜一緒に見よう。そして甥よ、冷静になれ。ここからお前にとって面白くなるのだから」

ニルス・アンテは偶然、トナカイが島へと渡るのを目撃していた。そして知らずに事故の様子を撮影していたのだ。ピントを合わせているのはもちろん自分の彼女、そして彼女が指をさしている対象物だ。小さなカメラは近距離からアップの写真を撮ることはできないが、ミス・チャンの背後で起きていることを全体的に捉えていた。遠くの風景が、近くと同じくらいはっきり写っている。急な斜面では、岩の前に色のついた点がいくつか見えている。トナカイにみつからないよう姿を隠していた牧夫だろう。それから列になって水に入っていく点々も。トナカイが湾を渡り始めたのだ。一頭一頭はっきり見分けられるわけではないが、それがトナカイだというのは容易に想像がつく。さらにあとの写真では、岸から一艘のボートが出ていき、湾の真ん中に向かっている。そこに渦ができているのもはっきり見える。クレメットにもトナカイが円になって泳ぎだしたのがわかった。死の渦――エリック・ステッゴがボートで破ろうとした渦。

「この写真を見せようとしたのか?」クレメットが言った。「捜査資料に追加することはできるが、それで何か変わるわけじゃない。エリックが溺れたのは事故だ」

「いいや。何枚かもち帰って、詳しく調査したほうがいい」

ニルス・アンテはキーボードを叩いた。何枚か前に戻ると、手前のほうにはミス・チャンの引き締まった尻が写っていて、その指がある植物を指さしている。背景には狼湾と北側の斜面が写っている。

「この上なく美しい彼女にピントを合わせてはいたのだが……。ほら、ごらん」

ニルス・アンテは写真の右のほうを指さした。ぼんやりした人影が写っている。この距離では誰なのかはまったくわからない。

他の点々と同じように、牧夫なのだろう。しかし他の牧夫とはちがって、この人影は立ち上がっている。

そして腕をまっすぐ横に伸ばしていた。

ミッドデイへ
　長いこと、自分は恵まれていると思っていた。だがあの悪夢に追いつかれた。それがわかる。自分はもっと強い人間だと思っていた。きみはどうだ。同じだろうか。覚えているかい、昔のわたしたちを。もう古い写真を見る勇気はない。辛すぎるから。こんなに変わり果ててしまうなんて。
　それから？　この間話した昔の仲間と一緒に、隠者のように暮らしている。だがこれ以上はもう無理だ。彼も無理だ。長いこと苦しみすぎた。長いこと底にいすぎた。彼がわたしをみつけるまで、わたしは何年も霧の中に暮らしていた。わたしの状態に彼は怯えなかった。それについては永遠に彼に感謝している。彼は他の皆のようにわたしに背を向けなかった。わたしでさえ自分に背を向けたのに。
　一人みつけなければいけない人間がいる。われわれにはその義務がある。他の皆の名の下に。誰も見捨ててはいけない。そんなことをするやつは人間ではない。だが、われわれはまだ人間なのか？

11

四月二十六日　月曜日
日の出：三時八分、日の入：二十一時三十七分
十八時間二十九分の太陽
スカイディの宿泊小屋　八時十五分

クレメットとニーナは昨晩スカイディの宿泊小屋へと戻った。また今日も休息にならないまま――ニーナはそう気づいたが、もうたいしたことではなかった。夜明けから太陽に襲われ、やはりよく眠れなかったのだ。横になったまま何度も寝返りを打っていても疲れるだけなので、早朝から起きだし、クレメットがぐっすり眠っているのを見て苛立った。

もう何カ月もトナカイ警察で勤務しているのに、春になって以来、ろくに眠れない極地の夜に辟易《へきえき》していた。数日かかるようなパトロール任務が続き、二人は一緒に暮らすことを強いられているが、お互いにコツのようなものを身につけた。クレメットの視線が自分に注がれることがあると、ニーナは他のことを考えるようにした。独身のクレメットに落とされた女は一人や二人ではないだろう。しかし平手打ちの件以来、クレメットは節度のある距離を保っていて、

ニーナはそれを利用して楽しんでいた。

　ニーナが動く物音で、クレメットもやっと夢から覚めたようだ。ニーナはまた狼湾に行きたくてうずうずしていた。ニルス・アンテの写真に衝撃を受けたからだ。中国人の彼女がいたずらっぽい表情でスカートをたくし上げたあとの写真には、最初のトナカイが踵《きびす》を返した様子がはっきりと写っている。例の人影はまだ立っていて、おまけに腕の角度が変わっていた。つまりその人間は腕を動かしていたのだ。合図をしていたのだろうか、何か動作をしていたのがわかる。それをどう解釈していいものかわからないが、トナカイ盗難の捜査よりは面白そうだ。盗難はどうせ解決できないだろうし。

　その一時間後、パトロールP9は狼湾の北側の斜面にいた。ニルス・ソルミによってエリックの死体が引き揚げられた地点からそれほど離れていない。二人はニルス・アンテの写真をプリントアウトし、可能なかぎり拡大したが、小屋にあるプリンターでは限界があった。二人はあたりを見回した。ニーナは捧げ物の岩の陰に立ち、そのときの光景を想像した。それから地面に屈みこみ、特徴的な形の岩を観察する。岩の割れ目には小銭、骨片、白樺の皮など、小さな品がいくつもおかれている。様々な素材で彫られた小さな人形のような捧げ物もある。そこにバンが近づいてきて、モルテン・イーサック、二十三地区のボスが降りてきた。

「あんたたちの車を見かけたものでね。土曜以降、何かわかったのか?」

　ニーナが答えようとしたが、クレメットが先んじて彼女の手から写真を奪った。

「トナカイが泳いで湾を渡るときに、ある人間が立って、両腕をまっすぐ横に伸ばす。それは何を意味する？」

「まったく……。わかるわけがないだろう。見せてみろ」

　このエリアのトナカイ所有者のボスは、しばらくじっくり写真を分析していた。

「ゴミみたいな写真だな」

「モルテン、おれの言いたいことはわかるだろう？」

　モルテン・イーサックは二人の警官を順番に見つめ、それから心の中で光景を再現しているようだった。

「もちろん動画のほうがわかりやすいがね。この写真はかなり遠くから撮られているし、正確なことはわからない。だがここに立っている人影は、その前の写真では立っていない。確実に言えることはそのくらいか」

「写真のデータによれば、二枚の写真は二分の間隔をおいて撮られている」ニーナが説明を加えた。「腕を動かしているのもわかるでしょう。それにこの二枚の間に、この人間が立ち上がっただけでなく、トナカイたちも百八十度向きを変えた」

「ああ、だがいつこの男、あるいは女が立ち上がったのかはわからないだろう」モルテン・イーサックはニーナを見つめた。「何か不審なことを目にして知らせたかったのかもしれないし。だが、どちらにしても普通はありえないことだ」

「ありえない？」ニーナが食らいついた。

「あんたは最近ここに来たばかりだろう。トナカイというのは非常に臆病な動物なんだ。少なくとも大半はね。ちょっとした動作や動くもの、それで逃げだしてしまう。先日のように湾を渡るようなときには絶対に怯えさせてはいけない。泳いでいる最中に前方で動くものが見えたら、怖がって向きを変えてしまう。そうすると大混乱が起きる。最悪の場合にはどこに向かっているのかもわからなくなって、海の中でひたすらぐるぐる回り始める。先日、それでどうなったのかは知っているだろう」

「でもじゃあ、この人影はなぜトナカイの目の前で立ち上がり、腕を横に伸ばしているの……?」

モルテン・イーサックは黙りこみ、じっと考えこんでいた。顎を強く嚙みしめ、顔を緊張させている。試練を受けているような表情だった。

「わからない」そして結局そう言った。

「向かい側にいたエリックか誰かに伝えたいことがあったのだろうか」クレメットが言った。

「この人がわざとトナカイを怖がらせたとは思わない?」ニーナが言い返す。「だって腕を振っているみたいじゃない。それでトナカイが怯え、方向を変えた」

「想像などしないほうがいい。ツンドラでは想像なんかするとろくなことにならない。精霊を怒らせてしまう」

モルテン・イーサックは黙って湾を眺めていた。そしてとがった岩を指さした。

「かつてトナカイ所有者たちはここに捧げ物をした。トナカイが湾を渡る前にね。トナカイの幸運を祈るために」

「トナカイの幸運？」

「ああ、まあ……」

モルテン・イーサックはもっと何か言おうとしていたが、やめてしまった。そしてクレメットのほうを睨みつけた。

「軽々しく口に出すようなことじゃない。話しすぎるとトナカイの幸運が逃げてしまう」

「逃げてしまう？」

ニーナはこの地区のボスを見つめた。モルテンは顔をしかめ、唇を噛んでいる。

「なあ、こういう話はできればしたくないんだ。ここには聖なる岩もある。敬意を払わなければ」

「今でも捧げ物をする人がいるんですか？」

「そんなわけないだろう。そういうのはどれも昔の話だ。だからといって何かの亡霊がいないともかぎらないが」

「あなたはどうなんです？　捧げ物をすることはあるの？」

「昔話だと言っただろう！」

「だが、話を元に戻すとニーナが正しい」クレメットが口を挟んだ。「なぜその人間があのタイミングであんな動きをしたのかは実に不可解だ。わざとなら、しかもそれがトナカイ所有者なら、結果はわかりきっていたはずだ。そうなると状況が大きく変わる。そう思わないか、モルテン？」

「わたしは何も知らん」

「これが誰だったのか、全然わからない？」

「まったくわからんね。わたしはあの日参加していなかったし。もう行かなくては」

モルテンはバンで去っていった。クレメットはまた写真を見つめてから、ニーナに返した。

「トナカイ所有者というのは、自分たちの問題に外部の人間が首を突っこむのを嫌がるんだ」

ニーナは、トナカイ所有者は相手が女だと余計に信用しないとつけ足しておいた。そして聖なる岩を指さした。

「市長が転落したのはそこ？」

警官の姿は見当たらないが、封鎖テープが張られている。

「数日の間に同じ場所で二人の人間が死んだ。ここでは日常茶飯事ではないな」クレメットが言った。


まだ午前中の早い時間だったが、太陽はすでに空の高いところにあった。地面に落ちる影も短い。クレメットが車のトランクを開き、アルコールバーナーなどコーヒーを淹れるための道具を取り出した。クレメットは自分の影を踏まないように気をつけているようだ。これもニーナには謎だった。なぜそんなことをするのだろう。ニーナは不思議だった。クレメットは子供の頃、母国語であるサーミ語の使用を禁じられるという恐ろしい経験をしている。ニーナは色々と訊きたいことがあったが、質問をする勇気はなかった。これまで様子をうかがってきたかぎりでは、クレメットは不器用な性格ではあるが、ニーナに意地悪だったことは一度もない。時が来れば教えてもらえるのかもしれない。

クレメットは無言のまま、笑顔も見せずにコーヒーを手渡した。あまりに多くのことが二人を隔てている。いや、二人をつないでいると言ったほうがいいのか。

一緒に働き始めてすぐ、マッティスの殺人事件があり、クレメットの幼馴染でもあるトナカイ所有者、アスラクが重要な役割を果たした。しかしそれ以来、クレメットはその事件のことを話すのを避けてきた。ニーナは今でもアスラクからもらった装飾品をポケットに入れていて、それが指に触れるたびに事件のことを思い出す。しかしクレメットにその話題をもち出すタイミングは訪れなかった。

ニーナはコーヒーを一口飲んだ。クレメットの影が三十センチの距離にある。一歩踏み出して影に触れてみたが、また足を引っこめた。クレメットは何も気づいていない。

ニーナはこれが警察大学を卒業して初めての仕事だった。ここに配属されたのは偶然ではない。こんな僻地に自分から行きたがる新人はいないが、ニーナは国の奨学金で大学に通ったので選択の余地はなかった。しかし後悔は一切していない。かっこよさでは、自分たちの部署に入ってくる小さな犯罪は都会の大事件には劣るが。ここは広大な土地と気候のせいか他よりものんびりした仕事のリズムで、今でも驚かされる。

「写真のこと、どう思う?」

クレメットは車の後部座席におかれた写真をまた見つめた。残りのコーヒーを詰めた魔法瓶の横にある。

「立ち上がったのは本当にトナカイ所有者なのか？　よく考えてみると、ニルス・アンテとミス・チャンだってあの付近にいたんだ。他にもうろうろしていた人間がいたのかも。それがトナカイ放牧とは無関係な人間なら、そんな動きをしたらどんなことになるのかはまったくわかっていなかっただろうな」

「じゃあ、その動作が対岸の誰かへの合図だったのかどうかを調べないと」

「そうだな。だがこの話はどこにもいきつかないと思う。それに、腕を振ったせいでトナカイが向きを変えたのかどうかは証明しようがない」

「ボートは？　それも確認したほうがよくない？」

「なぜだ」

　ニーナは肩をすくめた。

「わからない。ただ思いついただけ。じゃあ市長は？」

　クレメットは答えずに相手を見つめた。ニーナにも、クレメットが自分の発言に苛立ってきているのがわかった。

「島に来るトナカイを狩ることで有名だったんでしょ？」

「何が言いたい。市長があそこで立ち上がってトナカイを怯えさせたとでも？」

「そこまでは考えてなかったけど……」

「だったらあれこれ思わせぶりなことを言うんじゃない。それに関連などないだろう。エリックは四日前に溺れ死んだんだ。市長のトナカイ狩りにも深い意味はない。ニーナ、きみは何もかもごっちゃにしている。同じ場所で数日の間に二人の人間が死んだからって、そこに関連があるとはかぎらないんだ。ましてや二人とも事故死だ。単なる不運、それだけだ。空想は素人に任せて、こだわるのなら証拠にこだわれ」

ニーナは答えなかった。急にどっと疲れを感じたのだ。休憩は終わりだと示すためにカップを片付けた。そして車に戻るとき、こっそりクレメットの影を踏んでやった。

12

四月二十六日　月曜日
ハンメルフェスト　二十二時四十五分

〈ブラック・オーロラ〉の夜は一時間前に始まっていたが、ニルスはまず港のピッツェリアでエレノールにディナーをご馳走した。ゴージャスな店ではないが、エレノールの表情が物語るとおり、今話題のレストランだ。それにこの町では選択の余地があまりなかった。平日に〈ブラック・オーロラ〉でパーティーが行われるのは珍しいことではない。店は石油業界の労働者のリズムに合わせて開いている。週末に働く労働者もいて、現場から帰ってきてから、あるいは出ていく前にパーティーを開くのが常だった。単にそれだけのことだ。ナイトクラブのオーナーは誰のおかげで食べていけるのかを理解していた。

町全体を見下ろす高台にやってくると、ニルスはナイトクラブの駐車場を通り過ぎ、脇道に入った。世界の頂点に立っている感覚がさらに強まる。足元に広がる海をやっと制圧できたという気持ちにも慣れたところだ。大きな青い海には、子供の頃から謙虚な思いを抱いてきたのだ。海にいると気分がよく、プロの男たちにも歓迎され、最終的にはそこが職場になった。しかし慣れ親しんだこの環境とはいえ小さなミスが死につながる場所でもある。ここから見下ろすと、海は輝くパステルカラーのパレットでしかなく、平和に見える。雪をかぶった丘々の雄大な景色に海の果てしなさが薄められ、にじんでしまうのだ。この高台から見ると、海は人間にも手の届く存在のように思える。しかしその印象がまやかしであることをニルス・ソルミほどよく知る者はいないだろう。一見無力で穏やかな海は恐ろしい秘密を隠している。自分はここまでのところはツイている――。ニルスはまだ若かった。それに才能もある。今は頂点に立ち、海を征服できている。そしてこれからも、当面はそれが続くはずだ。ニルスには自信があった。自分の身体を熟知しており、この仕事に必要なパフォーマンスが可能なのか、あとどれだけ耐えられるのかを試算できる能力があった。彼の強みはそこだった。丘の上に立ち、海そして他の人間のことも征服している。そして彼らのほうもそれを認識している。

「寒いんだけど」エレノールが文句を言い始めた。

「もうすぐここに家を建てるんだ。そうすれば……」

二人はまた車に戻り、道路を下り、〈ブラック・オーロラ〉に駐車した。エレノールの手を引いてナイトクラブに入ると、左手にビル・スティールが座っているのが目に入った。シカゴ・ブルズのキャップ帽を後ろ前にかぶり、フューチャー・オイルの代表ヘニング・ビルゲとさかんに会話を交わしている。ヘニング・ビルゲ――三日前にニルスをこきおろす勇気のあったやつだ。二人はパブの左側の壁ぞいのカウンターのスツールに腰かけている。この大きな部屋のいちばん奥を占めるのはジャグジーで、その上には透明のひらひらした幕が下がっている。

中の暖気が逃げないようにするそのビニールの幕を通ると、ジャグジーに浸かったまま暖かい室内から外に出ることができる。若い女二人と男が、ジャグジーの外のスペースで町を見渡しながらカクテルをすすっている。

ニルスはすぐに、フューチャー・オイルの代表者がわざと自分に気づかないふりをしていることを察した。突然テキサスボーイのやかましい声に夢中になっているような表情を浮かべたからだ。だがビル・スティールは普段から、他人にどう思われるかには徹底して無関心だった。

「ビルゲ、この野郎。気の毒なフィヨルドセンのために乾杯しようじゃないか。なあ、ビルゲ。間抜けのラーシュはあんな時間にあそこで何をやってたんだ？　なあ、言ってみろよ。ああ、早くもあいつが恋しいよ、あの洟たれ小僧がね。おいお前、もっと酒を注げ。もっと早く。じゃなきゃ本気で怒るぞ。さあ、瓶ごと寄越せ！」ビル・スティールはくだを巻きながら、カウンターに何枚も札を投げた。

隣のスツールではヘニング・ビルゲがお高く留まった表情のまま座っている。何度もちびちびとビールを飲む。ニルスはビルゲを観察した。あの毒蛇は何を企んでいるのだろうか。エレノールがニルスをダンスフロアの真ん中へ連れていこうとした。彼女はいつだって自分が中心にいて、その場の全員が自分を見つめていなければ気がすまないのだ。しかしニルスはそれに乗ろうとはせず、フューチャー・オイルの男があとどのくらい自分の視線を避けていられるのか試そうとした。

ついにテキサスボーイがサーミ人のダイバーに気づき、大きな声を出した。腕を激しく振り回し、ふらふらしながらスツールをニルスのほうに差し出す。そのスツールに座っていた客は押しのけられ、アメリカ人の横暴な振舞いに驚きつつ、そそくさとその場を離れた。

「お前のお砂糖ちゃんにはあそこで尻を振らせておいて、お前はこっちに来いよ。ニルス、わが息子よ」

シカゴ・ブルズのキャップ帽をかぶったテキサスボーイはスツールを叩いた。スティールはスティールだから、ニルスも彼の態度を容認している。テキサスボーイはハンメルフェストに赴任してきたとたんにニルスに夢中になった。ニルスを崇拝し、勇気を褒めたたえ、誰にでも自分の息子だと紹介した。もちろん本当ではないが、このアメリカ人の大袈裟《おおげさ》な性格からすると不思議はない。

「さあ坊や、来い。フィヨルドセンを弔おうじゃないか。来い。座れよ。このグラスだ。飲めよ。今日は誰もが悲しんでいるだろう？　ビルゲ、お前さんだってそうだ。お前みたいな蛇頭だって悲しいだろう？　なあ⁉」

ヘニング・ビルゲは同意ともとれるような表情に顔をしかめた。そしてやっとニルスの目を見つめると、二秒以上目をそらさなかった。わざとらしい笑顔を浮かべる。

「なあ、間抜けなラーシュはあそこで何やってた？　マジな話、お前は知ってるのか、ニルス？　お前はあの場所に詳しいだろう。なあ、あの野郎はなぜあそこに？」

ニルスはビールを飲みながらエレノールを見つめた。ダンスフロアで腰を振っている。見たことのない男が二人、彼女を囲んでいる。無理もない。地元の男どもはニルスの女に近寄る勇気はないのだから。ニルスは彼らを好きにさせておくことにした。何かあれば、誰かが自分の代わりに援護してくれる。ニルスはスティールに向き直った。

「さっぱりだ、ビル。だがこれで別のやつが市長になるんだろう？　今まで行き詰まっていた件がいくつも解決するかもしれんぞ？」

「はは、ニルス坊やよ。何か思い当たることでもあるのか？」アメリカ人はにやりとした。ビルゲの目の前で、大きな手でニルスの腿を叩く。「なあ、このイタチ顔。おれのニルスは賢いだろう？」

スティールは愛しげにニルスの額にキスをした。

「こいつはもう先のことを考えてやがる。おれたちみたいにここに座って涙を絞り出すんじゃなくてね。だがおれは涙腺が緩い性質なんだ。ビルゲ、お前もそうだろう？」

ビルゲはテキサスボーイの腕を軽く叩き、同調したような表情を浮かべた。実際にはまったく逆のことを考えているのに。ニルスはそれをはっきり感じたが、それは彼自身も同じだった。この小さな町における金の奪い合いは、伝統的な価値観を粉々にしてしまう勢いだ。しかしニルスにはなんの罪悪感もなかった。そうやって育てられたおかげで、無意味な言い訳はしない大人になったのだ。むしろ逆で、これまでもずっと自分は他の人間とはちがっていて、どれほどの価値があるかを教えこまれてきた。ニルスの成功は、両親が正しかった証だ。だって、これほどの成功を収めたのだから。そうだろう？

「なあ、ニルス。ジャグジーの女どもを見たか？　知り合いか？　ちがうな？　なあ、ビルゲ、おれは最高にツイてるぜ。なあ、あのティッカ野郎が準備しているパーティーのことばかり考えているよ。ふしだらな可愛い小娘どもは、もうこっちに向かっているところだ」

ニルスはそんなパーティーのことは耳にしていないが、ビルゲは知っているようだった。しかしビルゲはアメリカ人のコメントなど耳に入っていない様子だ。

スティールは鼻歌を歌いながら急に立ち上がり、スツールをなぎ倒し、ダンスフロアへと向かった。パノラマウインドウからは湾の壮大な風景が見えている。その向こうに天然ガスを精製する島も。明るくライトアップされたフェリーが島と本土の間に浮かんでいる。海上ホテルとして使われていて、何百人という労働者や役人がそこに暮らしている。町中に充分な数の住宅がないからだ。彼らはヨーロッパのあらゆる場所から来ていて、スオロの原油を精製するためにハンメルフェスト市が計画している建設計画の第二段階を支えている。

ダンスフロアではスティールがトランス状態に陥ったように腰を振りながら、他の人間を蹴散らしていた。周りから人がいなくなり、本人は大笑いをしている。そして踊っているエレノールの背後に回った。その腰をつかみ、自分のほうに向き直らせる。エレノールは嫌がりもせず、スティールの仕掛けたゲームに参加した。

ニルスはその様子、そして周りの人間たちを眺めていた。

スティールがさらにエレノールに密着し、エレノールのほうはスティールを興奮させている。しかしニルスが振り返ると、ヘニング・ビルゲが軽蔑の笑みを浮かべて自分を見つめていた。しかしビルゲはゆっくりと表情を変えた。あわてることなく、ニルスの好みからするとゆっくりすぎるほどだ。周囲を見回すと、クラブ内にいる全員が彼のほうを見つめていた。ニルスが反撃に出るのを待っているのだ。

スティールはその大きな手で、スウェーデン女を触っている。ニルスを息子のように思っているからといって、皆の前でニルスの女をナンパする理由にはならないのに。

その直後、ニルスはダンスフロアにいた。同じ動きでパウルセンもビル・スティールの背後に立った。まるでダイビング・パートナーから介入の合図を待っていたかのようだ。ニルスがエレノールの手を引っ張った。優しい引っ張りかたではないが、あわててもいない。当然自分のものを取り返しただけだ。誰にとっても明白なメッセージだった。

ビル・スティールはエレノールを引き留めようとしたが、パウルセンの確固とした手がそっと近づき、その腕をつかんだ。スティールは驚いて振り返り、もう一方の拳《こぶし》を相手に向かって突き出した。

パウルセンは難なくそれをよけた。

ニルスは、常に素面のダイビング・パートナーが巨大なテキサスボーイを処理するのを眺めていた。拳が二度空を切っただけなのに、スティールはもう息を切らせている。

やっとヘニング・ビルゲがビル・スティールを出口に引っ張っていった。スティールは激しく拳を振り回しながら吼えていたが、その拳は何にも当たらず、怒声も音楽にのみこまれた。

ニルスはまだ、スティールがエレノールを尻軽女と呼び、ダイバーなど海底のベルで腐り果てればいいと怒鳴るのが聞こえる距離にいた。スティールはテーブルの横を通るときにグラスを倒し、座っていた客をどんと押した。そしてその男を羽根のように軽々とつまみ上げると、ニルスのほうに投げ飛ばした。

　スティールは結局、店の警備員の世話になった。

　意気地なしめ――とニルスは思う。しかも数日の間に二度も人前で侮辱された。ニルスはパウルセンにうなずきかけた。二人は言葉を介さずとも互いを理解できる。ダイビングの相棒同士というのは昔からそういうものだ。明日から三日間の長い任務が待ち受けている。そろそろ帰る時間だった。

　ニルスは店内に戻り、エレノールを従えてグラスの酒を飲み干した。エレノールは手で髪を直し、さっきの出来事など気にも留めていないようだ。ニルスは尊大な態度でダンスフロアやテーブルを眺め、皮肉を浮かべた視線がないかどうかを確認したが、誰もそんな勇気はないようだった。ニルスは支払いをすませると、満足げな表情のエレノールを連れて店を出た。

「フェリーまで送ってくれ」

「任務の前に一緒に過ごさないの？　全部忘れさせてあげるのに。わたしの身体を触りまくった太った気持ちの悪いアメリカ人のことも。ねえ、見たでしょ？」

「任務の前夜は必ず仲間と過ごすのは知ってるだろ？　さあ車を出せ」

　こういう状況でエレノールを説得しようとしても無駄だった。あきれるほど頭の悪い女なのだから。さっきのようなことが起きると、彼女は興奮する。仕方ない、フェリーの駐車場の後部座席でやるか。今夜はそれでいいだろう。

13

四月二十七日　火曜日
日の出：三時二分、日の入：二十一時四十三分
十八時間四十一分の太陽
スカイディの宿泊小屋　七時三十分

クレメットは早くに起きだし、スノーモービルの準備を整えた。交差点のガソリンスタンドでガソリンと水のポリタンクを満タンにする。ここスカイディは北西に行くとハンメルフェスト、北東にはノールカップ、南西にアルタがある。スカイディの小屋は春の間、トナカイ警察の本部として機能していた。

雲が出てきたが、光はまだ強かった。ドアの横の釘にかかった温度計はプラス二度を少し超えたところだ。草が再び立ち上がって緑になる力を蓄えるにはあと何週間もかかる。自然が自分の権利を主張する、その魔法のような季節をクレメットは待ち焦がれていた。そんな時期だけは、自分に叔父のようなヨイク、あるいはシンプルな単語だけで気候の厳しさに打ち勝った自然を賛美する才能がないことが残念に思えた。

川が何本かここスカイディで合流する。魅力のかけらもない小さな村だが、その川が釣り人を呼び寄せ、いくつもキャンプ場ができていた。警察の小屋は川ぞいで、キャンプ場を望む高台にある。川はまだ凍っているが、まもなくそれも終わりだった。氷が割れ始めている。スノーモービルを運転するときには注意しなければいけない。ツンドラの大地に出る勇気があるなら、今が一年でいちばん危険な時期だ。極地の人々はとりわけこの季節、雪と太陽を同時に楽しめる季節を好む。イースター前後の週末は地元の人にとって神聖な時期だった。

この朝、クレメットはニーナをもう少し寝かせておくことにした。外が始終明るいせいでニーナの精神状態が悪くなっていくのには気づいていたが、本人はあまりわかっていないようだ。しかし日に日に気が立ってきている。南から来たやつは軟弱だ。そのうち慣れるのだろうが。いや、すでにかなり慣れているのだ。クレメット自身は我慢できていた。それもよく我慢できているほうだ。幸いなことに再発していないのだから。ただ、ニーナの存在がプレッシャーになることがある。彼女はすべてを知らない。知るわけがない。だがまもなく知ることになるかもしれない。

クレメットは二十三地区のトナカイ所有者のリストを取り出した。幸いなことにフィンマルク西部でもっとも小規模な地区だ。

「もう働いてるの?」

ニーナがちょうど目を覚ました。長い金髪はぼさぼさで、寝起きの表情が可愛らしい――とクレメットは思う。起きぬけのときにしか見られない、ちょっと反抗的な表情。クレメットは色々と見えすぎてしまうニーナのパジャマから目をそむけた。しかし今日もまた見えてしまった。筋肉質で、華奢《きゃしゃ》で、そして肉感的な曲線が。彼女は自分がどれだけ周りの男に影響を与えているのかわかっていない。あまりにも北欧人すぎるのだ。男女関係なく同じ部屋で寝るのに慣れている。あくまで友達として。あと何回、自分たちは一緒に寝るのだろうか。

「着替えろ。忙しくなるぞ」

クレメットは外に出て、ニーナに小屋を譲った。雪で顔をこする。ニーナもまもなく中から出てきて、熱いコーヒーの入ったカップをクレメットに手渡した。二人は一緒に中に入ったが、ニーナはいつものように髪をひとつにまとめ、化粧もほとんどしていない。曲線美も制服の中に消えてしまった。よかった、よかった。

クレメットは小さなキッチン兼リビングのテーブルに、トナカイ所有者のリストと二十三地区の地図を広げた。つなぎあわせている最中の罰金の用紙を崩さないように注意しながら。部屋の中は殺風景で、家具はどれも木製、丸太の壁には風景写真が飾られている。しかし個性を感じさせるようなものはない。トナカイ警察のパトロールチームが交替で宿泊する小屋だから、誰も自分のセンスを同僚にも押しつけるようなことはしたくはなかった。

「所有者は二十名ほどだ。あの日も全員が参加していたわけではない。例えばモルテン・イーサックはいなかった。だが今回のように群が島に渡る、あるいは島から戻るときは、親族にも手伝いを頼む。今朝モルテンに、エリックが死んだ日にどのトナカイ所有者が参加していたのかを調べるよう頼んでおいた」

モルテン・イーサックの住むクヴァールスンまで、車で移動するのにそれほど時間はかからなかったが、その間に短いニュースが流れた。またフィヨルドセンの事故のことだ。追悼の言葉が殺到し、ニュースのたびに市長の見事な経歴が流れる。モルテン・イーサックは二人を待っていた。家の中に入れ、コーヒーを振舞い、自分は腕組みをしたまま質問を待った。

クレメットが地図と所有者のリストを見せた。ニーナは手帳を取り出し、クレメットが地区のボスから引き出す情報を何ページにもわたって書きつけた。あの日はこの地区の所有者が七人参加していた。警察はその七人に訊いて、親戚や友人の誰が参加していたのかを突き止めることになる。

モルテンはそれ以上協力するつもりはないようだった。クレメットと同じように思っているのだろう。調べることでどういう地雷を踏んでしまうのかまったくわからないのだ。沈黙を破ったのはニーナだった。

「地区の所有者が二十人いるうちの七人？　ずいぶん少なくないですか？」

モルテンは組んでいた腕をほどくと、地図に歩み寄った。

「彼らのトナカイは冬の間カウトケイノ周辺のエリアにいる。だいたいこのあたりだ。例年移動は春だが、春のどの時点かは年によってちがう。気候や餌の状態によるんだ。移動は雌が仔を産む前に終わっていなければいけない。だいたい今頃の時期だ」

「なぜ今なんです？」

「冬が終わるとトナカイたちは弱りきっている。地衣類しか食べてこなかったからね。仔トナカイは貧弱で、川や湾を泳いで渡れない。移動中に出産した雌は本土においてきぼりになり、あとで仔を連れて島に渡るか、あるいはあとに残った所有者が世話をする」

「じゃあ木曜に湾を渡った群は？」

「あれは大きな群ではなかった。他のトナカイよりも先に島に渡った一群だ。そういうこともたまにあって、理由ならいくらでもある。珍しいことだが、ときどきはあるんだ。それはどうしようもない。トナカイ所有者はトナカイについていくしかないんだから。群を導きはするが、人間には決められない。それがツンドラの掟だ。お役所が何もかも規則でがんじがらめにしたがるとはいえね。ひとつだけ覚えておいてくれ。トナカイが利益の出る動物なのは、自分たちで餌場をみつけられる場合だけだ。人間がコントロールしようとすると、ましてや餌などやろうとすると、それは放牧の終わりを意味する」


クレメットとニーナは川ぞいの駐車場に車を停めた。車の後ろにつないだ小さなトレーラーからスノーモービルを下ろし、そこに金属製の箱をいくつものせたトレーラーを連結する。そこから道路を降り、ツンドラの大地に飛び出した。トナカイ所有者たちは広い範囲に散らばっているわけではないが、それぞれを訪ねるには二日かかる。今夜はサプミ一帯にあるトナカイ警察の小さなグンピに泊まるつもりだった。

最初にみつけたトナカイ所有者は自分のグンピにいた。慎重にスノーモービルを進めても、そこまでは三十分かからなかった。雪の状態はまだ比較的良好で、川では氷が怪しいと思う箇所は避けた。グンピは小さな谷の、まだ氷が張ったままの湖ぞいにあった。湖の氷には穴が開いていて、その脇には二十センチほどの短い釣り竿とトナカイの毛皮が置かれている。波のように続く丘陵の北側はまだ雪をかぶっているが、南側は色が濃くなってきている。グンピからいちばん近い丘のふもとでは、ヒメカンバが天然の境界線をつくっていた。グンピからは煙が細く立ち上っている。トナカイ所有者は中で食事をとっていた。二人がやってきても驚く様子はなく、小さな暖かいグンピの中に入るよう勧めた。ツンドラで見かける他のグンピと同じく、ここも最低限の物しかない。グンピというのは小さなプレハブ小屋の下にスキーがついていて、スノーモービルに連結して移動することができる。内部には二段ベッド、ストーブ、テーブルそしてベンチがあった。ニーナはマッティスのグンピを初めて訪れたときのように興味津々で中を眺めまわした。

クレメットが手短に用件を説明する。

若者はうなずいた。髪が頭に張りついている。午前中ずっと外にいて毛皮の帽子をかぶっていたせいだ。彼はクレメットが差し出した写真を見つめた。

「おれはここに立ってた」そして脂っぽい指を写真に写る色の点のひとつにおいた。

島の対岸にある南側の斜面。ということは立ち上がった人間を目撃していてもおかしくない。だが何も気づかなかったという。正直に話しているようだ。

「こんな動作をする理由を思いつく?」ニーナが尋ねた。

若者は首を横に振っただけで、何も言わなかった。

「誰がどこにいたか覚えているか?」クレメットがさらに訊いた。

若者はもう一度写真を手に取った。そして七人を特定した。全員、彼と同じ側にいた所有者だ。あの日は二十人ほど集まっていたという。湾のこちら側と向こう側に十人ずつ。

「きみの側では、奇妙な振舞いをする人間はいなかったのか?　この写真の人間に対して合図を送っていたやつとか」

「いや、何もおかしなことはなかった。じゃなきゃすぐに気づいたはずだ。身動きひとつしちゃいけないんだから。だからちょっとした動きでもはっきりわかったはずだ」

「だが対岸の人間のことは気づかなかった」

「おれは岩の陰に隠れていたんだ。それは写真からもはっきりわかるだろう」

「じゃあどう思う。この立ち上がったやつはきみたちの仲間の誰かなのか、観光客や外部の人間なのか?」

「あそこで?　うちの誰かだよ、それは絶対にそうだ。だって他の牧夫の近くに立ってるじゃないか。じゃなきゃすぐに追い出されたはずだ」

「つまり、じゃあ……わからないけど……市長だったたってことは?」

「フィヨルドセンのことか?」

トナカイ所有者は息が止まりそうなほど大笑いした。

「彼の魂に平安を。だがあの男がおれたちの五百メートル以内に近づけたってことはありえない。それは保証するよ」トナカイ所有者は冗談めかして言った。

「ああそれと、忘れる前に。このあたりでうろうろしているドイツ人二人を見かけなかったか?」

「ここで? いいや、見てない。なぜそんなことを訊くんだ? 禁止なのを知らずにこのあたりでスノーモービルを乗り回していたのか?」

「なんでもない。フィヨルドの奥のほうでちょっと盗難があっただけだ」

「そんなに嫌いだったの?」急にニーナが尋ねた。

トナカイ所有者はクレメットからニーナに目をやった。意味がわからないようだ。

「フィヨルドセンのこと。皆が嫌っていたの?」

トナカイ所有者は両腕を宙に突き出した。

「だって、あの男が何をしていたのか知っているだろう? フィヨルドセンがこんなところまで来られたわけがない。誰にも気づかれずにあのタイミングであの場所にやってくるなんて。あいつはやることはひどかったが、馬鹿ではなかった。そんなことをしたら十年戦争が起きるのはわかっていたはずだ。あんたたちのリストから外していい人間がいるとしたら、それはフィヨルドセンだ」


そのあとの二時間で、パトロールP9はもう二人トナカイ所有者に会った。そのうちの一人は北のほうのグンピにいた。二人目を探すのには時間がかかった。もっと南に行ったあたりの谷ぞいで、少し離れたところから群を見張っていた。二人ともモルテン・イーサックからの電話で事情を知らされていて、警官たちの質問には快く答えてくれた。そのおかげであの日の光景がさらにはっきりした。南の斜面にいた人間の名前は全員わかったし、対岸のほうもほとんど判明した。例の立ち上がった人間については、考えられる名前が三つも挙がった。三人ともこの地区のサーミ人だ。つまり市長でも、迷いこんだ観光客でもない。

二人は夜七時頃に警察のグンピに到着した。ニーナが夜の準備をする間、クレメットはグンピの外でハンメルフェストの警察署に電話をかけた。クレメットの心は小屋の中にあったが、エレン・ホッティ警部の不機嫌な声が電話から響いてくる。

「週末は何をしていたの。いくつも通報が入ってるんだけど？　ほら、イースターの連休につきもののトナカイ所有者からの苦情。スノーモービルで遊びに来る人たちが出産間近の雌に近づきすぎると」

「週末はカウトケイノにいた」

「まったく……仕方ないからアルタのパトロールを送ったんだけど」

「じゃあおれたちの人気は上昇だな。そこにいるだけで、ノルウェー人がイースターに自然を満喫する邪魔をしていると思われるんだから」

「わざと留守にしたとしか思えない」

「休みだったんですよ！」

「イースターの週末に休みを取るとはね」

「シフトを決めているのはキルナの本部だ。おれじゃない」

「キルナね……あいつらはスウェーデンにいて、ここで日曜にスノーモービルを乗り回すやつらのことなど知りもしない。それにノルウェー国民には自然を満喫する権利があるんだから」

「じゃあ、自分でそう言ってくださいよ。トナカイ所有者は仔トナカイを何頭も失うことになる。怯えた母トナカイが仔を見捨ててしまうから」

クレメットはこんな会話が何も生まないことを知っていた。沿岸のノルウェー人は必ずトナカイ警察を非難する。すでにあらゆる特権をもっているトナカイ所有者を守るために、ノルウェー人に嫌がらせをしている。ここの丘は皆のためにあるはずなのに、と。

「で、市長は?」クレメットは話題を変えた。

「もちろん司法解剖が行われる。死体はトロムソの大学病院に運ばれた。知っているでしょう、転んだ場所は急斜面だった」

「フィヨルドセンがあんなところで何をしていたかはわかったんですか?」

「いいえ。朝早くにハンメルフェストを出ていくのを見かけた人がいるけど。目撃者を探している最中だし、市長の携帯電話の確認も急いでいる。何よりも葬儀の準備で忙しい。すごい人数が集まるんだから。フィヨルドセンはいいやつだった。わたしは好きだったわよ」

「ああ、ハンメルフェストでは皆に好かれていた。ところでもうひとつ。建設労働者が二人、免許証を見せに署にやってこなかったですか? 海上ホテルに泊まっている労働者だ。一人はポーランド人だった。先日おれが抜き打ちでチェックしたときに免許証をもっていなかった」

電話の中はしばらく静かだったが、警部がまた電話を取り上げた。

「ここ数日、そんな用件で署を訪れた人間はいないみたい」

ニーナがグンピから顔を出し、親指を立てた。クレメットは電話を切った。太陽が地平線に立つ丘の背後に隠れようとしている。空気が冷えてきた。今夜はマイナス五度まで下がるらしい。明日は早くに出て、スノーモービルの重さに耐えられる氷を活用しよう。また少し風が出てきて、クレメットは急にぶるりと震えた。子供時代の悪魔に呼ばれたかのように。今夜はその記憶に立ち向かいたくはなかった。雪で顔をこすって洗うと、気力が失せたまま風に身体をさらし、暖かいグンピに入り、もう寝袋に入っているニーナのことは考えないようにした。

14

〈スカイディクローア〉 二十二時三十分

マルッコ・ティッカネンは〈スカイディクローア〉の裏の駐車場へと車を進めた。ハンメルフェストとアルタ、そしてノールカップに続く道路が交差する地点に建つモーテルだ。ガソリンスタンドも併設されていて、離れの部分がモーテルになっている。ティッカネンはビジネスを成功させるために、このモーテルの一部屋を借りることがある。しかし今は口の中に苦い後味を感じていた。太陽が消えて気温は下がったというのに、ティッカネンは額をぬぐった。

自分に可能なかぎり必死で考え、頭の中のデータを確認した。フィヨルドセンがいなくなった今、副市長の力が強くなるだろう。他にはどんな邪魔者がいる？　間に合わせなければいけない締め切りは？　どういう手続きを新たに始めればいいのか。どいつを避けるべきか。ビル・スティールの侮辱的な態度……だがあのアメリカ人は鍵を握っている。あの男が決定する投資にハンメルフェストの未来がかかっているのだ。

しかしティッカネンはティッカネンだから、サウス・ペトロリウムの本社があるヒューストンに、他にもティッカネンを頼りにしているアメリカ人がいることを知っている。何もかもが計画どおりに進めば、数日中にはティッカネンの黄金時代が始まるはずだ。ティッカネンは誰がフィヨルドセンのあとを継ぐつもりなのかも正確に把握していた。これまでずっと分析してきたのだから。

ティッカネンに冷静さを失わせることはできない。彼のデータは常にアップデートされていて、二十三地区内でどういう種類の緊張が走っているかも知っている。どのトナカイ所有者が何を感じ、どのように考え、何を必要としているのかも。二十三地区──そこだけでトナカイ所有者の記録カードが十九枚。五つの一族、二十七人がいとこ同士、二千三百頭のトナカイ。昨年の春には六百五十七頭の仔が生まれ、そのうち約三百頭が肉食動物に喰われ、損失は地区全体で二千九百万ノルウェークローネに相当する。

ティッカネンはまた希望が湧くのを感じ、二十三地区の年間実働経費を書き入れた記録カードを読んだ。まるでこの目で見てきたかのように正確な内容だ。移動式解体処理車、一時間ごとに加算されるヘリコプターの費用、スノーモービルやバギーバイクの修理、冬に備えて必要な物の購入、餌のペレット代。

それだけではない。どの一族が洗礼式や結婚式のために負債を抱えているのかも熟知している。ティッカネンは目を閉じた。ある家族は洗礼式の衣装のために十五万ノルウェークローネを支払った。結婚式の費用はもっとひどい。サーミの一族は結婚式に千人も招待するのだから。

ティッカネンはずっと気分がよくなった。誰に関してもすべて知っているという自信が何よりの癒しだ。心の中でつぶやく。軽蔑の言葉なんて、たいしたことじゃない。ダメージといってもわずかだし、必要経費みたいなもの。必要とあらば、傷ついた表情をつくってみせることもできる。侮辱してやったという喜びを相手に感じさせるために。もうずっと前から、自分はいじめられっ子の役を演じるべきなのを認識している。すると悪意のあるやつらが嬉々として襲いかかってくるのだ。学校の休み時間もそうだった。確かに当時から太っていたが、それだけではなかった。

鏡の前で何時間自分を観察しても、その答えはみつからなかった。いかつくて屈強な顔つきだと思う。力強さを感じさせる顔だ。

これまでに何度もひどい言葉を聞いてきた。よくこんなふうに言われる。洋ナシ形の袋に、形のないだらんとした大きな顔がついていて、深くくぼんだ目は小さくて薄い水色。それが顔の贅肉に沈みかけている。脂ぎった薄い髪は別の時代から来たのかと思うようなリーゼントに仕上げられ、極端に小さな耳たぶ、何重にもなった顎、いつも固く締めたシャツの襟元では滝のように汗が流れている。何度もそんなことを言われてきた。ときには背後で、ときには面と向かって。相手はいつも軽蔑の表情を浮かべている。

しかしティッカネンはティッカネンなので、ラップランドの鋼のように強い自尊心を備えている。なんにでも立ち向かい、その表情が表すのは力強さのみ。あれこれ言うやつは、単に嫉妬しているだけだ。

やっと小さなシュコダが隣に停まった。ティッカネンは時計を見てから、ユヴァ・シックに座ったままでいろと合図した。車でモーテルの周りを一周し、ガソリンスタンドも確認し、それからまた裏の駐車場に戻った。そこから歩いてモーテルの部屋へ行く。状況を考慮して、この週ずっと借りている部屋だ。今夜のことで自分の正当性を主張しなければいけなくなる場合に備えて。モーテルのオーナーのことは心配ない。彼の記録カードにはかなりあれこれ書きこんであるのだから。ティッカネンは再びシックに合図を出し、部屋の方向を教えた。

トナカイ所有者は車のドアを開け、三人のロシア人の娘に部屋を指し示した。彼女たちが部屋に入ると、ティッカネンがドアを閉めた。女に興味はない。ティッカネンはあくまでビジネスマンなのだ。パスポートを確認し、売春婦を一人一人精査する。三人とも若く、化粧もあまり濃くはない。ティッカネンの好みにしては細すぎる。学生っぽい。そこをなんとかしなくては。プロの売春婦ではないのは明らかだった。臆することなくティッカネンを見つめ返した一人以外は。ティッカネンは彼女たちにパスポートを掲げてみせ、そのまま視線をそらさずにパスポートを自分のポケットに入れた。健康証明書も確認する。病気をもっていなくてワクチン接種もすませている女を注文しておいた。自分の評判がかかっているのだ。ティッカネンはこっそりユヴァを観察した。ユヴァの思惑に疑問の余地はない。ティッカネンは見誤ってはいなかった。ティッカネンが相手を見誤ることなど滅多にない。

「何もかも手筈どおりだ。お前はこの子たちをグンピに連れていき、パーティーの夜まで面倒をみるんだ。だが絶対に手を出すんじゃないぞ。パーティーが終わるまではだめだ」

ユヴァ・シックは温かさのかけらもない目つきでティッカネンを見つめた。タダで売春婦とやれるかもしれないと期待させても、機嫌はよくならないようだ。ティッカネンはこのトナカイ所有者が警戒以外の表情を浮かべているのを見たことがない。誰と話していても、ユヴァは自信を欠いていた。ティッカネンとは違う。ティッカネン自身は自分が何をしているのかいつもはっきりわかっている。

「で、農場の件は？」

　ティッカネンはあやうく声を荒らげそうだった。どいつもこいつも、要求ばかり――。

「お前が探している土地には心当たりがある。五十ヘクタール近い農場で、ウツヨキのほうだ」

「ウツヨキ？　ほぼフィンランドじゃないか！」

「なら余計に都合がいいだろう。国を越えてビジネスができる。トナカイを飼う以外にも酒、タバコ、燃料油を運べる。それまではこの女たちの世話をするんだ。普段トナカイを世話するように。必要なら投げ縄を使ったっていい」

15

四月二十八日　水曜日
日の出：二時五十六分、日の入：二十一時四十八分
十八時間五十二分の太陽
トナカイ警察のグンピ　八時十五分

　クレメットとニーナは早朝から仕事を開始した。あの日湾にいた一族と親しいトナカイ所有者や知人に電話をかけるためだ。それで、前日に話を聞いたトナカイ所有者三人の証言の裏がとれた。南側の岸は誰がどこにいたのかを把握することができた。対岸、つまり鯨島の側にいた牧夫を特定するにもそれほど時間はかからないだろう。

　二人は午前中早いうちにグンピを出た。もってきた薪の残りは小屋においていく。この荒地をよく知るクレメットが先に走った。雪はまだ硬く、雪に覆われた道をみつけるのも簡単だった。ときどき裸の地面に乗りだすこともあったが、スノーモービルは難なく彼らを運んでくれた。氷が一部溶けている細い川では、アクセルを全開にして渡る。向こう側に着地する直前に数秒間、水面を走ることもある。クレメットが振り返ると、ちょうどニーナが軽々と川を渡っ

たところだった。この時期、スノーモービルで川を横切るのは地元の若者が好む危険な遊びだ。二人は後ろに小型トレーラーをつけているので、さらに危険は増した。

パトロールP9は川ぞいに走り、ヒメカンバにふちどられた小さな谷に到着した。雪の下から大きな岩が現れ、冬の間はわかりようがない死の罠が露《あら》わになっている。二人はコタがふたつ並んだ野営地へとやってきた。コタの先から煙が出ている。幼い子供が笑い声をあげながら遊んでいる。クレメットは完全な自由の感覚を思い出した。子供の頃、町から遠く離れた親族の農場で暮らしていた頃の感覚。しかし幸せな時代は学校が始まるまでだった。それからありとあらゆる苦難が始まったのだ。

二人がエンジンを切った瞬間に、トナカイ所有者がコタの中から出てきた。黒に幅広いオレンジの縦縞が入ったオーバーオール姿で、群のところに行く準備が整っている。

「ボレス」ヨーナス・シンバが挨拶をした。

「ボレス」警官たちも応えた。

ヨーナス・シンバは炭で黒くなり、形もいびつになったやかんを差し出した。クレメットとニーナは自分のコーサをオーバーオールから取り出し、三人で焚火を囲んで座った。

一言の前置きもなく、クレメットがヒースの絨毯《じゅうたん》の上に地図を広げた。

ヨーナス・シンバが小さな枝で自分がいた場所を指した。

「エリックが水中に消えるのを見た」

それからしばらく黙っていた。目に涙が溢れる。じっとしたまま何も言わない。彼の沈黙を尊重し、二人も黙っていた。シンバは頬を伝う涙を止めようともしなかった。

「おれはその場にいたのに、何もできなかった。遠すぎた。水中に消えたのを見て、斜面を駆け下りた。だけど、どうしようもなかった。ボートのやつらだって何もできなかったんだ。水の中には群がいたから。死んだトナカイがそこらじゅうに……。生きているトナカイも激しくもがいていた。全員がすぐにエリックが消えたことに気づいたのかどうかも怪しい。全員パニックになっていたから。でもおれは見たんだ。エリックのボートが激しく揺れ、水が入り、あいつが転んで……」

クレメットとニーナはシンバがコーヒーを飲み終えるのを待った。

「去年、おれは証人になった。二人の結婚式の。イースター・フェスティバルで」

「ここにいたのは誰だ?」

「ここに立っているやつか?　ユヴァだよ。ユヴァ・シック」

ヨーナス・シンバは地面に唾を吐いた。

「それは確かか?」

「ああ、確かだ。おれの少し上にいた。場所を変わってくれと頼まれたんだ。おれはあいつからほんの数メートル下にいた」

「シックが立ち上がって合図をするのは見たのか?」

「いや、おれは湾のほうを向いてたから。他の皆と同じようにね」

「シックはなぜ立ち上がったと思う?」

ヨーナス・シンバは顔を上げ、二人を見つめた。

「まったくわけがわからない。あいつの老トナカイが他のトナカイを率いて湾を渡っていたんだ。あいつはそのリーダートナカイを失った。あの瞬間、リーダートナカイに何か起きて、それに気づいたのか……？」

「群はシックが立ち上がる前に向きを変えたのか？　それともそのあとか？」

「わからない。あいつが立ち上がったのは見ていないんだから。それに写真一枚であいつが誰かに合図をしていたのか、何か別のことをしようとしていたのかまでは……」

ヨーナス・シンバが正しかった。いくら問いただしたところで何もわからない。クレメットは昔からの癖で、根気よく事実を確認するタイプの捜査を重んじている。ただ問題は、この広大なツンドラだと、近隣の捜査をしようとするだけでとうてい不可能な規模になってしまうことだ。

「ところでここ数日、ドイツ人の二人組を見かけなかったか？」クレメットが尋ねた。

「ここでドイツ人？　いいや。それがこの話とどう関係あるんだ」

クレメットは首を横に振り、会話を終わらせるために立ち上がった。しかしニーナがちっとも動こうとしないので、促すような視線を送った。ヨーナス・シンバもすでに立ち上がっている。しかしニーナは夢中で焚火を見つめていた。

「ニーナ？」

ニーナはクレメットの声など聞こえなかったかのように、顔を上げてシンバを見つめた。

「さっきシックの名前を口にしたとき、なぜ唾を吐いたの？」

シンバは一瞬クレメットのほうを振り返ったが、またニーナに視線を戻した。

「彼のことが嫌いなの？」

シンバは先ほどの小さな枝を嚙みながら、ニーナを見つめている。クレメットはまた腰を下ろし、同僚の質問に重みを与えようとした。トナカイ所有者にもその意図が伝わったようだ。

「この地区のトナカイ所有者は、ハンメルフェストの町が成長を続けているせいで何年も抑圧されてきた。新しい工業地帯をつくるために、おれたちはどんどん土地を取り上げられる。今度はスオロに新しい油田まで……ますます状況が悪くなる」

「それで？」

「それで、気にくわないことが色々と起きているんだ。大金がかかっている話で、おれたちの存在なんて軽んじられている」

「それとユヴァ・シックとどう関係が？」ニーナがしつこく訊いた。

「地区内では所有者同士結束しなきゃいけないのに、それができていない。シックのようにもう何もかもおしまいだと言う者もいるが、おれはその考えかたは気に入らない。おれたちは結束しなきゃいけないんだ。そうやってひとつの声になる、エリックが言っていたようにね。エリックとアネリーはいつだって正しい言葉をみつけられた。でもシックは、自分たちは宝の上に座っている、と言う。いちばん高い値をつけてくるところに土地を売ればいい、その金で別の場所に餌場をみつければいいと」

クレメットは考えを巡らせた。シックの主張はトナカイ所有者の間で論争の種になるに決まっている。しかしハンメルフェストは鯨島で町を拡大しようとしている。その土地を巡る難しい問題に、選択肢を与えてくれてもいる。あながちシックが間違っているとも言い切れない。

「シックの意見を支持するトナカイ所有者もいるのか?」クレメットが尋ねた。

「まあ、少数だが」

「だがシック一人というわけではないんだな?」

シンバがまた唾を吐いた。

「ああ、一人ではない。それにあいつはいつもあのティッカネンとつるんでいて……あの二人は自分たちが賢いと思っているんだ。一緒にいるところをスカイディのパブで見たことがある」

「うちの小屋の近くで?」ニーナはクレメットを見つめた。

スカイディにパブは一軒しかない。そのあともヨーナス・シンバはシックの描写を続けたが、誉め言葉には程遠かった。確かにシックはトナカイ所有者組合のメンバーだし、技術的には優秀な牧夫でもある。自分の群を熟知し、しっかり世話もしている。それはシックのリーダートナカイを見ればわかる。他の所有者と同じように、シックもトナカイ放牧の条件が悪化していることを嘆いている。そこはシンバも同意見だが、シックの場合は、自分がもっているものに永遠に満足できない性格のようだ。何かと町に繰り出す傾向もある。

「なぜあいつがあんなに町に魅かれるのかわからない。おれたちトナカイ所有者は町ではのけ者なのに。町の人たちに好かれているとは言いがたい」

ヨーナス・シンバは急に枝を炎に投げこむと、オレンジ色のプラスチックの投げ縄を肩にかけた。会話は終了したという合図だ。クレメットは考えにふけりながら、シンバの小さな枝が燃え上がるのを見つめていた。不動産仲介業者のマルッコ・ティッカネンとユヴァ・シックか

――あの二人は何を企んでいる?

ミッドデイへ

生き延びることだけにエネルギーを奪われている。彼は正しい。方向を、方向を定めるのだ。誰も見捨てるわけにはいかない。ここまではなんとかやってこられた。しかしもう手に負えない。彼は考えに封じこめられている。昔のように。身体を回復させる時間も与えてやれない。わたしもそうだ。身体だけが逃げていく。彼がいなければ自分は存在しなかっただろう。わたしがいなければ彼も存在しなかった。これまでは必ず水面に上がってくることができた。二人一緒だったから。きみとわたし、そのあとは彼がきみのあとを継いだ。だが今は?

16

四月二十八日　水曜日
狼湾の高台　十五時三十分

充分に硬い雪があるところを探しては長い回り道をし、パトロールＰ９はやっとアネリーの野営地にたどり着いた。アネリーは白樺の枝を敷きつめたベッドに横になって本を読んでいた。丸めたトナカイの毛皮を枕にしている。しかしすぐに起き上がり、二人を迎えた。スノーモービル用のオーバーオールの上にマリンブルーのフリースを着ていて、首に巻いた赤いスカーフが明るい色のアクセントになっている。それに長いストレートの金髪。

ニーナはアネリーの瞳がずいぶん落ち着いたことに気づいた。日曜に自暴自棄になってレースに出たときの荒々しい瞳とはずいぶんちがう。アネリーはどんな本を読んでいるのだろうか。きわめて男性優位なトナカイ放牧の世界で、アネリーは明らかに大多数とは一線を画している。それでも彼女の存在は自然で、明白で、当然だった。ニーナは彼女の言葉がどれほど柔らかく、純粋だったかを思い出した。だがそれだけではない。この若いトナカイ所有者は輝きを放っていた。

他のコタは驚くほど静かだった。女たちがスサンの指揮の下、夕食の準備をしている以外にはなんの活動も見受けられない。牧夫のうちトナカイの世話をするために遠くまで出かけていない者たちは、早い時間に夕食を食べる。先日座って奇妙な歌を歌っていた老人たちも見当たらない。昼寝をしているのかもしれない。アネリーは二人を焚火へと連れていき、火の脇にかかったやかんを取ると、ブラックコーヒーを注いだ。

「頭はどう?」ニーナが尋ねた。

アネリーは微笑んで頭に触れた。

「もっとひどい怪我を何度もしてるから」

「日曜のレースを観ていたの」

「あまり喜ばなかった人もいたみたい」

「あなたはずいぶん危険を冒した」

アネリーは考え深げに若い女性の警官に微笑みかけた。じっくり時間をかけて、美しいブルーグレーの瞳で相手の目をじっと見つめる。

「ああいうレースには危険なんてない。少なくともわたしにはね。他の人たちはどうかわからないけれど。だって彼らは自分のために参加しているんだから。わたしは自分のためには参加していない。だからわたしには何も起きようがないの。当たり前のこと以外は」

「でも怪我をしたじゃない。もっとひどいことになっていた可能性もある」

アネリーは謎めいた笑みを返し、またコーヒーに目を落とした。

「エリックのことで話があって来たんだ」クレメットが口を開いた。「最近、放牧のほうはどんな感じだったんだい？」

アネリーは背筋を伸ばした。

「所有者同士で意見が分かれているの。エリックとわたしとあと何人かで、仕事のやりかたを考え直そうとした。最近の牧夫は物に頼りすぎていて、手に負えなくなってきている。すごい経費がかかるから。もうこれ以上払えない所有者もいて、それで事業をたたむしかなくなる。放牧に興味のある若者がいても牧夫として生きていくことができない。トナカイ所有者の一族に生まれてもね。他の所有者と同じように放牧をするお金はないから」

アネリーは悲しげな笑みを浮かべて二人を見つめた。

「じゃあ、放牧は消えてしまう運命なの？　エリックとわたしはそうは思わなかった」

「でも全員が賛同したわけじゃなかったのね」ニーナが指摘した。

アネリーは炎を見つめた。かすかに、しかし確実に風が吹いている。

「自然のことなど何も理解していない人たちが、わたしたち所有者を分裂させようとして、うまくいったこともある。でもそれは彼らのせいじゃない。本当に知らないだけなんだから」

アネリーは立ち上がり、ニーナの肘を押していった。そして、地平線からなだらかに上っていく丘の頂上を指さした。

「鳥は丘の形にそって飛ぶの。美しいと思わない？」

ニーナは黙って、アネリーの華奢《きゃしゃ》な手を目で追った。その手が信じられないほど繊細《せんさい》な、軽やかな波をつくっている。彼女に触れられた丘は新たな美しさと輝きを帯び、その手から飛び立とうとする鳥はこの上なく堂々としている。

ニーナは自分が心配していることを隠そうとした。若いアネリーの柔らかで純粋な言葉は厳しいツンドラの世界であまりにも異質に感じられた。

クレメットはこの状況が気まずくなり、沈黙を破った。

「ユヴァ・シックはそういうトナカイ所有者なのか？」

アネリーはまた座った。ニーナもそれに続く。

「ユヴァは欲求が多すぎる。エリックとは幼馴染だった。エリックのように高等教育は受けなかったけれど、ユヴァも優秀なトナカイ牧夫よ。土地を熟知し、群を理解し、トナカイたちも彼をよく知っている。だけど彼にはこのツンドラでは満たせない欲求がある。それだけのこと。だからといって悪いトナカイ牧夫というわけじゃない。でもあとどのくらいここで我慢できるのかは……」

ニーナはもっと知りたいと思ったが、捜査を先に進めたいと焦るクレメットが先んじた。

「トナカイたちが湾で向きを変えたとき、ユヴァが立ち上がって腕を振っていたそうだ。その動きでトナカイが怯えた可能性がある。そのあとどうなったかはきみも知ってのとおりだが……」

アネリーは長い間黙っていた。小さな白樺の小枝を弄んでいる。そして微笑んだ。

「クレメット、あなたの質問の意味を理解できたかはよくわからない。でも質問じゃなかったのかもね。質問だとしたら、訊くべきなのはユヴァなんじゃないの？」

アネリーは一気に立ち上がり、バランスを崩しかけた。ニーナがそれを支えた。アネリーはしばらく頭を抱えていたが、それからもう一方の手を腹部にやった。

「わたしにそんな考えを抱かせないで、クレメット」

クレメットは困ったような顔になった。アネリーはまたゆっくり座った。

「エリックとユヴァは移動の順番を話し合っていた。それは知っている。ユヴァは自分の群があとになるのは不公平だと思っていた。彼の群に餌があまり残らないから。エリックの意見では、ユヴァの問題はトナカイの数が多すぎること。そのせいで餌が充分にないのを認めようとしないこと」

「ああ、よくわかる」クレメットが言った。「トナカイ所有者の間でよく起きる問題だ。昔からのルールには疑問を呈しづらい。それにトナカイ所有者は他人からトナカイの数が多すぎると言われるのを我慢できないんだ。それはおれも知っている、よく知っているよ」

それぞれが自分の主張にこだわり、状況は悪化する一方だったという。

「だからエリックとわたしとあと数人で、他の選択肢を提示しようとした。例えばわたしは馬を何頭か使っている。そのほうがスノーモービルよりトナカイに近づけるから」

エンジンつきの乗り物を減らせれば固定費も減り、収入を確保するために今のような数のトナカイは必要なくなる。そうすれば全員で餌場を共有できるようになる。エリックとわたしは何度もそのことを相談した。オラフのような人にも」

クレメットはうなずいた。尻を振るスペイン野郎——ニーナはオラフのことを考えて、一瞬笑みを浮かべた。

「さっき、ユヴァがあとどのくらいツンドラで我慢できるか……と言ったでしょう？　どういう意味？」ニーナが尋ねた。

「ユヴァ・シックは前からニルス・ソルミに憧れていた。あの二人も幼馴染、エリックも含めて三人でね。小さい頃からよく知っているの」

17

四月二十八日　水曜日　午後遅く
クラーゲッガ谷

ユヴァ・シックは大きくうめいた。新しい嗅ぎタバコをつまむと、上唇の内側に入れる。長年嗅ぎタバコを使っているせいで、歯茎には穴が開いている。小指を突っこめるくらいの穴が。まだ若いのに人生の苦労が見た目にも表れていることは自覚していた。しかしヴィッダは軟弱な男のための場所ではない。

また顔をしかめた。トナカイ警察のスノーモービルが二台近づいてくる。凍った川を越えて。ここから三百メートル下の日陰になった小さな谷にトナカイが集まっているから、そこを避けて遠回りしなければここまでは来られない。

ユヴァ・シックは数日分の無精髭をがりがりとかいた。週に一度だけ剃ることにしている。頭も含めてだ。トナカイ警官はなんの用だろうか、予告もせずにやってくるなんて、よい兆候ではない。しかも自分の居場所を知っていたようだ。群の一部は数日前に湾を渡ったが、大半はまだここに、例年この時期にいる場所にいた。

売春婦三人は安全な場所に隠してある。普段滅多に使うことのないグンピに。警官もその存在を知らない。思わず焦ってティッカネンに携帯でメールを送りかけたが、グンピは人里離れた場所、ユヴァの普段の野営地からも相当離れたところにある。あんなところまで探しに行くやつは絶対にいない。

クレメット・ナンゴが、ユヴァから数メートルのところでスノーモービルを停めた。同僚の女もそれにならった。女の警官はロシア国境から連れてきた売春婦の一人に似ているが、もっと長い金髪で、しかももっと可愛い。オーバーオールを着ているから胸の形はわからないが。ナンゴはこの女とやっているのだろうか。おれだったら確実に、グンピで素早く一発やっている。

「ボレス」ユヴァ・シックは二人が近寄ってくると挨拶をした。そのくらいはしてやろう。そして相手の出かたを待った。

クレメットが前に立ち、その隣には女の警官がいる。

「ボレス。いくつか確認したいことがあってね。先日狼湾で、トナカイが渡るときにお前は立ち上がっただろう。それがなぜなのかを知りたい」

「立ち上がった?」

ユヴァは必死で考えた。いったいなんなんだ? こいつらは何を知ってる?

「ああ、そうだな。トナカイたちがぐるぐる回り始めたから叫んだんだ。すぐに対処しなくちゃいけなかった。おれの白トナカイもいたんだぞ」

「ああ、だが……証拠写真がある。お前はトナカイが回り始める前に立ち上がっていた。だからお前の動きにトナカイが怯えた可能性がある」

「何を言ってるんだ！」ユヴァが怒鳴った。「馬鹿なこと言うな。何も知らないくせに！　その場にいたとでも言うのか？」

クレメットはオーバーオールの腿ポケットから紙を取り出し、表情ひとつ変えずにプリントアウトした写真をユヴァの目の前で広げた。自然の中で撮影された一枚目。何かを見せている女の後ろ姿が写っている。

「この女の尻を見せるために、はるばるここまで来たのか？」

「いいからよく見ろ。トナカイたちはまだ島に向かって泳いでいる。そしてこれがお前だ。確認は取った。お前は立ち上がっているだろう。トナカイが向きを変える前に」

ユヴァはクレメットの手から紙を奪い取った。じっと見て確認する。クレメットの言うことが正しいのはもちろん知っているのに。ユヴァはもう一枚の写真もつかんだ。また女の尻だ。トナカイたちは方向を変えている。おれの白トナカイ――。あいつと過ごした長い年月。だが無駄死にさせたわけじゃない。ユヴァは考える時間を稼ごうとした。答えるべきなのか？　ユヴァは迷った。いや、ややこしいことになるかもしれない。グンピにいる売春婦のことも考えた。ティッカネンですらあの三人をどこに隠しているかは知らない。あのデブは何度も、なるべく知らないほうがいいと言い張った。ティッカネンならサツになんて答えるだろうか。

「おれのトナカイがおかしな泳ぎかたをしていたから……ステッゴにそれを知らせようとした

んだ。それだけだ。ちなみにあいつはすぐにわかってくれたよ。おれの白トナカイがおかしな方向に進んでいるのを。湾は流れが速かった。ステッゴはそれを理解したんだ。だからすぐに飛んでいっただろ？　そうじゃないか？　そういうことだよ。流れが速かったんだ。そのせいだ」

警官たちは写真を見つめた。写真で何をわかったつもりだったんだ？　女の警官のほうなど、トナカイ放牧のことは何も知らないくせに。ナンゴだってたいした知識はない。

「あの日、流れは弱かった。そのおかげで溺れたトナカイは全頭みつけられたし、ステッゴの死体もほとんど流されていなかった」

「へえ、そうなのかもな。だがおれのリーダートナカイは天気予報は聞かない。それにあいつはロバみたいに頑固なじじいだった」

「皆があのトナカイを褒めるが」

「頑固なロバだって言っただろ？」

「お前は他の所有者と場所を変わってもらったとも聞いている。他の牧夫よりも上にいられるようにしたようだな。そうすれば立ち上がっても誰にも気づかれない」

「そんなの言いがかりだ。なんなんだよ。確かにおれはいちばん上にいたさ。それだけだ。ちなみに場所を変わってもらったのは下は電波が悪かったからだ。電話をしなきゃいけなかった」

「電話って誰に？」ニーナが訊いた。

「勘弁してくれよ。それがお前らにどう関係あるんだ？　警察の尋問か？」

二人の馬鹿が顔を見合わせた。トナカイ警察はいつから本物の警官ごっこを始めたんだ？　おまけにこの女はしつこいときた。ユヴァの堪忍袋の緒が切れた。

「そんなの覚えてない。お前は昨日の朝八時に誰に電話したか覚えてるのか？」

二人はさらにいくつか質問をしてきた。エリック・ステッゴとの関係や、なぜかダイバーのニルス・ソルミのことまで。誉め言葉しか出てこない、ユヴァはそう答えた。誉めることしかない。自分たちは三人ともそれぞれの仕事に邁進していて、何もかも順調だった。ステッゴとうまく協力できてたかって？　何もかも順調だったんだから、当然だろう。警官たちはさらに、子供の頃のことも知りたがった。なぜそんなことを？

ステッゴが乗っていたボートは今どこにあるかと訊かれたとき、ユヴァの膝が震えだした。あんなもの、とっくに燃やした――そう答えた。だって完全にだめになってたんだから。沈む前だかあとだかに完全に壊れた。完全にだ、完全にだめになってた。だから燃やした！　シックは必死で冷静を装おうとした。そう、大丈夫、本当に冷静だった。

いちばん嫌だったのは、急にナンゴにティッカネンとは親しいのかと訊かれたことだった。なんなんだ？　ティッカネンがどうした？　しかもナンゴはしつこかった。それに女のほうもまた電話のことを訊いてきた。ひょっとして立ち上がる前に電話をかけた相手はティッカネンだったのでは？　誰かが――ナンゴは名前までは言わなかったが、二人が一緒にいるところをよく見かけると言ったらしい。スカイディのモーテルのパブで。ユヴァは瞬時に考えた。昨晩、建物の陰から見られていたのだろうか。自分が行ったときには誰も見当たらなかったが……。

それにティッカネンは必ずそのあたりを一周して確認する。いつも必ず。ユヴァは、ティッカネンと会うことは禁じられているのかと問い返してやった。やっと自信が湧いてきた。ティッカネンにもここに暮らす全員と同じ価値があるんじゃないのか？　フィンランド人だからってちがうのか……？　シックにもはっきりと、二人が答えを返しづらそうにしているのが見てとれた。そして二人は踵《きびす》を返し、帰っていった。くそトナカイ警察め、他にやることはないのか？　だがおれがやるべきことはどれも、まもなく終わる。そして取り分も手に入る。ティッカネンからそう約束されているのだから。

18

四月二十九日　木曜日
日の出：二時五十分、日の入：二十一時五十四分
十九時間四分の太陽
アルタとカウトケイノ間の国道九十三号線　九時四十五分

クレメットは断固としてキルナに行くと主張した。どうしても市長の司法解剖の結果を聞きにいきたい。司法解剖はクレメットの友人の法医学者によってトロムソで行われたが、その法医学者がクレメットに結果を知らせたいと言っている。多くのスウェーデン人医師や看護師と同様に、クレメットの友人もまたノルウェーでアルバイトをして収入を増やしていた。ニーナはキルナ行きにそれほど乗り気ではなかった。

「結果ならメールで送ってもらえるでしょう？　そもそも市長の死はわたしたちの担当じゃないし」

クレメットは怒りだす寸前だった。じゃあ独りで行くとまで言った。よく考えてみれば今日は休みなのだ。勤務日ではない。ニーナは結局一緒に行くことにした。気分が晴れなかったが、

なぜだかはわからなかった。先日狼湾でニルス・ソルミと会って嫌な気分になったときも、それがなぜなのか、何が問題だったのかはわからなかった。キルナに行けば気分転換になるかもしれない。

クレメットは〈トナカイの幸運〉で車を停めた。年配のサーミ人の女性がいつものように忍耐強くレジの前に立っている。トナカイの幸運——。二人はそれぞれコーヒーを注文すると、角の席に座った。

「トナカイの幸運か……」ニーナが口を開いた。「モルテンがこの間そのことを話していたけど。ここの人たちはまだそういうのを信じてるの？」

「神秘的なもの、つまりおれたちの理解を超えたようなことを信じているかって？　人は生き延びるために必要なことを信じるものだ」

ニーナは眉をひそめ、困った表情になった。自分が育つ過程で母親に植えつけられた、福音派の厳しい教義とは一致しない。そこでは唯一許される神秘は信仰の神秘だけだった。それだけは咎められることはない。あんな女性がなぜ父親のような男と一緒になったのか不思議になる。離婚は最初から決まっていたようなものだ。しかし二人が出会ったときは父親はまだダイバーではなかった。当時は父親の人生もずいぶんちがっていたはずだ。

「マッティスもそうだった。神秘的なものを信じていたでしょう。カウトケイノで盗まれた太鼓とか……。それでどうなったかというと、そのせいで死んでしまった」

「マッティスが死んだのは神秘的なものを信じていたからじゃない。それよりも、自暴自棄になって袋小路に迷いこんでしまったんだ。神秘的な存在？　きみも狼湾のとがった岩を見ただろう。ああいう岩はサプミじゅうにある。もっと小さな岩もある。ここの人たちにとって特別な意味をもつんだ」

「ここの人たちってサーミ人のこと？　それとも全員？」

「サーミ人だ。少なくとも一部は」

「じゃああなたは？　あなたにとっても意味をもつの？」

「おれか？　おれは警官で合理的だ。忘れるな」

ニーナは同僚が冗談を言っているのかどうか確かめようとしたが、わかりようがなかった。しかしクレメットだって、足を踏み出す前に、いつも自分の影の位置を確認する。だからたまにすごく滑稽《こっけい》だ。

「叔父さんのヨイクにはそういう話もあるの？」

「ああ、ヨイクのほとんどは特定の場所のことを歌ったものだ」

「もっとよく知りたい」

「どれもこれも古い迷信だよ」

「じゃあ独りで叔父さんに会いに行こうかな」

「気をつけたほうがいい。若い女が好きみたいだし」

「へえ。あなたはちがうわけ？」

クレメットはニーナをまじまじと見つめた。そして急にその瞳を輝かせた。今までニーナが見たことのない種類のきらめきだった。
「おれは好みがうるさくてね。独りでスノーモービルを乗りこなせる子しか好きじゃないんだ」

ちょうどカウトケイノからキルナに戻る警察のヘリコプターに乗せてもらうことができた。ツンドラの大地を初めて空から見たニーナは、魔法にかけられたように魅了されていた。クレメットは優秀なガイドだった。二人は狭いヘリコプターの座席に密着して座り、ニーナは同僚の身体の温かさに安堵を感じた。地表のほとんどを雪が覆っているが、自然が息吹き、分厚い白の殻を破ろうとしているのがわかる。まだ押さえつけられたままの自然に命と光が戻ろうとしている、それを小さな茶色の痕が物語っている。ヴィッダは高原地帯で、この広大なツンドラの大地は谷によって何千にも区切られている。人間が足を踏み入れるのは難しい場所も多い。空から見下ろすとますますありえないように思えるが、この果てしない大地が彼らの職場でもあるのだ。そしてこの季節にはここからトナカイがいなくなる。ヘリコプターはまもなくフィンランド上空に差しかかった。すると森林が増えた。ニーナはクレメットが大まかにではあるが語ってくれたことを思い出した。クレメットの祖父は、サプミに国境が引かれたことでトナカイ放牧をやめなければいけなかった。かつて北欧諸国が王国の威信を賭けて争い、そこにはサーミランドも含まれていた。新しい国境が昔ながらの放牧路を分断してしまったのだ。国境に敬意を払わないトナカイ所有者は罰金を科せられた。クレメットの祖父のように。多くのトナカイ所有者が放牧地の一部を奪われた。そして少しずつ、すべてを失っていった。クレメットの祖父はそんなふうにしてトナカイ放牧の世界から追い出されたのだ。所有するトナカイの数が一族の誇りである文化において、あまりに苛酷な運命だ。今この瞬間、クレメットは祖父のことを考えているのだろうか――。フィンランドとの国境、彼の一族を衰退させるきっかけとなった線の上を飛びながら。しかしクレメットは表情ひとつ変えなかった。ニーナの視線には気づいていただろうが、目をつむってうたた寝をしているふりをした。

ヘリコプターはLKAB鉱山の上を飛んでキルナに入った。鉱石をのせた列車がちょうど出ていく。八百メートル近い長さの列車で、七千トンもの鉱石を積んでいる、とクレメットがヘッドセットのマイクで教えてくれた。母親がスウェーデン出身だから、クレメットは子供の頃、キルナで育った時期があった。その後、ノルウェーにあるカウトケイノ郊外の谷に引っ越した。そして学校に上がるとカウトケイノの町の中の寄宿学校に預けられた。

ヘリコプターが着陸すると、車で町まで送ってもらった。車窓から、公民館で行われるサーミ人芸術家アンタ・ラウラの回顧展のポスターを見かけた。サーミの文化はトナカイ放牧よりも芸術を通じて生き続けるだろう、クレメットはそう語った。本当にそうなのだろうか。クレメットはきっと大袈裟《おおげさ》に言っているにちがいない。トナカイ放牧のことになるといつも未来を悲観するのだ。おそらく祖父のことがあったせいだろう。

二人はトナカイ警察の本部で車を降りた。昔消防署だった建物だ。ニーナはここで研修を受け、トナカイ警察が一九四九年にノルウェーで創設されたことを学んだ。終戦時にドイツ軍に沿岸の町を次々と燃やされ、ノルウェー人は生き延びるためにトナカイを盗んだ。当時はアルタに本部があった。その後北欧諸国の政府がトナカイ警察をフィンランドとスウェーデンにも拡大することを決めた。サプミを形成する四十万平方キロメートル近いエリアだ。そしてキルナが新たな本部になった。

昔の消防署は美しいファールンレッド（伝統的に木造の外壁に塗る塗料の独特の濃い赤）で、八角形の塔が立ち、塔の上部は狭いバルコニーが一周して白い丸屋根がついている。

法医学者は入り口で二人を待ちかまえていた。彼もちょうどトロムソの大学病院から戻ったところで、クレメットを温かく抱きしめた。二人は以前ストックホルムで一緒に働いていたのだ。一言も発さずに法医学者は白衣の前を開き、クレメットにウインクをしながらストックホルムのサッカーチーム、ハンマルビィの緑のポロシャツを見せた。

「きみのために着てきたんだ」

三人は会議室に上がった。コーヒーにシナモン味のクッキー。法医学者は自分の前にフォルダを広げた。

「きみたちにこれを分析する能力がないのは承知の上だが、ハンメルフェストで色々と起きていることを考えると、興味があるんじゃないかと思ってね。ラーシュ・フィヨルドセンは確かに岩場で転落して死んだ。それについて疑いの余地はない。だがその直前に誰かと争っていたようだ。首に絞められた痕があった。血腫だ。あとは検査結果を待っているところだが……例えば爪の中に残っていたもののね。死の直前の出来事のようだ。問題はフィヨルドセンが自分で転倒したのか、それとも誰かに押されたのかだ。ともかくそのせいで勢いよく岩に頭がぶつかった。それで、はいさようなら。サドンデス。試合終了」

　法医学者は会議室から出ていき、クレメットとニーナだけが部屋に残った。電話でハンメルフェストのエレン・ホッティ警部に報告をする。フィヨルドセンは誰かと争っていたようだ。ホッティ警部は市ともめていたトナカイ所有者を調べるべきだと言った。彼女いわく、それは考えかたとして純粋に理にかなっている。クレメットは不満げに唇をとがらせたが、反論は思いつかなかった。そして電話を切った。

「警部には同意したくないみたいね。でもごく当然の発想じゃない？」

「トナカイ所有者が市長を殺すなんて想像できるか？」

「殺しの話をしてるわけじゃない。死んだのは転んだからでしょう」

「だが首を絞めた痕があった。だから殺す意図があったのかもしれない。まあ調べてみよう。どのトナカイ所有者が市ともめていたのかは簡単に調べられる」

「でも、それ以外の可能性も考えているの？」

　クレメットは推測が嫌いだった。だから自分と闘っていた。

「フィヨルドセンはノーベル平和賞の選考委員（ノーベル賞は平和賞のみノルウェーで選考、授与が行われる）だったし、大臣も経験している。そういう立場にいると敵ができるものだ。暗殺されたオロフ・パルメ首相だってそうだろう？　当然妥当だと考えられる敵が一ダースはいた。それも世界じゅうに」

「で、あなたもその事件の捜査に参加していたんでしょう？　知ってる」

ニーナはそう言って、うなずいた。そして今日の日付の地元紙ノルランド・ソシアルデモクラーテンをめくった。鉱山で起きている組合の闘争、新しい市庁舎とその周りにできる町の建設プロジェクトが発表されたことなどが書かれている。キルナはこれから町ごと移動するのだ。鉱山のせいで将来的に地盤が崩れる恐れがあるが、鉱山の採掘もやめられないからだ。文化面では町中で見かけたポスターに大きく顔が載っていた芸術家アンタ・ラウラの回顧展の記事もあった。ニーナはその芸術家の顔をどこかで見たような気がしたが、どうしても思い出せない。記事ではアンタ・ラウラが翌日のオープニングレセプションに出席すると書かれていた。小さな記事によれば、それ自体が大ニュースのようだった。ここ数年健康を害していて、人前に出ることが滅多にないからだ。

「このラウラっていう芸術家のこと知ってる?」

「ああ、確かひどい話が……」

「どんな?」

「もうよく覚えていない。叔父さんに訊いてみよう。だがともかく、すでに正気を失いかけている老人だ」

クレメットは新聞をたぐり寄せ、記事に目をやった。

「だが手工芸に関してはすごい才能をもっている」そうつけ加えて、乱暴に新聞を閉じた。

「へえ、そうなの」ニーナは言った。「それでわざわざ休みの日にキルナまで来て、フィヨルドセンが誰かと争っていたらしいことを教えてもらった。あなたのサッカー友達にとっては、それが電話では教えられないくらいの機密事項だってわけね……」

クレメットは答えずに、聞こえないふりをして自分の携帯電話をこつこつと叩いている。何度も唇をとがらせながら。探るような目でニーナを見つめもしたが、黙ったままだった。そして急に立ち上がった。

「すぐ戻る」

一人になるとニーナはテーブルの端にあったパソコンに向かい、サーチエンジンにラーシュ・フィヨルドセンの名前を打ちこんだ。何万件という検索結果がヒットする。フィヨルドセンは国内だけでなく国際的にも大物だったようだ。ラジオで耳にした経歴からは想像のしようがなかった。

フィヨルドセンは九〇年代の初めにノルウェー石油管理局の局長になり、祖国と労働党のために尽くしたことからノルウェー・ノーベル委員会の委員に任命された。国会が五人の委員を任命するのだ。フィヨルドセンはその名誉職を数年前に辞し、全身全霊をかけてハンメルフェストの発展に尽くすことにしたようだ。広い視野で見れば、極地全体の発展とオフショア資産のために。

ニーナはさらに検索を狭めた。ラーシュ・フィヨルドセンは自己犠牲的にノルウェー・ノーベル委員会の委員を務めていたわけではなかった。ノルウェー・ノーベル委員会というのはあらゆる方面から非難を受けるものだ。受賞者が全員一致で選ばれることは滅多になく、全員一致だった場合はほぼ必ず無名の人物だった。全員が譲歩して、議論の余地が多い候補者を省くせいだ。それでも不快なコメントを受けるのは避けられない。フィヨルドセンははっきりした強固な意見をもつ政治家で、世界各地の解放運動にも尽力していた。さらには労働党の国際部会にも属していて、トナカイ所有者と衝突する市長のイメージとは一致しなかった。

　とりわけニーナの目を引いたのは、フィヨルドセンがノルウェーで大改革が始まった時代に社会大臣だったことだ。ニーナはなぜ彼がノルウェー石油管理局の責任者という立場、つまりノルウェー石油王国の最高権力者から、それより地味な社会大臣という地位に下りたのかが不思議だった。

　テーブルの上におきっぱなしだったクレメットの携帯電話が振動し、ニーナはわれに返った。短い通話が終わると、ニーナは笑みを浮かべたまま電話を戻した。

　クレメットが戻ってくるまで、ニーナはまた検索に夢中になった。

「フィヨルドセンが様々な解放運動の闘士だったなんて知ってた？　ちょっとこれを読んでみて」ニーナは自分のメモをクレメットに渡した。クレメットは黙ってそれを読んだ。

「まるでパルメ首相暗殺事件の再来だ。手がかりはいくつもあるのに、それをどうすればいいかがわからなかった。結局、今でも誰が殺したのかわかっていない。少なくとも公式には」

　クレメットはニーナのメモをもう一度、今度はじっくり考えながら読み返した。

「今、ハンメルフェストでは大きな建設プロジェクトが進んでいる。スオロの石油倉庫になる工業地帯まで道路を延ばす。現在の倉庫の南、つまり島の東側だ。ポーラーベース（ロジスティックセンター）と、クヴァールスンにかかる橋の間。あの聖なる岩を狼湾の対岸に移すかもしれないということで、ものすごい議論になっている。まったく狼湾が何もかも巻きこんでいくみたいだな」

クレメットはしばらく黙っていた。

「カウトケイノに戻るヘリコプターは明日の朝までない。だが今、手配してきたから、今夜はキルナに泊まろう。きみは本部に、おれは昔の友人のところに」

「あらまあ、ちょうどよかったわね！」ニーナが声をあげた。そしてクレメットに携帯電話を手渡した。

「ちょうどエヴァがマーローから到着したみたいだし。十八時半にはレストランで待ってるって。ああ、あと十五分か。昨日そう約束したんですって？」

19

バレンツ海、アークティック・ダイビング号の船内　十八時十五分

ニルス・ソルミはもう二時間以上、ヘッドフォンをつけて横になっている。音楽はさっきから流れていないが、自分の殻に閉じこもるようにして力を蓄えていた。殻――まさにそのとおりの場所だ。ここに入って十四時間ほど。アークティック・ダイビング社の潜水船にある小さな減圧室で、ニルスは腐りかけていた。普段ならダイビングの任務から戻ったあとの長い待ち時間もたいして気にはならない。極端に狭いとはいえ、音楽を聴いたり、本を読んだり、トムとおしゃべりをしたりしている。潜水技術や装備の話など、二人で何時間でもしゃべっていられたし、そのへんに散らばっている雑誌を読むこともあった。しかし今回は不運なことにもう一組のダイビング・ペアも同じ部屋にいた。ニルスはその一人が耐えられなかった。大袈裟《おおげさ》ではなく、本当に。

任務自体はうまくいった。単なる定期作業で、面白くもなんともない。検査をするだけの作業だからリスクもないし、建築資材をどかすわけでもない。潜水艇でもできるようなことだが、遠隔操作の無人潜水機がどちらも別の場所で使われていて、しかもこれは急ぎの仕事だった。

スオロの油田に到着したばかりのプラットフォームの検査で、水深はそれほど深いわけではないが、飽和潜水（減圧症を防ぐため、あらかじめ体内に不活性ガスを飽和状態になるまで吸収させる手法）をしてその後に減圧が必要なくらいの深さではあった。だからなんだっていうんだ――。何もしない減圧中の時間だっていい給料が支払われる。そのときもという意味だ。同じ部屋にいるあいつさえいなければ、何もかも平和で快適だったのに。

そいつが近づいてきた。雑誌のページを見せたいらしい。ニルスはこつこつと自分のヘッドフォンを叩いて笑顔を浮かべ、あとで行くからと合図した。相手は親しい仲であるかのように振舞ってくる。しかしニルスもこういう場合は選択の余地がないことはわかっていた。減圧室で二十時間も一緒に過ごさなければいけないのに、そいつを侮辱したり、憎んだり、お前の息は臭くて耐えられないと言ってやったり、今まで会った中で最低の馬鹿だと罵倒《ばとう》するわけにはいかないのだ。だからニルスは相手に笑顔を向け、親指を立てて、相手のことをよくわかっているふりをした。何もかも順調、おれたち全員で最高のチームだとでも言いたげに。この馬鹿が視界から消えてくれればいいのに！　その臭い口を閉じておいてくれ！

バレンツ海のダイバー業界には息苦しさが漂っていた。何百人というダイバーが深海に潜った北海の黄金時代とはまるでちがう。今のバレンツ海はまだ黎明期で、この新しい原油地帯の未来が明確になるまでにはまだ何年もかかるだろう。ニルスはバレンツ海におけるパイオニアの一人だった。

七〇年代に事故が続いてから、石油会社はなるべくダイバーを使わずにすませるようになった。しかし新しく天然ガスがみつかり、原油もみつかった。するとやはりニルスのようなダイバーに頼らざるを得ないときもある。普段はROVと呼ばれる小さな潜水機に遠隔操作で仕事をさせている。

ニルスは北海を経験した冒険心溢れるダイバーの話を聞いて育った。子供の頃、実際にそういうダイバーたちと知り合いだったのだ。彼らは本物の英雄だった。かつて、そんなダイバーの一人が潜水服を着て海から上がってくるところを目撃したことがある。ニルスの家族が夏に暮らした小屋は、父親が小さな漁船で漁をしていた狭いフィヨルドの奥にあった。ダイバーは少年の目前で水中から現れ、太陽が反射して黄金のように輝くヘルメットに少年の目がくらんだ。

十代半ばになり、学校を卒業すると、ニルスはこの町にやってきた最初の油田労働者のところに出入りするようになった。二〇〇〇年初頭のことだ。ハンメルフェストはこれからすごいことが起こる場所として評判が広まっていた。彼の両親はサーミ人で慎ましい人たちだったが、この町で起きていることは若い息子の未来にも素晴らしい可能性を与えてくれると信じていた。自分たちは教育を受けずにきたが、息子のニルスにはその生き生きした瞳と知性で、素晴らしいチャンスをものにしてほしい。ニルスは幸い運動神経がよく、何も怖がらない性格だった。だからこの世界で成功できるかもしれない。そう、両親は常に応援してくれていた。息子を文字どおり、成長目覚ましい原油と天然ガスの世界で自由に泳がせたのだ。しかしエリックやユヴァといった幼馴染はそうではなかった。彼らはツンドラの奥地でサーミの伝統に囚われたままだった。若者の未来といえばトナカイ放牧しかない世界で。

ダイビング・パートナーのトム・パウルセンにはそういう話をすることがある。パウルセンはニルスが心から尊敬している数少ない人間の一人だ。それでもニルスは自分がサーミの世界で育ったことを話すのは避けてきた。何事にも限度というものがあるのだ。ニルスは若くして自分が育った世界から、そして友人エリックからも遠ざかった。なんの興味も湧かない世界から。その後、新しい友人はできたが、本当の友人ではなかった。ユヴァとは適度な距離を保っている。十代後半の頃にはパブで鉢合わせることもあった。ユヴァは自分とニルスの世界の境界線ぎりぎりのところに立ち、サーミの世界から一歩踏み出すことはなかったが、ニルスの新しい世界に魅了されているのは明らかだった。

そのときトム・パウルセンが水と錠剤を差し出し、ニルスは夢から引き戻された。薬はあまり好きではないが、回復が早まる。この特殊な環境では疲労感が一秒ごとに負担に感じられた。飽和潜水では身体が極端な気圧の変化にさらされる。これから体内のバランスを取り戻して回復しなければいけないのだ。

ニルス・ソルミはまた過去に思いを馳せた。十代半ばには石油バブルの渦中に放りこまれた。ハンメルフェストに集うダイバーたち、初期のパイオニアたちが派手なパーティーをいくつも開催した。ニルスはそこに入りこみ、重宝された。グラスに酒を注ぎ、新しい酒瓶を取りに行き、掃除を手伝い、女の子の電話番号ももらった。地元の男はニルスのようなチビ助のことなど気にも留めないからだ。ダイバーたちはニルスに寛大で、ニルスはその世界の雰囲気を味わった。羽振りのよさも。そこでは金がうなっていた。ニルスがいたいと思ったのはそこだった。

初めてダイビングをしたときのことを覚えている。フランス人のジャックと潜ったときだ。ジャックは当時すでに、現役でいるには歳を取りすぎていた。かつてはマルセイユの企業に雇われ、アフリカ沿岸、そして北海を制覇した。ジャックの話をニルスは何時間も夢中になって聴いた。他のダイバーの死体を引き揚げなければいけなかったという話もあった。アフリカのどこかの三角州で、プラットフォームに挟まってしまった仲間。英雄は目に涙を浮かべていた。少年は当惑し、ちょっとがっかりもした。仲間はおそらくパニックを起こし、あわてて上昇してしまったのだろうとジャックは言った。そうすると、身体の中で気泡が増加する。ジャックはシャンパンの瓶を絵に描いて、そのコルクがポンと抜けるようなものだと説明した。その男の肺と心臓、そして水圧のかかった身体にはそういうことが起きたのだと。その夜ジャックはシャンパンの栓を抜いた。コルクが信じられないほど高く飛び、白い泡が溢れ出してニルスの腿にかかり、ニルスはけらけらと笑い、二人でボトルを空にした。ニルスはその日、人生で初めて酒を飲んだ。

スピーカーからの声に回想が途切れた。食事が届いたのだ。二重扉を通って運ばれてくる。減圧室の生活環境はパイオニア時代から改善されたとはいえ、長期的には非常に辛いものだ。特殊な環境のせいで食事の味や食感は失われ、吸いこむガスのせいで声も鼻にかかったようなおかしな声になる。ニルスは空腹を感じなかった。しかしここで過ごす時間もまもなく終わりだとわかっている。ここから出れば、失った時間を取り返せる。ニルスは無理に食べることにした。

思考がまた子供時代へとさまよった。普段はそんなことはないのだが、幼馴染のエリックが死んだことで、次々と思い出がよみがえってくる。湾でエリックの死体を引き揚げたとき、なぜあんなふうに吐き気をもよおしたのかはわからなかった。死体なら今までにも引き揚げたことがある。死人を見たこともあった。エリックの死体に自分はなぜあんな衝撃を受けたのだろうか。エリックとは親しかったが、もうずいぶん前の話だ。友達だったが、まったくちがった人生を選ぶことになった。もちろんエリックはニルスほどはダイビングに夢中ではなかったが、子供の頃はよく一緒に海岸にも行ったのだ。エリックは放牧をする両親と一緒に夏の餌場に来ていて、二人はそこで出会った。ニルスのほうはフィヨルドにある小屋で家族と暮らしていた。

誰も口には出さないが、とんでもない経験をしてきたダイバーもいたようだ。ニルスはその頃まだ生まれてもいなかったか、幼くて記憶が一切なかった。

ダイバーたちはニルスの存在など気にせずに話していて、ニルスの耳には彼らの会話に出てくる知らない言葉が入ってきた。それが普通のダイビングの話ではないことくらいしかわからなかったが。

毎年、夏はそんなふうに過ぎていった。夏が近づくとニルスは嬉しかったし、その興奮は秋まで続いた。ダイバーたちが別の海、もっと暖かい海に行ってしまうまで。

ある時点からダイバーたちは一人のサーミ人を連れ回すようになったが、ニルスにはそれがなぜなのか理解できなかった。そのサーミ人はおかしな男だった。はっきりした、まさにラップ人の顔立ち。ニルスはかすかな軽蔑とともにそう思った。軽蔑——そう、そのサーミ人はニルスに発展の遅れた世界を思い起こさせた。しかしダイバーたちはその奇妙な男を気に入っているようだった。男は滅多に口を開かなかったが、手先は非常に器用だった。それにカリスマ性のようなものがあった。ニルスはその男には興味を示さないことにした。大物ダイバーの近くにいさせてもらえるかぎり、そいつのことなどどうでもよかった。ニルスはダイバーたちのマスコット的存在として成長した。幼い少年にとってそれ以上の幸せがあるだろうか。

しかしある日、ついにダイバーは皆去ってしまった。ここの海での任務が終わり、新しい任務に呼ばれたのだ。次の夏にも戻ってこなかった。その次の夏にも。ニルスはまた独りになった。見捨てられたみたいに。そして何が残った？　ユヴァ？　エリック？

だから可能なかぎり早く町を出て、海軍で兵役を務めた。当然のようにダイバーになり、ハンメルフェストに戻った。やっとダイバーになれた——それ以来、ニルス自身が人々の注目の中心にいた。

「ソルミ、メッセージだ」レイフ・モエの声が響いた。

ニルスは慎重に寝台から身体を起こした。携帯のメールが転送されてくる画面を見つめる。送信者の番号は表示されていない。メッセージはたったの二単語。〝デ・プロフンディス〟ニルスはそれを読んで眉をひそめた。

ミッドデイへ
　助けてくれ！　彼はもうこれ以上耐えられない。唾を吐き、わたしのことをゆっくり殺していくような気がする。二人ならばまだ前に進める。まだ彼を落ち着かせることができる。だがあとどのくらい？　それはわからない。ミッドデイ、わたしの手紙が謎めいていることを許してくれ。でも誰の手に渡るかわからないのだから。わたしの不幸な仲間に話を戻すと、彼はますます頻繁に発作を起こすようになった。見ていて楽しいものではない。夜、彼が寝ているとき、ときどき泣いているのが聞こえる。そんなときは毎回、あいつらはわれわれに何をしたのだろうかと考える。われわれはこれでも苛酷な訓練を受けてきたのに。しかしあのくずどもは話を聞こうともしなかった。それがますます彼を怒らせた。彼はもう一度戦いたいという。復讐をしたいと。自分たちのやりかたで。あいつらに、役所に、われわれをこんなふうにする権利はなかったことを思い知らせるのだ。同じ側に立っていたはずなのに。われわれはこの国のために犠牲になった。人生のいちばんいい時期を失った。あいつらはなんてことをしたんだ！

20

キルナ　〈ランドストレーム　キッチン&バー〉　十九時十五分

　クレメットはしどろもどろに言い訳をしていた。あきれるほどくだらない嘘をついた現場をニーナに押さえられてしまったのだ。ニーナはクレメットのせいでキルナに足止めされてしまった。しかしフレデリックからの夕食の誘いは断った。フレデリックはキルナの犯罪鑑識官で、金髪で背が高くて腹が出ていて、自分は女たらしだと思っている。ニーナのことを気に入っているが、ニーナのほうは彼の想いに応える努力は一切していない。

　クレメットはフォリエニングス通りにあるレストランに遅れて到着した。エヴァはテラス席に座って待っていた。その手にはほとんど飲み終わった白ワインのグラス、口にはタバコをくわえている。豊かな銀髪に秩序を与えようとした努力の痕は見られた。エヴァははじけるような笑い声でクレメットを迎えた。

「やっと来たのね、わたしの可愛い刑事さん。職場の人たちはずいぶん意地悪みたい」

　クレメットはこのまったくスウェーデン人らしくない女性を気に入っていた。あるいは非常にスウェーデン人らしいのか——よくわからない。はっきりした顔立ちにゴージャスな青い瞳、いつ会ってもよく日に焼けた肌。キルナの南にあるマーローの鉱物情報事務所の所長を務めているのに、今でも若い頃のように荒野をさまよい、新鮮な空気の中で長い時間を過ごしているかのようだ。

「ともかく、連絡をもらえて嬉しかった。大事な小石や大きな資料室からもたまには距離をおかないとね。白ワインはどう？　いいのがテーブルにあるけど」

クレメットは自分は飲まないという仕草をした。そのポリシーを破った数回はかなりひどい結果に終わったわけだし。しかし今日は乾杯だけはしようと思った。

「じゃあ、ほんの少しだけ……」

「もう、可愛い刑事さんたら、今夜はこのじゃじゃ馬に少しは付き合ってくれるんでしょう？」エヴァは笑顔で言った。「最後は制服を脱ぎ捨てることになるのかもね、クレメット坊や……」

クレメットはグラスを掲げて、乾杯を交わした。

「あなたは新しいことを試すのが好きなんだな。カウトケイノの自宅の庭のコタには招待すると約束したでしょう。ゆっくり急いでくださいよ」

エヴァ・ニルスドッテルはグラスを空にし、またワインを注いだ。そして新しいタバコにも火をつけた。

「クレメット、あなたは人をその気にさせる悪者よね」エヴァが冗談めかして言った。「わたしのことを奔放な若い娘みたいに騙《だま》せると思っているの？」

クレメットはグラスを上げると、投げキスをした。

「あら、春の息吹きを感じる」

「叔父の才能の四分の一でもあれば、今にも目覚めんとする大自然のことを語って聞かせるのに」

「まあ」エヴァもグラスを上げた。「それならいくらでも聞きたいわ。何カ月も深い雪に埋もれていた大自然。虐《しいた》げられ、それを耐え抜き、それでもまだあと何カ月かは灰色のまま。それが突然爆発したみたいに緑が溢れ出し、生とエネルギーに満ちる。この地球の永遠の奇跡ね」

エヴァは大袈裟《おおげさ》に両手を振り回して、春への情熱を語っている。目尻の美しい皺《しわ》が太陽が発する光の線のようだとクレメットは思った。

「何もかも地質学に煮詰めてしまうつもりはないの。でもどうしても、あの頃はどうだったんだろうと考えてしまう。まったく別の時間軸でね。つまり、いちばん最近の氷河期の最後に起きた隆起のこととか」

エヴァはクレメットの顔を見て笑いだした。

「あらあらあら、怖がらせるつもりはなかったんだけど」

「いや、平気だ。続けて」

「ただね、温暖化で陸を覆っていた巨大な氷河が溶け、地面は氷の塊から解放されて隆起したわけでしょう。それがあらゆる地形、あらゆる景色のバリエーションを創造した。簡単に言うと、この地球自体をってこと。まるで春に自分を解放する大自然みたいじゃない？　わかる？　可愛い坊や」

クレメットはエヴァが大胆にこの世を――それが大自然のことでも人間のことでも――語るのを好ましく聞いていた。エヴァの目尻の細い太陽光の線を見つめながら、彼女に照らされているような気もした。ニーナも、アネリーの言葉に照らされたと話していた。しかしクレメットはアネリーのことは考えないでおこうと思った。せっかくの夜を捜査のことで台無しにはしたくない。しかしエヴァはクレメットの脳裏に何かがよぎったことに気づいたようだ。

「さあ教えて、じゃなきゃそのせいで結局わたしたちの夜は台無しになる」

クレメットは困ったように頭を振った。話すことなどない。今、ここでは。不審とも思える状況で溺れ死んだトナカイ所有者のことを話してどうなる？　そして、邪魔な場所に立つ聖なる岩付近で確実に不審な状況で転落死した市長のこと。人がひしめく町、誰かが追い出される世界。クレメットは気分が暗くなるのを感じた。一口白ワインを飲んだことは言い訳にはならない。

「あなたもこの地方の変化を見てきたでしょう」

「どういう意味？　ここ一万年の話？　それとも二十年？　わたしはゼロが多いほうが好きだけど。そのほうがゆっくり観察できて、賢いことを言えるでしょう？　人間なら化石という形がいちばん魅惑的。あら嫌だ、急にそんな顔しないで。あなたのことじゃないから。わたしの可愛いお馬鹿さん」

クレメットは笑いだした。

「わかった、わかった、あなたの勝ちだよ。いや、今、事件かどうかもわからないような事件を抱えていて……。ほら、普段ならツンドラの只中にある餌場に関するもめごとやら、保護地区で誰かが不法にスノーモービルを運転するといったようなことの対応に追われているんだけどね。だが今は、ハンメルフェスト市長の死にも少し関わっている。市がトナカイ所有者ともめていたという理由からね」

「で、そのもめごとというのは？」エヴァはそう訊きながら、グラスにもっとワインを足した。

「スオロの新しい油田のせいで、町を拡大してはいけない。ロジスティックセンターをつくるための土地が必要だし、それとは別に大きな旅客機や貨物機が着陸できる新空港をつくり、ハンメルフェストの町から狼湾の橋に続く道路も幅を広げなければいけない」

「それで膠着《こうちゃく》状態なの？」

「あなたはハンメルフェストのことはよく知らないと思うが、町は島の北西にあって、本土からそこへ通じる道路は一本だけなんだ。狼湾にかかる橋を渡り、トンネルを通って西へ進み、島の西側に出るとそのまま海ぞいに町まで道路が続いている。問題はトナカイがこれまでずっとそこを通って島の奥にある夏の餌場へ移動していたことだ。今でも群が毎夏島にやってくる。さらには町にも現れ、住民を怒らせるんだ」

「なるほど、原油のせいね。可愛い坊や、でもじゃあ、あなたの牧夫さんたちはもう負けが決まったんじゃないの？　そう思わない？」

「おれの問題はそこじゃない。エヴァ、おれは政治屋じゃないんだから」

「そうね、そうね。あなたは自分の職務をこなしている警官。そのことはもう話してくれたわね。じゃあ、ちょっとセミナーをしましょうか。アメリカ人の同業者が数年前に口を滑らせたんだけど、この地球上でまだ未開発の原油・ガス資源の三分の一は北極圏に存在するらしいの。三分の一よ。あなたにその意味がわかるかしらね。その話をどのくらい信用していいかはわからないけれど、それは関係ない。だって、産業界のおじさんたちにこの話がどれだけ影響を与えるかはわかるでしょう。それに政治家にも。わたしはハンメルフェストのことはよく知らないけど、ノルウェー政府はバレンツ海全域を優先経済域にしたがっている。でも液体や気体はわたしの専門分野じゃないのよね。言ったとおり、化石とか石ならなんでも好きなんだけど……。それでも言うとしたら、この白夜の地方に場所を手に入れるために、人はあらゆる手を使って集まるってこと。ちょっと今夜のわたしたちみたいにね。そうじゃない？」

21

四月三十日　金曜日
日の出：二時四十三分、日の入：二十二時一分
十九時間十八分の太陽
中部サプミ　十四時十五分

トム・パウルセンが興奮した叫び声をあげ、ニルス・ソルミも負けじと叫んだ。二人は今、ニルスのSUV車に乗り、スカイディとアルタの間にあるスタッブル谷国立公園を横切る道路を走っている。スカイディを通過した二十分後には、南向きの車線でスタッドレスタイヤをはいたSUVのアクセルを底まで踏みこんだ。ほぼまっすぐに伸びる細い道路で可能なかぎりのスピードを出す。右手に台地と小さなサーミの教会が見えた。台地は風に鞭打たれ、道路には雪煙が舞った。目の前には広大な裸のヴィッダが広がっている。二人は雪に照り返す強い日光から目を守るために、氷河用サングラスをかけていた。そのときニルスが急にハンドルを切り、丘の反対側に出る小道に入った。

後部座席にもあと二人ダイバーが座っていて、彼らも大声をあげていた。手にはビール缶を

もち、最大音量で音楽をかけている。外気はわずか五度だが、今朝減圧室から出たばかりの二人は雲ひとつない空高くで輝く太陽を全身に浴びている。トムがニルスにもビールを渡し、自分も一缶開けた。四人の男たちはダウンジャケットに包まれ、目の上ぎりぎりまでニット帽を下げている。このくらいの寒さには慣れていた。

約十五分後、世間の視線から遠く離れた場所で、彼らは猟銃を取り出した。車から数百メートル歩いて、持参したトナカイの毛皮に座り、のんびり静かに待つ。今は音楽もかけていない。チキンウイングにかぶりつき、ビールを飲む。太陽を満喫する。ここはトムがみつけた場所だった。四人はほぼ同時にヤマウズラをみつけ、銃を発射して笑い転げた。よたよたと雪の中を走り、また大笑いし、競うようにヤマウズラにたどり着く。そして獲物をジープのトランクに投げ入れ、ビニールシートの下に隠す。そしてさっきよりもっとスピードを上げて走り去り、ロックミュージックと叫び声が響きわたった。

午後遅くハンメルフェストに戻り、ニルスはそのまま車をアークティック・ダイビング号が停泊する埠頭へと走らせた。〈リヴィエラ・ネクスト〉のすぐ向かいだ。ダイバーたちはここの浮桟橋に個人でコンテナを借りている。人目を引かないように荷物を下ろすため、ニルスは埠頭のいちばん奥に車を停めた。コンテナが五つ並び、どれも巨大な南京錠が下がっている。書類上はダイビング装備を保管するためのコンテナだが、実際には戦利品を並べている。エレノールが初めてハンメルフェストに来たときも、このコンテナに連れてきた。ニルスにとっては儀式のようなものだ。彼の人生がそこにあった。それ以外のものは何もかもただの飾りにすぎない。他のやつらを驚かせたり、感心させたりといったようなこともそうだ。まあ、ここでは簡単なことだが。ニルスの人生はこのコンテナの中に存在した。ここに連れてきた女たちの香りがするところも気に入っている。しかしほんのわずかに香るだけで、ダイビングスーツや戦利品より強い存在感はない。その残り香に毎回、女の香りなど絶対に必要ではないことを思い知らされる。だからエレノールのような女にも耐えられるのだ。

コンテナには冷蔵庫と冷凍庫もちゃんと備えつけられている。それは他のダイバーもやっていることだ。冷凍庫には狩りの獲物を保管することができる。例えば今の時期は狩りが認められていないヤマウズラなどだ。獲物を地元のレストランに売ることもあった。コンテナの片隅には、大事にとってある古いダイビングヘルメットが飾られている。ジャックからの贈り物だった。かつてここからそう遠くないところで水から上がってきたフランス人のダイバー。その光景がニルスの将来を決定づけたのだ。ニルスは床に放置されているトナカイの角を押しのけた。これが唯一ニルスとサーミの世界を結びつける存在だが、売るためにとってあるだけだった。鍵のかかるロッカーに猟銃をしまい、着替え、〈リヴィエラ・ネクスト〉の入り口で仲間と落ちあった。

ドライブで気分がよくなったし、今夜はエレノールにも会うことになっている。一晩じゅう一緒にいるからと約束してある。何もかもうまくいっている。悩みなどないはずなのに、市長の死のニュースのせいでティッカネンと先日約束したことを思い出してしまった。ティッカネンは怯えているだろうか。もしそうなら、自分も怯えなければいけないのか？　それに、減圧室にいたときに受け取ったメッセージはなんだったのだろう。デブのフィンランド人と話さなければいけない。だが今は二人でいるところを見られるとまずい。

ニルスはトムにビールを渡し、隅に連れていった。

「さっきのメッセージだが……調べてみると、〝深淵から〟という意味らしい。そういう曲名のクラシック音楽もあるようだ。今朝聴いてみたんだが、どういうことだかさっぱりわからない」

「おれも考えてみたんだが……海底と関係があるとしか思えないが、何が言いたいんだろうか」

ニルスは困ったように首を横に振った。

「海底……もしくは深淵から何かが出てくるのか？　実は、それだけじゃない。一時間後にもう一通来たんだ。それもおかしなメッセージだった。〝アーカンヤルスタッバ〟色々調べてみたんだが、なんなのかはさっぱりわからない。ともかく、よく使われる言葉ではなさそうだ」

送信者はティッカネンだろうか。何かの警告なのか？　あの男にそこまでの教養はない気もするが、愛想のよい見た目から確かなことは何もわからない。おれはあの男を見くびっていたのだろうか。深淵から——？

もしくはイタチのように嗅ぎ回るヘニング・ビルゲか？　あいつには我慢がならないが、ときどき仕事を依頼される。おれのことが必要なのだ。じゃあ、なぜわざわざもめるようなことをする？　いや、おれともめようとして送ったのではないのかもしれない。

エレノールだろうか。それは絶対にありえない。その発想は飛躍しすぎている。エレノールとはストックホルムの〈スパイ・バー〉で出会った。上流階級の若者が酔って羽目を外し、大騒ぎをしていた夜に。エレノールはニルスのロレックスに食いついた。しかしまずはロレックスにいくら払ったかを訊いてからだった。彼女にとってブランドはどうでもいいが、なにしろ高価でなくてはいけない。そういう意味では単純な女だ。おまけにめちゃくちゃセクシーだった。

それとも今までにもめたことのあるダイバーだろうか。あの息の臭い男か？　会ったのはあのときが初めてではないが、自分はプロらしく振舞ったと思うし、本心はまったく表に出さなかったつもりだ。実際には殴り殺したいくらい嫌いなのだが。しかし相手が自分ほどプロに徹していないという可能性は大いにある。おれに対して怒っているのかもしれない。避けられていることにはおそらく気づいているし。あんなメッセージを送って楽しんでいるのだろうか。でもなぜ……ただ嫌がらせのために？　おれに嫌がらせを……？

オラフだろうか。あのスペイン野郎か？　あいつなら確実に嫌がらせをするだろう。だが、あんなメッセージを送るか？　いや、オラフではない。絶対に誰か別の人間だ。ニルスの考えがまたティッカネンに及んだ。今後あの男が問題になるリスクはある。それもかなり深刻な問題になる。肥満体が目に浮かんだ。そう、はっきりと目の前に、あのぶよぶよしたシルエットが。急にあいつをゴミのように踏み潰したくなった。市長が死んだ今、あの土地が手に入ることを祈るばかりだ。そうでないと困る。

デ・プロフンディス――深淵から。自分の人生の深淵ということか？　自分の過去か？　なぜもう一通はサーミ語だったのだろう。二通とも同じ送信者なのかどうかもわからない。番号非通知——なんて狡猾《こうかつ》で悪趣味なやつなんだ。最近どんなやつに会った？

アネリーか？　ラテン語とサーミ語だったことを考えると、彼女ならばありえる気がする。きっとおれのことを怒っているはずだ。先日オラフと一緒に〈リヴィエラ・ネクスト〉にいたときもそうだった。だが何を言いたいのだろうか。たいした意味はないのだろう。アネリーのことはあまりよく知らない。エリックと付き合いがあったのは相当昔だ。いったい何年前だ？　いつから道が分かれてしまったのだろう。子供の頃は離れがたいほどの仲だったが、学校に上がってからは付き合いが途絶えた。それ以前は一緒にツンドラに行き、投げ縄でトナカイを捕まえたりもした。ニルスは自分の家族がよそのサーミ人家族とは離れて暮らしていたのをなんとなく覚えている。しかしエリックの家族とは交流があった。学校が始まるまでだったが。そのタイミングで何かがあったのだ。ニルスにとっては楽しい年月が始まった。両親はカウトケイノの学校をかなり早いうちに辞めさせてくれ、もっと大きなアルタという町に送られ、そのあとはトロムソの高校に進学させてもらった。ノルウェーの北極圏にある大きな大学街だ。彼の両親は素朴な人間だったが、正しかった。息子にはツンドラに暮らす怠惰なやつらよりずっと価値がある。そいつらは今でもまだ必死にトナカイを追い回している。そこに未来などないのに。

トム・パウルセンがニルスの肩を揺すった。ニルスはそれでやっとパウルセンの存在を思い出した。二人で乾杯し、周りを見回す。向こう側の〈ボレス〉では客がビールグラスに覆いかぶさっている。その中にユヴァもいた。ユヴァも子供の頃はニルスやエリックと一緒にツンドラで遊んでいた。しかしニルスにとってはエリックよりさらに遠い存在だった。打算的で嫉妬深く、頭の悪いやつ。自分やエリックと一緒にいるためなら何でもやった。こっちを見てくれと懇願していたようなものだ。ニルスは慈悲深いエリックが頼んできたからユヴァのことを我慢して仲間に入れていただけだ。

「上の空じゃないか。悩みでもあるのか？」

「悩み？　いや、何もかも順調だ」

ニルスは声を大きくした。

「だがあっち側では悩みのあるやつがいそうだぞ！」

数人の顔が上がった。ユヴァがニルスに笑顔を送った。クソ野郎が。自分を誰だと思っているんだ。ニルスはわざとなんの感情も浮かべずに、二秒間じっとユヴァを見つめ続けた。ユヴァと会うのは、狼湾でエリックの死体を引き揚げて以来だ。ティッカネンからユヴァと計画を練ったとは聞いているが、どういう計画なのかは知らない。ティッカネンのことは嫌いだが、秘密の作戦を練ることにかけては右に出る者はいないし、常に何もかも把握しているようだった。

やばいことを知りすぎているのかもしれない。ティッカネンはそれをわかっているのだろうか。わからせたほうがいいのか。それにユヴァを使えるだろうか。あいつはおれと付き合うためならなんだってするはずだ。誰だって、何よりもそれを熱望しているのだから。

「トム、あそこに首に黄色のスカーフを巻いた男がいるだろう？　あいつに埠頭で待っていると伝えてくれ。コンテナの裏で、五分後に」

トムは数秒待ってから、ユヴァに近づきメッセージを伝えた。ニルスはそれを目の端からこっそり見守っていたが、ユヴァはその瞬間、誇らしげに背筋を伸ばした。酒を飲み干し、じっとニルスを見つめると、意志のこもった足取りで埠頭へと歩き出した。

ニルスはもう一杯ビールを注文し、ちびちびと飲んだ。十五分後にやっと立ち上がり、コンテナの裏で待つユヴァの元へ向かった。よし、こいつは役に立ちそうだ――。

22

ハンメルフェスト　十八時五十分

パトロールP9のピックアップトラックは売店の前に停まっていた。ハンメルフェストの市庁舎のある広場だ。クレメットは今、くじを買ったところだった。三十日の金曜日が自分のラッキーデイだと決めているのだ。なぜなら十三日の金曜日にツイていたことは一度もないのだから。まあ、三十日の金曜日にも当たったことはないが、少なくともくじを買うのに並ぶ必要はない。一方でニーナのほうはこんなことを考えていた。こういう小さな個性がクレメットを魅力的にしているのだろうか、それとも奇妙にしているのだろうか。そのとき、小さな駐車場にいるユヴァ・シックの姿が目に入った。シュコダに乗りこみ、まもなくカーブの向こうに消えていく。ニーナは反射的にマルッコ・ティッカネンもそのあたりにいるかどうか目で探したが、誰もいなかった。

ダイビング船アークティック・ダイビング号と、他にも小さな漁船が数艘、埠頭に停泊している。〈リヴィエラ・ネクスト〉と〈ボレス〉には客が大勢入っているだろう。ニーナはどちらの店にも行ったことがなかった。ハンメルフェストのように誰もが知り合いの小さな町であっても、そういう場所で警官は歓迎されない。

「行くぞ」クレメットが声をかけた。「〈ヴェルク〉で一杯おごるよ」

今夜二人は非番だった。クレメットはキルナで一夜を過ごして以来最高にご機嫌だった。今朝のヘリコプターでカウトケイノに戻ったが、クレメットの叔父のニルス・アンテには連絡がつかなかった。いつも一緒にいるミス・チャンもだ。ニーナはがっかりした。キルナの公民館で行われていた例のサーミ人芸術家アンタ・ラウラの回顧展をわざわざ見に行き、答えのない問いがいくつも浮かんだのだ。何よりも、アンタ・ラウラを見たことがあるような気がした。エリックが死んだ日の夜に、そのことをアネリーに伝えに行ったときに、野営地にいた老人の一人のような気がするのだ。親戚なのだろうか。ということは、アネリーはアンタ・ラウラの芸術のセンスを受け継いでいるのだろうか。回顧展では、アンタ・ラウラが人生の後半になってから工芸を始めたことを知った。師匠はラーシュ・レヴィ・スンナという高名なサーミ人芸術家で、キルナの公民館のエントランスや大ホールの壁の装飾も手がけている。そして何よりユッカスヤルヴィの教会のオルガンが有名だった。ユッカスヤルヴィはキルナに近い小さな村で、そのオルガンは村の誇りらしい。鍵盤はトナカイの角でできていて、そこに模様が彫られた最高傑作だという。ラウラは師匠と同様にトナカイの角や白樺の彫刻に秀で、サーミの神話に出てくるモチーフを細やかに彫りこむのが特徴だった。回顧展はその朝に始まったばかりで、皆がアンタ・ラウラのことを話しているのが耳に入った。彼は長く病気だということで、回顧展の担当者も心配していた。ここしばらくアンタ・ラウラから連絡がなかった。午後のレセプションに来ることになっているのに。

スカイディの小屋に立ち寄ったときに、ニーナは地元紙ノルランド・ソシアルデモクラーテンのホームページを開いた。結局、アンタ・ラウラはオープニングレセプションに現れなかったようだ。記事にあった写真はキルナのポスターとはちがっていて、ニーナは自信がなくなった。誰かに確認しなくては。

二人は埠頭ぞいに歩いて〈ヴェルク〉へと向かった。色々なイベントをやっている小さなギャラリーで、ちょっと酒を飲むこともできるし、地元のグループ客が多かった。左手にはメルク島の端が見えている。天然ガスを液化する工場のある人工島だ。工場の上にそびえ立つ赤白の縞模様の煙突の先端で炎が燃えている。二〇〇七年にハンメルフェストで油ガス田が開発されて以来、この小さな北極圏の町は国内でもっとも空気汚染のひどい町になったと新聞で読んだ。温室効果ガス放出の新記録を更新している。つまり、この景色の美しさは見かけだおしなのだ。二軒の小さなパブを通り過ぎたとき、ニルス・ソルミが灯台のそばのコンテナの裏から出てきた。二人は立ち止まった。ニーナはダイバーが一瞬躊躇《ちゅうちょ》したのを感じたが、ニルスはそのまま歩き続けた。そこで急に向きを変えて逃げだすのもおかしいからだ。一瞬の印象、もしかしたらニーナが間違っているのかもしれない。ニルス・ソルミに会うのは、彼がアネリーの夫の死体を海から引き揚げたとき以来だった。クレメットは落ち着かなげな様子だ。ニルスのほうもそう見えた。

ニーナの目には、ニルス・ソルミは自信過剰な若者で、尊大な態度で他の人間を見下しているように映った。好感をもてる相手ではない。普段のニーナなら、第一印象で相手をこうだと決めつけることはないのだが。

ニルス・ソルミはアーモンド形の青い目をしていて、頬骨は極端に高くはないが、整った顔立ちに個性を与えていた。黒い髪は短く刈りこまれている。しかし何よりも目を引くのはふっくらした唇だった。いつも不満げに口をすぼめているように見える。唇をぎゅっと結ぶのとはちがって、それが自信満々な視線に強調されている。それだけではクレメットが緊張感をみなぎらせる説明にはならないが、ニーナは同僚の性格を理解し始めていた。クレメットは立派な理由さえあれば相手に対して意地悪になるのだ。そうでなければ無視するだけだ。

「やあ、お前か。こんなところで」クレメットが声をかけた。

ニルス・ソルミはクレメットの目の前で立ち止まった。ニルスのほうがわずかに背が低く、クレメットを見上げるように観察し、まるで相手の鼻の中に夢中になっているように見えた。クレメットはすぐにニルスの視線に反応した。ほんの一瞬で。悪い兆候だ。

「ちょっと時間あるか。いくつか質問がある」

ダイバーはクレメットが先を続けるのを待った。大きく脚を開いて、手を背中に回し、堂々と胸を張っている。短く刈り上げた頭の上にサングラスがのっている。ここからは〈リヴィエラ・ネクスト〉や〈ボレス〉の客にまでは声が届かない。太陽が二人の上に柔らかい光を投げかけている。クレメットは質問をする前に、自分の影をちらりと見つめた。そして表情は変えずにわずかに位置をずらすと、目に太陽が入った。

「ユヴァ・シックとは知り合いだな？　そう聞いているが」

「シックか？　ああ。ずっと前に知っていた。なぜだ」

「まだ付き合いはあるのか？」

「気づかなかったのか、クレメット。おれは動物の耳にマークを入れるやつらとは別の道を選んだんだ」

「だがまだ付き合いが？」

「ない」

「たった今、駐車場で彼を見たけれど」ニーナが割って入った。

ニルスは両腕を広げ、それをぐるりと回した。

「この町は全員のものだ。シックはときどき〈ボレス〉に来る、そしておれが〈リヴィエラ・ネクスト〉に行くこともある。だからといって友達なわけじゃない」ニルスはそう言って、クレメットのほうに顎を突き出した。「おれたちは別の世界に住んでいるんだ。わかるか。トナカイ所有者の世界はあっち側で終わり。おれたちの世界はこっち側で始まる。ヘリコプターが送迎してくれるんだ、〈リヴィエラ〉で金を散財できるように」

「エリック・ステッゴとも友達だっただろう」クレメットが苦虫を嚙み潰したような顔で訊いた。

「おやおや、最近のトナカイ警察は探偵ごっこをするのか……。なぜだか訊いてもいいか？」

「あなたが知る必要はない」ニーナが割って入った。二人の間の緊張が高まるのを感じたからだ。

「ステッゴとは遙か昔、友達だった」

「エリック・ステッゴとユヴァ・シックがどんな関係だったかは知っているか?」クレメットが訊いた。

「なぜおれがあいつらの関係を知っているはずがあるんだ。おれが毎秋、望郷の念に駆られてトナカイを分離するための囲いを訪ねているとでも? クレメット、そんなこと夢にも考えたことはない。だがお前はそういうのに憧れているのかもな。ただよく考えてみると、聞いたところによれば、お前の一族はトナカイ放牧の世界から追い出されたんだろう? なのにお前は戻りたいのか? おれはちがう。誓って言うよ。あの世界に憧れたことは一度もない。シックやステッゴみたいなやつらは、もうずっと前におれの世界から消えたんだ。子供の頃にだ。クレメット、わかるか? 子供の頃にだぞ。おれ自身は人里離れた農場で、爪にトナカイの糞を詰まらせて育ってはいないんだ」

その瞬間、ニーナにもクレメットが相手に平手打ちをくらわすのが見えた、いや、聞こえた。ニルスの目——その視線が一気に鋭くなり、目が細くなった。すでに打算が表情に表れている。両足でしっかりと地面に立ち、まだ両手は背中に回したままだ。完全に落ち着き払っている。ニルス・ソルミは邪悪なまでに、クレメットの平手打ちから得られるすべてを満喫しているのだ。

「このくらいですんでありがたく思え!」クレメットが叫んだ。「お前は虫けら並みの馬鹿だ！」

　こんなクレメットを見るのは初めてだった。ニーナはあわてて彼の腕をつかんだ。向かいではニルス・ソルミがバイオリンの弦のようにぴんと身体を張っている。

　クレメットも体格はいいほうだが、ニルスには一発で沈められてしまうだろう。ニルスが胸筋に力をこめた。ダイバーが集うパブのほうでも男が数人立ち上がった。介入すべきタイミングを待っている。警官であろうがそうでなかろうが、合図さえ出ればやってくる——ニーナはそう確信していた。こういう種類の男のことはよく知っているのだ。ニルスがニーナのほうを向いた。

「この警官に対する被害届を出したい。お前が目撃者だ。あいつらも」

　クレメットが一歩にじり寄った。ニーナがそれを止める。

「クレメット、もう充分」ニーナはクレメットに命令していた。「行くわよ。そしてあなた、届を出したいなら署にどうぞ。わたしはあとで署に寄って目撃証言を残すから」

　ニーナはクレメットを引きずるようにして車に戻った。同僚は不愛想にニーナの手を振りほどこうとしているが、ニーナはまだ彼の腕をしっかりつかんでいる。

「あんなクソ野郎のために証言するのか！」

「やめて！　彼に訴える権利がないとでも思うの？」

　ニーナはクレメットの行動が理解できなかった。今、自分で自分を最悪な状況に追いこんだのだ。ニルス・ソルミは絶対にクレメットを許さないだろう。

「つまり、おれの爪にはトナカイの糞が詰まっていると?」

「馬鹿なことばっかり言わないで! もう充分!」

「お前が育った南ノルウェーは、北極圏に住む間抜けどもから何もかも吸い上げた金持ちや商人ばかりが住んでいるんだろ?」

「あなたは何もわかっていない。わたしのことなんか何も知らないくせに。もういいから黙って。スカイディまでずっとよ。明日話しましょう」

　車で戻る道中、クレメットはひどい顔をしていたが、口は開かなかった。ニーナの目には彼が完全に理性を失ったように見えた。クレメットのように経験豊かな警官があんなことをするなんて、説明がつかない。そして自分は不本意ながらも彼に不利な目撃証言をしなければいけない。確かにニルス・ソルミの態度はひどかった。あの傲慢さはクレメットの性格と正反対だ。しかしニーナは別のことも感じていた。あの態度——よく知っている。挑発的な表情、高慢な性格。札束をカウンターに投げつけるような男。母親が話すのが聞こえてくるかのようだった。ニーナの胸がちくちくと痛んだ。車が狼湾の橋を渡りスカイディ方面に折れる頃には、自分が父親のことを考えていることに気づいた。今この瞬間、父親はどこにいるのだろう。そしてどんな状態なのだろう。

ミッドデイへ

きみにこんなことを書いてばかりで申し訳ない。きみもわれわれと同じような状態かもしれないのに。手紙の返事はくれないね。それを責めるつもりはない。わたしはときどき、あそこで学んだことを考える。この混乱に陥れられる前のことだ。楽できたのは昨日まで――まさにネイビー・シールズの標語のように。いい言葉だ。われわれは純真すぎたのか？

部隊では、誰も見捨てるなと教わった。しかし、われわれの多くに何が起きたかを考えると、わたしは恥ずかしい。

友人はもう制御がきかなくなってきている。彼は怒りの発作を起こす。もう彼をこの世界につなぎとめておくことはできない。彼はわたしを道連れにする。わたしにルビコン川を渡らせようとする（後戻りのきかない一歩を踏み出す意）。わたしは反対する理由もない。彼の怒りはわたしの怒りとなり、わたしは夕方や夜になってやっと正気を取り戻す。彼の泣き声を聞いてやっと。

そうだ、捜していた男はみつけることができたと思う。わたしたちは今、三人だ。悲しき冒険家たち。きみは彼とは知り合いではなかったね。彼の話をしたことはあったかもしれないが。彼はよく理解しないままに実験に巻きこまれた。だが、どうすれば理解できたというのだ。わたし自身だってほとんど理解できていなかった。彼のことを助けてやったと思ったのに、実際には破滅を早めただけだった。彼を見ると心が痛む。われわれには彼やその家族への責任がある。学んだとおりだ。誰も見捨ててはいけない。だがそんなことにまだ意味はあるのか？

23

五月一日　土曜日
日の出：二時二十六分、日の入：二十二時七分
十九時間四十一分の太陽
ハンメルフェスト　二十二時三十分

　ハンメルフェストでは太陽がちょうど沈んだばかりだが、日暮れだとはとても思えなかった。しかしヘニング・ビルゲには誰よりも喜ぶ理由があった。フィンランド人の不動産仲介業者が今後のために丹念に準備した宴《うたげ》は非常に期待がもてそうだからだ。ティッカネン自身は邪魔にならないよう、その場には来ていないが、この宴がうまくいくのを見届けるために、もちろん近くに控えていた。普段から楽しいハプニングを期待できる宴だ。しかしグンナル・ダールはいつもの調子で、サウス・ペトロリウム社のテキサスボーイがしつこく誘ったにもかかわらず、参加しなかった。そのビル・スティールは、もう二時間もロシア娘二人と楽しんでいる。巨大な両手に一人ずつ。ビルゲはその点、スティールほど貪欲ではなく、女は一人で満足していた。三人の中でいちばん痩せたのを選んだ。不思議な目つきの、濃い青の瞳の娘。その目が極端に

太い黒のアイラインに囲まれ、悲しげな、火が消えたような印象を与える。殴られた犬のように惨めな様がビルゲの気を引いたのだった。それがフューチャー・オイル社のベースキャンプからそう離れていないスーダンの村で知り合った娘を思い出させた。その子はもちろん目は青くなかったが。目の周りの真っ黒な太いアイライン。白目だけが目立ち、やはりあきらめきったなげやりな表情だった。

ティッカネンは減圧室を小さな売春宿に仕立て上げていた。ごく限られた人間だけが入場を許される、非常に評判のよい場所だ。金属製の部屋は口紅のケースを思わせた。船上ホテルの船尾のほうに設置されているが、ホテルの宿泊者はもちろん入場禁止だ。

その減圧室は飽和潜水が続々と導入された北海のパイオニア時代に、石油業界で使われていたものだ。最初の実験はバレンツ海で八〇年代初めに行われた。今とは別の時代――ビルゲは一瞬、遠い過去に思いを馳せた。

減圧室の中はかなり狭苦しいが、ティッカネンが内部を温かい色に塗り替えていた。昔寝台があったところには柔らかいクッションが山になっている。ダイビングベルのいちばん奥にはずらりと酒瓶の並んだミニバーがあり、不安が募るような環境だというのを忘れさせてくれる。配管や測定機器などは昔のままで、〝パニック〟という文字のついた真っ赤なボタンも残してある。このボタンのおかげで、初めての体験に怖気づく男にも、あれこれ挑戦させることができるのだ。

禁じられた空間に入るという興奮だけでなく、かつてこの部屋で起きた劇的なエピソードも彩りを添えてくれる。ダイバーたちが何時間もの間、すさまじい恐怖を体験した話。空気の備蓄がなくなっていくのを見つめながら過ごす時間それが彼らの人生最後の数時間になることもあった。

各人の奇特な嗜好を知るティッカネンは、この減圧室を実際に使えるよう維持管理してきた。ティッカネン本人が数週間前にビルゲとスティールにそう説明したのだ。あるダイバーが言っていた。飲みに出かける前に少し減圧室に入り、高気圧酸素セラピーを受ける。そうすると港で女に出会ったとき、いつもより精がついている。ビルゲとスティールも一度そのメソッドによる成功体験があった。それでスティールはティッカネンに売春婦を二人用意させたのだ。だから今夜はすごい夜になる確信があった。テキサスボーイは顔を真っ赤にして、クッションに横たわる娘の腿の間から顔を上げ、ビルゲの表情を見て笑いだした。

「ビルゲ、お前ももっとあそこを舐めろよ。このマザーファッカー!」

そしてすぐに向こうを向き、バーボンの瓶をつかむと、娘に覆いかぶさったので娘は悲鳴を上げた。スティールはさらにバーボンの瓶を娘の口に突っこんだ。彼女はスティールの重みに潰されそうになっている。もう一人の娘はスティールの尻を撫でている。テキサスボーイは快感に身をよじり、それで身体の下の娘にさらに体重がかかり、彼女はバーボンを喉に詰まらせた。ビル・スティールはまた大声で笑いだし、カウボーイのような甲高い叫び声をあげ、音楽を最大音量にした。ティッカネンがスティールのために選んだカントリーミュージックだ。ビルゲは音楽にこだわりはなかった。

「おい、ヘニング、このクソヘニングめ、ちょっと酸素セラピーといこうじゃないか。なあ、どうだ？　このお嬢ちゃんたちはそれを望んでいる。だって、がっかりさせたくないだろう？　このマザーファッカーめ。やらなきゃいけないことをやるんだよ。この意気地なしの似非《えせ》スウェーデン人め。忘れるなよ、一晩じゅうがんばらなきゃいけないいんだから」

　ビルゲは三人の娘をシャワーに行かせた。これから起きることの準備をさせるために。サウナに入る時間もある。ビルゲとスティールは二人きりになり、音楽を聴いていた。スティールは正しい。自分もリラックスしなくては。そのとき、ダイビングベルの扉が閉まった。もう？外の男が親指を立てた。大柄でごついやつだ。スティールは酒を注ぎ、ビルゲも乾杯した。ベルの中にざーっという音が響く。二人とも一瞬グロッギーになった。外では男がまた親指を立てた。なんだ？　あいつは誰だ？　さっきここで自分たちを迎え出た、ティッカネンが使っている男ではない。

「最高の酸素注射だろう？　ティッカは何もかも考え抜いている」

「そうかもな」ビルゲも答え、クッションの上で心地よい体勢になった。スティールもそれを真似た。

　そのうちにビルゲも幸せな気分が溢れるのを感じた。悲しげな目をした若いロシア娘をどう料理してやろうかと考える。時間が経ったようには感じなかった。しかし突然ダイビングベルの扉に大きな打撃音がして、現実に引き戻された。うたた寝から目覚めてみると、ベル全体が揺れている。隣ではスティールが、笑みを浮かべたまま目を閉じている。しかし今の音は尋常ではない。ビルゲは強化された小さな舷窓《げんそう》へと駆け寄った。ガラスをこつこつと叩く。すると、さっきとは別の男が親指を立てて、大丈夫だからという合図を返した。最初にここで自分たちを出迎えて、ティッカネンからも紹介された男だ。先程ベルの扉を閉めた大柄な男ではなくて。その直後、ビルゲはパニックで胃がずしりと重くなった。その男がまた親指を立て、それから大型ハンマーを振るうのが見えたからだ。ビルゲはすぐに理解した。あわててスティールを揺さぶり、大声で叫んだ。さっき若い売春婦に語って聞かせた話のワンシーンが目の前に浮かぶ。必死でドア枠を外そうとするダイバー、しかしその爪は虚しくドアの塗料をはがすだけ——。ビルゲはあわてて振り返り、虚ろな目のスティールに飛び乗り、さらに壁の赤いパニックボタンに飛びついた。それと同時に外では、大型ハンマーがベルの開閉装置に振り下ろされた。身体の奥から湧いた反射神経で、ビルゲは両腕で頭を抱えた。それで自分を守れるかのように。そして、惨い死を前に悲鳴をあげた。

24

五月二日　日曜日
日の出：二時三十分、日の入：二十二時十四分
十九時間四十四分の太陽
ハンメルフェスト　十時十分

　アネリー・ステッゴはもうカウトケイノの美しい木造教会の礼拝に参加することはできなかった。そこでは天国の宮殿じゅうにエリックの存在が感じられ、だからこそ自分は今後も頻繁に教会に通うだろうことはわかっている。一年前、そこで結婚を祝ったのだ。しかし今は他人に会う勇気がなかった。多くの友人、多くの視線そして慰めの言葉。多くの涙。まだそれに立ち向かえない。エリックの葬儀が近づいていることにも強い不安を覚えた。アルタの教会の礼拝になら出ることもできたが、そこのレスターディウス派の牧師はあまりにも信心深かった。善良な人間ではあるが、情熱燃えたぎるレスターディウス派の説教師で、仔羊たちを野原へと導いてはいくものの、そこはアネリーにとっては緑の濃すぎる野原だった。それに牧師が自分の姿を目にしてエリックの名を出すのが怖かった。彼の口からカエルのように跳び出す言葉を

受け取る心の準備ができていなかった。そのつもりはなくとも相手を傷つけてしまう言葉。だからハンメルフェストの教会で我慢することにした。そこではほとんど誰も彼女のことを知らない。カウトケイノとは大ちがいのモダンな建築の教会で、近未来的な三角にとがった鐘楼が、雪をかぶった丘を背にはっきり浮かび上がっている。丘の岩のほとんどはまだ白いままで、それが青い海に包まれている。

結婚式後の一年で、二人の希望はすべて現実になった。二人は一緒に色々な計画を練った。アネリーには馬がいて、エリックには大学で学んだ技術の専門知識があった。しかし二人を笑う者もいた。あの二人は都市系サーミで、夢想家だと揶揄《やゆ》された。夜間に車と衝突する事故を減らすために、フィンランド人と組んでトナカイの角に塗る蛍光塗料を開発したりなんかして！　しかしエリックの頭には常にアイデアが渦巻いていて、二人は何を言われても我慢できた。結婚してすぐ、伝統どおりにトナカイと移動を始めた。二人は何百人も招待するような盛大な結婚式を望まなかった。二人の夢を支持してくれるわずかな数の友人や親しい人々だけでいい。未来の計画のために余力とお金を残しておきたかった。だからハネムーンは移動と同時に始まった。小さな丘の頂上にあるコタからは、まだ雪の下に眠る谷の景色を望むことができ、そこでの時間はただただ素晴らしかった。二人は白樺の若枝を編んだベッドで情熱的に愛しあった。エリックが手ずから集め、アネリーが長い時間をかけて強く編んだベッドだ。エリックはその上に若いトナカイの柔らかな毛皮を敷き、薄いシルクのシーツをかけ、キャンドルを灯して彼女を抱きしめた。その夜、アネリーは自分たち二人の歩む道が、他の人の道をも照らし出すほどの大きな炎になるのを感じた。その夜、二人はひとつになった。これほど自分たちの選択に自信がもてたことはなかった。多くの人が感じるあきらめに襲われることもなかった。その夜、若枝のベッドで愛しあったとき、二人は世界を救ったのだ。

ここ一週間、アネリーは自らの命を奪ってしまいたいという衝動に駆られていた。突然、生きる意義が空っぽになったように思えた。そして心は悲しみとあきらめに満たされていた。

しかし今日、炎が新たに灯った。燃えるように。それもエリックのおかげだった。

礼拝が終わると、何人かの周りに驚くほどの人だかりができていた。アネリー自身はそこから距離をおいた。町の人たちはこそこそと噂話をし、彼女の知らない言葉を使った。そのとき、エリックの死を知らせに来た若い金髪の警官が目に入った。あの警官には繊細《せんさい》な気配りがあった。今日は男の同僚を連れていないが、背の高い男と話している。ちょっと滑稽《こっけい》なヤギ鬚を生やした男だ。アネリーが子供の頃に会った陰鬱《いんうつ》なレスターディウス派の牧師たちに似ている。アネリーは若い警官に気配りへの感謝を伝えたかったので、人だかりの近くで待っていた。しかしその顔がすぐに曇った。どうやら昨晩、この町で悲劇が起きたらしい。情報のかけらをいくつか拾い上げようとしたが、あまりぴんとこなかった。男が数人死んだようだ。そして少なくとも一人が怪我をした。凄惨な状況、そして減圧、ベル、気圧、爆発、内破といった言葉が続く。石油業界の重役が二人。アネリーは眉をひそめた。石油業界の重役のことならエリックがときどき話していたが、そんなときエリックはいつも暗い顔になり口を閉ざした。アネリーの前で怒りを露わにしたくないからだ。若い警官の隣には、警察の制服を着た別の女性がいて、ヤギ鬚の男に署に来るよう頼んでいる。男はどうやら死んだ被害者二人をよく知っていたようだ。同業者なのだから当然かもしれない。鬚の男がノルグオイル社で働いているのをアネリーも思い出した。ハンメルフェストの町を侵略したノルウェーの国営石油会社だ。アネリーとエリックのよき友でメンター的存在でもあるオラフがそう言っていた。全員をひとまとめにした共同体の利益のために、個人を犠牲にしていると非難していた。その人たちが死んだのだろうか。アネリーは鬚を生やした陰鬱な背の高い男を見つめ、彼は石油業界の他の男たちとは似ていないと思った。もっと悪い人間なのかもしれないが。オラフにはよく人を信用しすぎると注意されている。言葉と死がアネリーの頭の中に順番に現れた。そのとき若い警官が急にアネリーに気づき、近づいてきた。心配そうな表情でアネリーのほうに身をかがめる。アネリーは自分が答える声を聞いたが、口が言葉を発しても、そこには気持ちも魂もこもっていなかった。

「ありがとう。大丈夫だと思います」

警官はアネリーを脇に引っ張っていき、石段に座らせた。アネリーは微笑んだ。それから頭を振った。数秒が過ぎた。若い金髪の警官も隣に腰を下ろした。

「アネリー、明日連絡をしようと思っていたんだけど、こうして会えたわけだし……」

アネリーは黙ってうなずいた。頭がくらくらして、今は独りになりたくなかった。

「エリックは市ともめていたでしょう。トナカイが町に入ってくることや、議論になっている土地のことで」

アネリーはまたうなずいた。

「他にもめていた相手がいたかどうかを知りたいの」

アネリーは微笑んだ。そして急に疲れを感じた。頭の中はもうぐるぐる回っていない。今すぐに家に帰りたかった。そしてスサンに預けてきた仔トナカイたちが落ち着けているかどうかを確かめたかった。

「最初にみつけた石を誰かに投げつけるつもりはないわ。ハンメルフェストの海で天然ガスと原油が発見されて以来、わたしたちの領域を超える利害が発生した。とにかく何が悲しいかって、そういう新しい会社が順調に発展できるように取り計らう人たちが、わたしたちとは話そうとしてくれないこと。わたしは、自分の夢を他の人と分かちあおうとする人のことを迷惑だとは思っていない。そんな中で心の美しい人たちにも出会ってきたし。でも、それとはちがったビジョンをもち、自分の利益だけが唯一の原動力だという人たちもここへやってきた。そういった人たちがわたしたちの価値観に歩み寄ることは絶対にない。湾にあるわたしたちの聖なる岩だけ見てもそう。わたしたちの世界の神聖な存在を少しも認めてくれないの？　ねえ、あなたがはっきり訊いたから、わたしもはっきり答えましょう。エリックの一族がずっと昔から餌場として使ってきた土地、それがハンメルフェストを望む高台にあるのだけれど、その土地を皆がほしがっているの。誰かがそこに建物を建てたいらしくて。エリックの一族の土地の一部がどうしてもほしいんですって。それに道路もつくらなければいけない。エリックがいなくなった今、もうどうなるかはわからない。わたしはその土地に立ち入る権利がなくなるかもしれない。群は彼の一族のマークをつけている。わたしたちは正式に結婚していたから、使い続けられるかもしれないけれど、確かなことは何も言えない。知っておいてほしいけど、わたしたちは土地を所有しているわけじゃない。ただそこに痕跡を残すだけ。可能なかぎり、ほんのかすかな痕をね。そうやって何千年も前から、この土地から恵みを受け続けてきた」

若い警官は考えているようだった。小さな手帳にあれこれ書きつけてもいる。そして顔を上げると、教会から出てきては去っていく人々を見つめた。

「でも、具体的には誰ともめていたの?」

アネリーはまた微笑んだ。どう説明すればいいだろうか。しかしアネリーにも若い警官がただ理解したいだけだというのはわかった。

「あなたにとってもめるというのは、わたしたちにとってのもめるというのと同じことかしら? どこで線を引けばいい? 法の掟と自然の掟。それを闘わせてどうなるの? トナカイを夏の海岸へといざなう風にどうやってルールを課すの?」

若い警官は彼女の話に耳を傾けていた。もう何もメモしていない。満足したわけではなさそうだが、否定的な様子ではなかった。

「エリックの死を知らせにあなたのところに行ったとき、コタの前で老人たちが輪になって座っていた。歌を歌っていたみたいだったけど。そのうちの一人をよく覚えている。不思議な視線をしていたから」

アネリーはまたうなずき、一瞬宙を見つめた。誰のことかはわかった。

「アンタのことね」

「アンタ?」

若い警官は手帳をめくった。

「えっ、やっぱりアンタ・ラウラ⁉」

「あら、知り合いなの?」

「いいえ、ただキルナで金曜の朝に彼の回顧展に行ったから。アンタ・ラウラはその日の午後のレセプションに出席するはずだったんだけど、現れなかったんですって。先日野営地でちらっと見かけたのが彼だったかどうか自信がなかったけど。あそこで何をしているの? 具合が悪いの?」

「アンタは別の次元に行ってしまったの。もうずっと前に。そして数日前から行方不明になっている。どこに行ったのかはわからない。心配すべきなのかどうかも。何年も前から春の移動に彼も一緒に連れていくのが習慣になっていてね。老人にとっては美しい思い出になるから。身体を使って手伝うことはもうできないけれど、夜な夜な歴史をつないでくれる。伝統を生かし続けてくれる。わたしたちの民の魂を伝えてくれるの。世代と世代が交わるその瞬間を、わたしたちは愛している。今では珍しいのよ。トナカイ放牧が機械化され、所有者に重圧がかかっている今ではね。今はもう時間がない。いつも疲れているし、ごく短期間だけ借りている機材もある。急がないと追加料金がかかってしまう。もう昔のようには一緒に暮らせていない。もうあんなふうには生きていないの」

「急に思いつきで訊いてごめんなさいね」警官は立ち上がった。「つまりアンタ・ラウラは芸術家になる前、トナカイ放牧をしていたのね?」

「ええ、そうよ。他の多くのサーミ人と同じように。そしてやめた。それも、他の多くのサーミ人のように。そして恋しくなってここに戻ってきた。他の多くの人のように」

ミッドデイ
　きみが手紙を受け取っているのかもわからない。わたしのことをおかしいと思っているだろうね。きみを初めて見たときのことを覚えている。わたしたちは正反対だった。それから〝おれたち二人〟になった。ねえ、覚えているかい？　かつて知っていたミッドナイトのことを。きみがわたしを見てもわからないのが怖い。だが少なくとも勇気を出して話そうと思う。きみに。それで少しは気分がよくなる。きみから返事がなくてもだ。われわれの職業では小さな愚《ぐ》痴《ち》を言うことなどなかったね。それはやつらの鉄の拳《こぶし》に握られていたからだと今になって気づいた。
　前の手紙で、三人目を取り戻したと書いたね。遠く離れた影と深淵の世界の人間だ。彼が新たな地平線を開いてくれる。しかし彼もまた恐ろしい状態だ。彼のほうがひどい。彼はわれわれのように心の準備ができていなかったし、訓練もされていなかったのだから。しかしわたしは一人目の友のことを心配している。彼がわたしをみつけたとき、わたしは断れなかった。彼は激しく打ちのめされていて、わたしはもっと打ちのめされていた。彼が最初に連絡をした。彼が話した。わたしは書き留めた。二人の男。二人で一人の人間。

彼は怒りを抱え、やつらの過ちを社会に証明すると燃えている。われわれだって価値のある人間なのに、やつらに吸いつくされ、捨てられた。しかしもう手遅れだ。きみには話せないが、恐ろしいことが起きた。彼は拘束衣を引き裂こうとしている。わたしも彼とともに引き裂く。二人の男、二人で一人の人間。

25

ハンメルフェスト　十一時

　クレメットもその地区の警官たちと同様に、ハンメルフェストのエレン・ホッティ警部により〈カフェ&バー　レッドラム〉にほど近い警察署に招集された。クレメットは金曜の夜にニルス・ソルミに平手打ちをして以来、警部とは会ってはいなかった。しかし自分のやったことは何も後悔していない。あの若造は度を超えたのだ。ただ、制服を着た状態で平手打ちをしたことは悔やまれた。あのあと、スカイディの小屋に閉じこもって退屈するよりも、カウトケイノの自宅に戻ることにした。そして庭のコタに逃避し、日曜の朝はひどい頭痛で早朝に目が覚めた。つまり飲んでいい以上に飲んでしまったわけだ。普段は一切飲まないくせに。トナカイの毛皮の敷物に横たわり、しばらく夢想していた。コタの上部に吊るされたトナカイの角を見つめながら。炉の煙が密に吊るされた角の間を抜けて、コタの上に見える天空を目指していく。

　午前中にハンメルフェストに戻ってやっと、減圧室の事故のことを耳にした。クレメットは自分に腹を立てた。ラジオではどうやら早朝からそのニュースしか報道していなかったのに。NRKの記者が船上ホテルから出てくる労働者をつかまえては取材している。ハンメルフェストのような小さな町でこんな悲劇が起きるのは前代未聞のことだ。ましてや市長が死んだ直後なのに。地元新聞のサイトには次々とコメントがついた。中でも最悪なのは常にアップデートされていく記事のコメント欄だ。〝遠くからやってきた外国人労働者を大勢閉じこめておくとこうなるんだ〟〝ハンメルフェストにはこれほどの数の労働者を外部から受け入れるキャパはない〟売春婦も厄介な問題になっている。人種差別的な進歩党はこの状況に大満足で、キリスト教民主党はモラルの低下を嘆いていた。エレン・ホッティ警部はあちこちでインタビューされ、記者から最近頻繁に押収される薬物についても尋ねられた。油田の建設が始まって以来この町に入ってきたのだ。警部は皆に理性を取り戻させようと努力した。警察は今、その事件を事故として捜査していて、人為的なミスがあったかどうかという点に着目している。それでも、この小さな北極圏の港町に異常な事態が起きていることに疑いの余地はなかった。

署の会議室に座ると、部屋の中には緊張がみなぎっていた。今のところ確認がとれているのは、男が二人とも——一人はノルウェー人でもう一人はアメリカ人だが——急激な減圧により身体が内破したことだ。彼らが大気より気圧の高い室内にいたときに、海上ホテルのスタッフが緊急の電話を受けた。減圧室の中にいる二人の具合が急に悪くなったので、すぐにドアを開けてくれという電話だった。スタッフは大型ハンマーをつかみ、開閉システムを破壊した。その急な気圧の変化で悲劇が起きた。

「まだ朝食を食べていないなら、写真を回すけど」エレン・ホッティは軽くファイルを指で叩いた。

ハンマーを振るった男は自身も怪我をした。急に減圧室が開いて大きな力がかかり、後ろに投げ出されたのだ。今は病院で治療を受けているが、命に別状はないということだった。あとの二人は――警部はそこではっきり一呼吸おいたが――肉片になって散らばった。その言葉を口に出す前に躊躇《ちゅうちょ》したのだ。

船上ホテルは即座に封鎖され、警察は早急に宿泊者の名前を集めなければいけなかった。約百七十人のほとんどが建設現場で働いていて、長いこと足止めするわけにはいかないからだ。三人の若いロシア人も聴取されたが、心底怯えきっているようだ。怪我をした男は減圧室を開ける前に彼女たちには知らせなかった。そもそも警察が到着したとき、彼女たちはまだサウナの中にいた。事件とは無関係のようだ。

電話の発着信の調査で、船上ホテルのスタッフは確かに事故の直前に短い通話をしていた。その様子は別のスタッフにも目撃されている。ホッティ警部は別の書類を手に取り、声に出して読んだ。

「〝ちょっと行って、お偉いさんたちのために減圧室を開けてくる。どうせアソコが尻の穴に挟まって抜けなくなったんだろう。発情した犬みたいなもんだ。ヴァギナ吸引ポンプみたいに、抜いたらすごい噴水がかかるんだろう。だから行ってなだめてくるよ。見てろ〟。引用終わり」

エレン・ホッティは警官を見回し、この弔辞をそれぞれに解釈させた。なお、かかってきた電話はノルウェー語で、記憶に残るような方言や外国語訛りもなかった。

「怪我をした男はまだショック状態ではあるけれど、自分がその表現……」そこで彼女はまたファイルに目を落とした。「……ヴァギナ吸引ポンプという言葉を使った記憶はないと。だけど同僚は確かにそう言ったと証言している。その点もはっきりさせなければね」警部はそう言って笑いを誘い、場の雰囲気を和らげた。

警官たちはそのタイミングでコーヒーを注いだ。警部は少し待ってから続けた。

「答えを知りたいのは、被害者二人が本当に減圧室の中でなんらかの緊急事態に陥っていたかどうか。ここまでの捜査では、二人とも携帯電話は使っていない。その理由は単純で、外においてきたから。二台とも無傷でみつかっている。減圧室の中からも電話はかけていない。つまりスタッフが受けた電話は別の場所からかけられていたということ。船上にいた誰かなのか、外部の人間か？　これは事故なのか、それとも別の可能性を探らなければいけないのか」

警部はしばらく沈黙が流れるままにしていた。減圧室の所有者であるマルッコ・ティッカネンという不動産仲介業者にも聴取をした。最近のティッカネンは有料セックス提供サービスにまで事業を拡大したようなのだから。

「彼のことを知らない人はいないでしょうね。多才な男で……そう、人々の要望に応えられるサービスを多数提供している」

一同は黙っていた。何人もの警官が自分の靴先をじっと見つめている。

警部はさらに続けた。初期捜査によれば、事故が起きたさいにティッカネンは船上ホテル内にいたが、船首のほうだった。なお、今もまだ船上ホテルにいるはずだ。建設現場の労働者や役人の他に、片手の指の数ほどのダイバーも引き止められている。朝から任務に出るはずだったが、警察が強制的に船内に残らせたのだ。

「働かない時間も莫大な料金がかかると強調されたけど。だから急いでくれと。また三人のロシア人に話を戻すと、ティッカネンではない男が」そこで警部はまたファイルに目をやった。「彼女たちもその男の名前は知らないけれど、ムルマンスクからバスでヒルケネスに到着したところに迎えに来たんですって。そこからはずっとその男の車だった。到着したのはハンメルフェストではなく、ガソリンスタンドのあるモーテルだったようね。ティッカネンがそのモーテルの部屋にやってきてパスポートを押収した。そのことはティッカネン自身も否定していない。モーテルの場所はスカイディ。トナカイ警察のパトロールP9が現在基地にしている場所」

ティッカネンはあっさりと、ロシア人を迎えに行ったのはユヴァ・シックという名のトナカイ所有者だと白状したが、シックは女たちの素性を知らないという。シックには、去年の冬アルタのボッセコプのマーケットで知り合った女友達だと説明したのだから。

警部はファイルの書類に目を通した。また警官たちの間でコーヒーのポットが手渡されていく。

クレメットはニーナを盗み見たが、話しかける勇気はまだなかった。警部の視線も軽蔑に満ちているように感じられた。ニルス・ソルミが被害届を出したのかどうかもわからないのに。しかし何よりも、驚くべき事故のことを考えていた。しかもまたティッカネンが関係しているとは。それにユヴァ・シックも。エリック・ステッゴが溺死してから何度も出てくるトナカイ所有者だ。警部はまだ書類をめくっていて、警官たちはおしゃべりを始めた。クレメットは座ったまま考えていた。シックは自分たちの事件にも登場した。狼湾でトナカイの前で立ち上がったからだ。ティッカネンとも通じている。ティッカネンは謎めいているが、多彩な特技をもつビジネスマンというだけだ。そのときやっと警部が書類から目を上げた。

「ティッカネンは自分に都合のいいときだけ饒舌になるようで、被害者のヘニング・ビルゲ、フューチャー・オイルの代表者がニルス・ソルミという名のダイバーと何度ももめていたと証言した。なぜ知っているかまでは話さなかったけれど、昨晩行われた捜査によればそれは真実みたい。どの場合も複数の目撃者がいた。まずはダイビング任務のことで衝突し、〈リヴィエラ・ネクスト〉の前で口論になった。さらには〈ブラック・オーロラ〉の店内でも。ニルス・ソルミが石油会社の重役ともめていたことは、レイフ・モエという名の男も証言している。アークティック・ダイビング社の潜水作業指揮者で……」

警部はまた書類に目を落とした。

「いや、ちがった。〈ブラック・オーロラ〉でもめた相手はビル・スティールだった。もう一人の被害者で、サウス・ペトロリウム社代表者のアメリカ人。つまりソルミとスティールももめていたということ。ソルミは爆発が起きたとき、他のダイバーと一緒に海上ホテルの船内にいた」

当然ながら、馬鹿で傲慢《ごうまん》なソルミはすぐに敵をつくるタイプなのだ。クレメットがニーナのほうを見つめると、彼女もうなずき返した。

ニルス・ソルミはいったい何者なんだ？　この事件にどう関与している？　ソルミはダイバ

ーだ。最低限必要な減圧をせずに扉を突然開いたらどうなるかは誰よりもよく知っているはずだ。スタッフにかかってきた電話は彼だったのだろうか。

「減圧室を閉めた技術者は？」別の警官がそう訊くと、警部はまた書類を取り上げた。

「技術者の証言はまだとれていない。誰なのかも書かれていない」

「ハンマーを振るった男に誰かが電話をかけたというのは確かですか？」別の警官が訊いた。

「通話リストには載っているけど。もちろんこの件とはなんの関係もない電話で、通話も同僚に聞かせるための演技で、それから減圧室を開けに行ったという可能性もある。でも言っておくと、彼自身も減圧室が開いたさいに怪我をしているのよ。だからその可能性は除いてもいいでしょう。もちろん、もう少し尋問してみない理由はないけれど」

「監視カメラは？」

「ない。ただ、このソルミがもっとも興味深い人物だというのは否めない。ティッカネンとシックの二人組も同様に注目しておかなくては。ではこれで捜査会議は終わり。クレメット・ナンゴとニーナ・ナンセンだけ残って」


クレメットとニーナは警部のデスクに歩み寄った。エレン・ホッティは立ち上がり、自分でコーヒーを注ぎ、彼らにシナモンロールを配った。そしてデスクから書類を一枚取り上げた。

「すごく厄介なことに、この只中に例のソルミから被害届が出ているんだけど」

ニーナがクレメットのほうを振り向くと、クレメットは典型的な機嫌の悪い日の顔をしていた。口をシナモンロールでいっぱいにしているが、早く飲み下そうという努力もしていない。

警部は長年クレメットのことを知っている。地元出身で、仕事人生の大半をこの北極圏で過ごしてきたのだ。だからクレメットに対して敵意はない。しかし厳しく接しなければいけないこともある。

「単刀直入に言うわ。クレメット、あなたは大変なことをしてくれた。警察の内部調査の対象になる。ソルミが重要参考人として挙がっている今、それ以外の選択肢はない。それに彼の弁護士が——そこまでいけばの話だけど——法の下に平等な扱いを受けていないと大騒ぎするでしょうね。あなたが我を忘れたせいで、どんな影響が出るのか……。ニーナ、何かつけ足すことは？」

ニーナは胃がずしりと重くなるのを感じた。自分は今、忠誠心を試されている。法に対して、警察組織に対して、そして同僚に対しての忠誠心を。警部に試されているのかもしれない。ニーナは頭を振った。

「ごめんなさい、クレメット」ただそれだけ言った。

まるで同僚を裏切ったような気分だった。しかしクレメットは表情ひとつ変えない。それ以外にどうしようもないことを彼もわかっているのだ。ニーナはそう考えることにして、自分は正しいことをしたと思おうとした。

「クレメット。あなたは当面停職です。今二人はなんの捜査をしているの？　トナカイ盗難以外に」

「狼湾で溺死したトナカイ所有者の件を捜査しています。ユヴァ・シック、つまりティッカネンのお友達がトナカイの向きを変えさせ、悲劇を起こしたようで」

「ニーナ、それはあなた独りで続けられるわね？　他には？」

ニーナが答えようとしたとき、ドアをノックする音が聞こえ、さっきの捜査会議にいた警官が顔を覗かせた。

「警部、ちょっと伝えておこうと思いまして。今ここにポーランド人の労働者がやってきて、ある証言をしたんです。建設中の島に入るためのパスカードを、船上ホテルの入場キーにもなっているカードなんですが、それを金曜に紛失したそうです。金曜の夜に落としたか、〈レッドラム〉で盗まれたらしい。警部も興味があるかと思って」

警部はしばらく黙っていた。考えているようだ。

「確かに興味深いわね」

「もうひとつ。減圧室を閉めた技術者ですが」

「ええ」

「証言はまだ取れていないというのは間違いのようです。実際にはまだ何者かもわかっていない」

警官はドアを閉めた。警部は考えに沈んだまま、まだ黙っている。そして急にクレメットとニーナの存在を思い出したようだった。

「クレメット、何か言うことは？」

クレメットは立ち上がり、ニーナも彼に続いた。

「これからは三十日の金曜日もくじを買うのはやめることにします」

クレメットはニーナにウインクして、部屋を出た。驚いた顔の警部を置き去りにして。

26

ハンメルフェスト　十一時四十五分

クレメットとニーナは激しい雨の中、ハンメルフェストの町を離れた。実際には溶けた雪で、重い粒になってピックアップトラックに叩きつけてくる。それが歩道でまだ山になっている雪と混じりあう。二人は警察署を出て車に向かうだけでびしょ濡れになった。バレンツ海からは激しい風も吹きつけてくる。ニーナは顔だけでも守ろうとしたが、うまくいかなかった。灰色の幕が町の上にかかったようになり、人々は身を屈めて道を急いでいる。ワイパーを最速にしても視界が悪かった。ニーナが最初に沈黙を破った。

「これからどうするつもり？」

クレメットは片手だけハンドルから離し、同僚の手をとった。そして強く握る。

「きみはおれを裏切ってはいない。過ちはおれのせいであって、おれだけの責任だ。なんとかなるよ」

「でも、どうするつもり？」

クレメットは一瞬車を停めた。ちょうどリーペフィヨルドに差しかかったところだった。ハンメルフェストの南にある隣村だ。フィヨルドの南側は雨がそれほど激しくはなかった。道路からも、目を凝らせばずっと遠くにポーラーベースが見える。一九八〇年以来バレンツ海で原油とガスの採掘をする企業のロジスティックセンターとして機能している工業地帯だ。灰色の濃い霧のせいで、埠頭に停泊している船すらも見えない。雪の混じった雨が車のウインドウにへばりつく。エンジンはかけたままだ。クレメットは考えこんでいた。どのくらいの期間、自分が捜査から外されるのかもわからなかった。

「まずはしばらくカウトケイノに帰ろうと思う」

ニーナはまだあまりなじみのない環境で、独りで手探りの捜査を続けなくてはいけない。

「クレメット、ユヴァ・シックのようなトナカイ所有者とティッカネンのような不動産仲介業者の距離を縮めるものは何？　売春婦だけ？」

「まあ、そのうちわかるだろう。多くのトナカイ所有者が放牧以外にも副業をしている。シックも、観光客を橇《そり》にのせて引っ張るよりも儲かることをやろうとしているんじゃないか？」

「そうは思えない。じゃあ何？　土地や餌場のことじゃなければ。シックは土地が必要だったの？　エリック・ステッゴに文句を言っていたらしいけど、エリックの餌場を狙っていたのかしら」

「餌場についてはトナカイ飼育管理局とトナカイ餌場地区の規則で何もかも厳しく決められている。だから誰かが急に今の状態を変えられるわけじゃないんだ。だからといっていさかいが起きないわけではないが、何をやってもいいわけじゃない」

「ひとつ教えて。どうしてもシックのことが気になるんだけど……ボートを燃やしたと必死で主張したの、おかしいと思わなかった？」

「そうかもな。だが特に意味はなかったんだろう」

エンジンはまだ音を立てている。雪の混じった雨が風に吹かれてウインドウに叩きつける。

「じゃあティッカネンは？　あの小さなパーティーを開いたのは彼でしょう」

「自分のクライアントを粉々に爆破するためにか？」

「わからないわよ。何もかも推測できるわけじゃない。わたし、あのノルグオイルの代表者に話を聞きに行こうと思う。日曜の礼拝のあとで少し話したんだけど、減圧室で死んだ二人のこともよく知っていたようだったし」

「この件がトナカイ警察のデスクにのっていないことはわかっているな？」

ニーナは笑みを浮かべ、こう断言した。

「もしティッカネンがシックと土地のことでつながっているなら、わたしはティッカネンのすべてに興味がある」

ニーナはクレメットをスカイディの宿泊小屋で降ろした。そしてクレメットに長いハグをした。

「本当に怒ってない？」

「怒っているのは自分に対してだけだ。それとあのクソ偉そうなソルミに。さて、カウトケイノに帰る前にちょっとパズルでもやるかな」

ニーナはそのまま独りでハンメルフェストへと車を走らせた。まだ嵐のような強風に吹きつけられていたが、ノルグオイル社のグンナル・ダールに会いたかったのだ。しかしまずはクヴァールスン、狼湾の橋の手前で車を停め、モルテン・イーサックを訪ねた。ハンメルフェスト界隈の餌場を巡るもめごとについて訊くつもりだった。

「まだあきらめないのか」二十三地区のボスはあきれたようにそう言い、ニーナを家に上げた。ニーナが濡れた服をタオルで拭くのを見ながら、彼女が独りで来たことに驚いているようだ。

「クレメットはパズルを完成させるという重要な任務があって」ニーナはそう言った。

モルテンは意味がわからないようだったが、それ以上何も訊かなかった。

「エリック・ステッゴとユヴァ・シックは移動のときに同じ餌場を使いたがっていたんですか?」

「もちろんだ。だがそれはどこでも同じ状況だ。目新しいニュースではない。草はいつだって隣のほうが青いものだしな。古いサーミのことわざだよ」

「不動産仲介業者のティッカネンは? 彼はトナカイ所有者とも商売をしているの?」

「ひとつだけわかってもらいたい。われわれトナカイ所有者はここでは邪魔な存在だ。きみがこれまで先住民族に敬意を表す美しいスピーチを何度聞いてこようとそれはまったく関係ない。少数民族サーミ人、その確固たる権利についてもそうだ。何もかも、産業の発展となると忘れ去られる」

「でも市はあなたたちの話も聞かなければいけないでしょう」

「市？　市は指一本動かさずとも、ノルグオイルから地価税が年に一億五千万クローネも入ってくる。市の土地にガス工場が建っているというだけでね。そんな市が誰の話を聞くと思う？　スオロの新しい製油所は町のすぐ外の工業地帯にあって倍のサイズだ。ということは市の金庫には倍の税金が入ってくる。それにノーと言える市をいくつ知っている？　わたし自身も市とはもめてきた。おれの餌場に侵入してこようとする工業事業主を訴えても、毎回棄却されるだけ。トナカイ所有者は土地を使っているだけだということを忘れるな。所有はしていない」

モルテン・イーサックは立ち上がり、グラスやカラフの並んだテレビボードから靴の箱を引き出した。その中から書類や古い写真を出すと、ニーナの前に広げた。眼鏡をかけて抄録を手に取る。

「一八八八年の夏、鯨島に六組のトナカイ所有者家族が六千頭のトナカイを連れてきた。六千頭だぞ！　今では多くて二千頭だ。同じ六組の家族でだ。それなのにここの住民は数が多すぎると文句を言う。いったい何をどうしろって言うんだ！」


ニーナはトーン・ホテルのロビーでグンナル・ダールをみつけた。ダールは礼拝のあとこのホテルに向かったのだ。最初はトナカイ警察の巡査が自分の話を聞きたがっていることに驚いていたが、ハンメルフェストの発展に何が必要なのかをはっきりと話してくれた。彼にしてみればこれが全員にとって最善のことなのだ。つまり、自然の恵みを最大限に活用することは悪いことではない。ニーナは自分の質問の一部が本筋から離れていることを自覚していたが、どうしても理解したかった。クレメットがなんと言おうと。クレメットはいつも必ずこう言う。警察の捜査においては、犯罪の証拠をみつけるか、犯罪者と犯行を結びつけることができれば御の字だ。一方、犯罪の動機を突き止められるかどうかはおまけみたいなもので、たいていの場合、動機は結局わからないままになる。犯人が自供しないかぎり。

「きみは、トナカイ所有者たちが文句を言っていると言うんだね。土地を奪われていると主張し、少なくとも、自分たちのものとみなしている地域で採れる原油と天然ガスの収益の一部をもらう権利があるはずだと。問題は、きみもわかってのとおり、この財産は国のものだということだ。それ以外にはありえない。きみにも言っておこう。この地に最初にやってきたのがわたしのような人間なのか、あるいはサーミなのか、確証はない。つまり、誰に帰属するのかは不明なんだ。だからわたしは肩を並べて働くのがいいと思っている。ここフィンマルクにはどの事業にも充分な場所がある。そうは思わないか？　一年を通じて、トナカイ放牧はこの地方の土地の八十パーセントを使っているんだ」

ホテルのロビーでニーナとノルグオイルの代表者は高いスツールに座っていた。大きなパノラマウインドウからは市庁舎が建つ小さな広場と駐車場が見えている。三十日の金曜日にクレメットがくじを買った広場。たった二日前のことだ。暴風雨のせいで、くじの売店の入り口もほとんど見えないくらいだった。ニーナはまたすぐに嵐の中に出ていくつもりはなかった。雪の混じった雨が北極圏の町に降り注いでいる。こんな春の天気をニーナは今まで体験したことがなかった。

「ビルゲとスティールのことはよく知っていました？」

「同業者だからな。われわれ三人がこの町最大の石油会社三社の代表だった」

「じゃあ、親しかったんですか？　スティールとビルゲは売春婦とパーティーをしていたようですが」

「だがわたしは参加しなかった。そのとおりだ。同業者としては評価しているが、彼らはここの人間ではない。だがわたしはここが地元だ。ここでは人に敬意を払えば、自分も敬意を払われる」

グンナル・ダールは外の嵐を顎で指した。

「ここに暮らす者たちには抵抗する力がある。きみも仕事のためでなければ、こんな町に来たと思うか？　おそらく来なかっただろう。ここの人たちが何を望んでいるか知っているかい？　仕事だ。就職口だよ。皆が今まで暮らしてきた場所に住み続けられるように、われわれはこの地方を発展させているんだ」

「それ以外の人を犠牲にしてでも？」

「きみはここに来てどのくらいになる？　大多数という言葉の意味を知っているか？　もちろんここは民主主義の国だろう？　多数派が決めるんだ。何もおかしなことはない。わずかな数のサーミ人の権利はそれとは比較にならない。大多数のことを考えると不公平なくらいだ」

「スティールとビルゲはライバルでもあったんでしょう？　天然資源を巡って。それに工業地帯の土地を手に入れられるかどうかも」

「もちろんライバルだった。だが何もかもきっちり管理されている。政府がライセンスを供与し、石油管理局がそれを管理する」

「石油管理局というと、ラーシュ・フィヨルドセンが局長を務めた……」

「そのとおり。あの男はかけがえのない存在だった。そのフィヨルドセンが局長を務めた国家機関だ」

「フィヨルドセンはノルグオイルでも働いていたんでしょう」

「そのとおりだ。わたしもそこで知り合った。偉大な男だった」

「自らトナカイを撃ちに行く男が？」

「彼なくして今のハンメルフェストはありえなかった。その名誉を汚すようなことは言わないでくれ」

「皆でよく会っていたんですか？」

「ときどきはね。そう、フィヨルドセンも含めて。金曜には白熊倶楽部で会合のようなものがあったし」

「先週の金曜も？」

「いいや。だがその前の週はあった」

ニーナは少しがっかりした。

「あそこにバーがあるなんて知らなかった」

「いや、ないんだが、マルッコ・ティッカネンが何から何まで手配してくれるんだ」

「またティッカネン……」

「ああ。ティッカネンは用意周到な男で、全員のことを何もかも知りたいタイプだ。情報源に可能なかぎり近づくために、そういった会合を自ら手配することをいとわない。わたし自身は夜のパーティーには参加しなかったが……」

「だけど、そういったパーティーに対して異存もなかった？」

「わたしには無縁なだけだ。わたしは地元の人間で、地元の人たちを知っているし、彼らもわたしを知っている。だから当然無理だ」

「別の場所に行ってこっそりやったほうがいいってこと？」

「そんな言いかたをしないでくれ！」

「会合ではどんなことを話していたんです？」

「ビジネスだよ。全員にとって有益な会合だと皆が感じていた」

「スティールとビルゲがいなくなっても、あなたはあまり困らないみたいですね」

「きみの侮辱的な発言はそもそも正しくない。あの二人の行動には相容れない部分もあったが、その道のプロとしては優秀だった。今後、あの二人の代わりにどんな人間たちと付き合っていくことになるのか……」

ニーナはまた窓の外を見つめた。窓ガラスに水をたっぷり含んだ雪が流れていく。

「長い付き合いだったんですか？」

グンナル・ダールはニーナの心の内を見透かすかのようにじっと見つめた。ヤギ鬚の男はここまでのところかなり率直に話しているようだが、それは芝居なのだろうか。

「ああ。この業界が変化していくスピードを考えると、もう前世と言っていいくらい昔からね。われわれが北海をつくったんだ。むろんきみが生まれる前の話だ。今とは全然ちがう時代だった」

ダールはかつての戦いを語る退役軍人のような口調だった。

「昨晩は何を?」

「家族と過ごしていた。妻と六人の子供たちが証言してくれる」

ニーナはダールに礼を言った。まだそこそこ早い時間で、不思議なことに悪天候も急に落ち着いた。空は驚くほどのスピードで明るくなっていく。まだ風は強かったが、その風が雲を吹き飛ばしてくれている。ニーナはスカイディへと車を進めた。しかし島の南側のスタッロガルゴトンネルを出たところで急にユーターンをして、クヴァールスン方向の橋には向かわずに、すぐ右の細い道路に入った。その道路はトンネルと平行に伸びていて、トンネルと急な海岸の間を通っている。ハンメルフェストに向かうための古い道路だった。トンネルができる前に、岩肌を爆破してつくられたのだ。その古い道路を広げるという話が持ちあがっている。鯨島にやってくるトナカイは、島の北側にある餌場に向かうためにここを通る。そして聖なる岩は壊される可能性がある。市では岩を移動しようという動きがあるのだ。ニーナは車を降りた。

ニーナはこの場所を全身で感じようとした。いったいいつからトナカイの移動にこの湾が使われるようになったのだろうか。ニルス・アンテが撮影したミス・チャンの写真が目に浮かんだ。エリックが溺れたときの風景を頭の中で再現し、そこにいた人たちをそれぞれの位置に配置する。ニーナは顔を上げ、ある地点に視線を定めた。それから意を決して歩きだしたが、つまずき、あちこちで解けた雪に足が沈んだ。岩をつかみ、斜面を上る。数分かけて斜面を上がっていき、息を切らせながらやっと足を止めると、眼下に広がる湾の景色を眺めた。そして携帯電話である番号にかけた。

「聞こえる?」

「ああ、聞こえるよ」答えたのはクレメットだった。「なあ、言おうと思ってたんだが……」

「今は時間がないの。でもあなたにはわたしの声が聞こえている。わたしにもあなたの声が聞こえる。ただそれを確かめたかっただけ。わたしはユヴァ・シックと同じ携帯電話会社を使っている。さっき確認したの。そして今、シックがあの日最初にいた場所から電話をかけている。シックは言い張ったでしょう。電波が悪くて電話がかけられないから、ヨーナスと場所を替わってもらったと。その前に彼がいた地点がここ。シックは嘘をついている。電波は問題ないんだから。シックがいちばん高い地点を選んだのは、腕を振り回してトナカイを怯えさせようとするのを見られないようにだったのよ。じゃ、またあとで」

クレメットが何か言う前に、ニーナは電話を切ってしまった。その結果にすっかり満足して、また聖なる岩のほうに下りていき、岩の周りをぐるりと回ってみた。先日も素早く同じことをしたのだ。エリックの死体が搬送されたあとに。この岩はただの岩じゃない——ニーナもそう思った。岩の形を言葉で表現すると、どうなるだろうか。アイスクリームのコーンを逆さにしたような形？　少し歪んでいて、先っぽがおかしな角度に傾いているけれど。それだと神聖な雰囲気がぶち壊しか――。高さは五、六メートルありそうだった。別の角度から見ると、女の人のようにも見える。裾が大きく広がった昔風のスカート。マーケットで見かけるロマの女性のようなスカートだ。ニーナには巨大な女性が背筋をすっと伸ばし、威風堂々と立っているように見えた。頭にのっているのは何かの帽子にちがいない。ともかく絶対におだんごにまとめた髪ではない。このほうがいいじゃないの、柔らかくなったアイスクリームのコーンなんかより。海岸に面した側は転がり落ちた石に囲まれ、それが水ぎわまで続いている。ニーナは滑らないよう、手で岩をつかんでいた。見えている丘のあちこちがまだ雪に覆われている。そのとき、何か小さなものが光っていることに気づいた。また太陽が顔を出したおかげで反射したのだ。それは一クローナ硬貨だった。触れる勇気はない。小さな穴におかれていて、わずかにふちが外に出ている程度だ。太陽が反射しなければ気づかなかっただろう。先日ここにいたときにもきらりと光った捧げ物にちがいない。ニーナは少し周りを見回した。岩の下のほうにある小さな穴に、他にも硬貨がみつかった。トナカイの角のかけらもあった。それ以外にも先日はなかった小さな品々がいくつもあるようだ。この岩は今でもまだ頻繁に使われているということか。

「アーカンヤルスタッバよ」

ニーナは振り返ったが、誰もいない。

「この岩のサーミ語の名前」また同じ声が言った。

耳をつんざくような風のせいで、ニーナにはそれが誰の声なのかよくわからなかった。岩をぐるりと回ってみると、上の舗装された道路にアネリー・ステッゴの姿があった。小さくてどっしりした馬に乗っている。

「これはアイスランド・ホース。忍耐強くて信頼できる馬。雪の中でもね」

「あなたは群のところに戻ったのかと。ここからずいぶん遠いでしょう」

「どうしてもここに来たかったの。エリックが死んでから一度も来ていなかったから」

アネリーは周りを見回した。

「ここはすごく平和」

対岸には小さな村が見えていた。山のふもとに木造の家が点在している。もっと左手にはクヴァールスンと鯨島をつなぐ吊り橋が伸びていて、悪天候に濡れそぼった山肌が太陽に輝いている。アネリーも馬から降りると岩のほうにやってきた。

「エリックは大学も出ているけれど、それでもトナカイが海を渡るときには必ずこの岩に捧げ物をしていた。それが一族の風習なの。でも今回はやり忘れたのか……」

ニーナは黙っていた。そういうことについてはよくわからなかった。母親からは迷信は黒魔術のようなものだと教えられて育ったのだ。

「この海岸の斜面までやってきたトナカイは、必ずこの岩の西側を通る。サプミ全土で、そんなふうに石がわたしたちに語りかけるの」

「こんな形だと想像をかきたてられるのはよくわかる」ニーナは礼儀正しく答えた。「必ずしも形に意味があるわけじゃない。伝統のほうが大切なの。祖先たちがある期間、どんなふうにその岩で祈ってきたのか。通常、捧げ物の岩に近づいていいのは男だけ」

アネリーは岩に近づくとそれを撫でた。

「でもいくつかは、この岩のように、誰でも祈ることができる。トナカイを連れてこの湾を渡るサーミ人は全員、ここに捧げ物をする習慣がある。あとは狩りのときにも。漁をするサーミ人もこの岩に敬意を表している。探せばきっと、雪の下に古い魚の骨がみつかるはず。硬貨やトナカイの角なんかもね。でも一族にはそれぞれ聖なる場所がある。秘密の場所がね」

「あなたはそういう歴史にすごく興味があるみたいね」

「この歴史はわたしたち自身の歴史。あなたたちには教会や記念碑、博物館なんかがあるでしょう。わたしたちには岩がある。自然の民なのよ。こういう岩にわたしたちの魂を伝えていく。近寄ればあなたにも、岩のひびを伝って歴史が流れていくのが聞こえるはず。湾を泳ぐトナカイの無事を願ったトナカイ所有者が、百年前にささやいた祈りも聞こえるはず。あなたもシエイデヤルヴィの聖なる岩に耳を押しつければ、サーミ人の母親が病気の息子のために心の平安を願った祈りが聞こえるはず」

アネリーは岩から手を放し、また馬にまたがった。

「皆が知っていること。だけど誰も話さない。そういうことは話さないものだから。でも知っている。それだけよ」

アネリーは馬の向きを変えた。

「明日、エリックを葬ります」

アネリーは口で音を出してアイスランド・ホースに合図をすると、ニーナを聖なる岩に残して去っていった。ニーナはアネリーの後ろ姿を目で追った。するとアネリーは三、四十メートルほど行ったところで向きを変えて戻り、ニーナの目の前で止まったが、ニーナはなぜか驚かなかった。

「わたしたちは共存できるはずなのよ。それがツンドラが与えてくれる唯一の学び。一匹狼はオオカミでしかない。他の人間を怯えさせ、人間はオオカミに復讐する」アネリーはそう言うと、全速力で馬を走らせて行ってしまった。

ミッドデイへ
まだきみからなんの連絡もない。もうこれ以上耐えられない。彼がわたしを怯えさせる。恐ろしい形相で、その怒りは鎮まらない。前はわたしにも独り閉じこもって壊れることのできる場所があった。しかしそんな時間はすでに過ぎた。わたしが壊れたら、彼も壊れる。それが解決策なのかもしれない。二人で一緒に壊れることが。

27

スカイディ、トナカイ警察の小屋　十五時

クレメットは午後じゅうかけて怒りを鎮めようとした。その時間を利用して、やっと二枚の罰金用紙のパズルを完成させることができた。先々週自分でびりびりに破いてしまった用紙だ。任務を外されてはいるが、警察のイントラネットにはどれもアクセスできる。だからあれやこれや調べようかとも思ったが、結局思いとどまった。デジタルな痕跡を残したりしたら自分が不利になるだけだ。一瞬躊躇《ちゅうちょ》してからパソコンを閉じた。ニーナが戻ってくるまで待つしかない。彼女を一人にするのは不本意だった。もう新人だとは思っていないが、それでもこの地域、彼女にとっては未知の世界であるこの場所で、まだ知らない暗黙の了解のようなものがいくらでもある。噂ともめごとが厚い層になって溜まっているこの小さな世界だが、ニーナの健全な瞳が強みになるだろう。クレメットは罰金用紙からドイツ人観光客二人と、建設労働者二人の名前を書き留めた。それから小屋のすぐ下にあるキャンプ場へ行き、そこの管理人に車を借りた。

午後遅く、カウトケイノに到着した。カウトケイノはクレメットが子供時代を否定された場

所でもあった。ノルウェー人化することを強いられたのだ。学校ではノルウェー語を話すことを強要され、それまで使っていたサーミ語も奪われた。

寄宿学校にはアスラクもいた。クレメットは当時何が起きたのかを考えた。あれ以来ずっと引きずっている罪悪感。ニーナにも話したことのない事実。そろそろ話さなければいけないのかもしれない。だが、理解できるほどニーナは大人だろうか。ニーナとはいいチームを形成している。少なくとも、クレメットはそう思っている。チームワークを強化するために、自分はもっと心を開くべきだろうか。それとも、そうはしないほうがいいのか？　ニーナはどこまで気づいているのだろう。子供の頃、アスラクとはカウトケイノの寄宿学校で知り合った。その学校ではサーミ語を話すのを禁じられた。二人はまだ七歳で、寄宿舎から逃げだす計画を立てた。強制的に刷りこまれるノルウェーの言葉から、それに何より意地悪なノルウェー人の先生から逃れるために。しかしクレメットは最後の最後で及び腰になり、アスラクに独りで雪嵐に向かわせたのだ。未知の存在、のけ者——あの瞬間に二人の運命が分かれた。

クレメットは大人になり警官になった今、国家機関や権力に対して特に抵抗はないつもりだった。誰かに訊かれればそう答えただろう。だが確信がなくなることもあった。

叔父の家に入ると、叔父とミス・チャンはキッチンで夕食を食べていた。彼らはクレメットを喜んで迎え、食器を並べた。

クレメットは最初、黙って肉と根菜のスープを飲んでいた。ニルス・アンテは目の端で甥の様子を観察している。

「何か悩みでも?」

クレメットは首を横に振り、肩をすくめた。そしてスープを飲み終わった。

「任務から外されたんだ」

ニルス・アンテはかん高い口笛を吹いた。

「シルクのように美しきわがチャンよ、三ツ星のコニャックを取ってきてくれないか。唯一続けるに値するレスターディウス派の習慣だ」ニルス・アンテはクレメットにウインクした。

「これでやっと最愛の甥が、かなり歳をとってからだが、ちょっとはやんちゃをしでかしたようだ。これは祝わねば!」

「まったく、やめてくれよ叔父さん。ニーナが気の毒だろう。独りで捜査しなきゃいけないんだから」

「お前の金髪のお嬢ちゃんか。食べてしまいたいくらい可愛らしいな。お前はまったく立派にあの子の面倒をみている。わしがあと二歳若かったら、それにすでに美しい真珠《しんじゅ》がわしの心を満たしていなければ、必ずや手を出していたぞ」

「ソルミ一家のことは知っているのかい?」

ニルス・アンテはコニャックを注ぎ、若い彼女にキスをすると、最初の一口を飲んだ。厳格なレスターディウス派で薬用としてのみ許されている飲み物だ。

「少しはな。だが、小さな町では誰もがお互いのことを少しは知っているものだ。彼らの歴史を知らないなら、自分で完成させればいい。長い冬の夜にやることができてちょうどいい……」

「わかった、わかった。だがどちらにしても若いソルミは今はダイバーになっている。天然ガス業界で。いや、原油か。もしくは両方……同じことなのかどうかよくわからないが。ただ……おれはあいつに怒りをぶちまけた。平手打ちをくらわせてしまったんだ」

ニルス・アンテはまた口笛を吹き、甥のグラスをコニャックで満たした。クレメットは自分が蒸留酒は飲まないようにしているのを思い出し、ほとんど口をつけなかった。

「拍手はしかねるな」

クレメットは黙っていた。説教されるには歳をとりすぎているが、叔父が常に暴力反対なのを知らないわけではない。実際、親族のしつけのやりかたもはっきり批判していたのだ。クレメットは深いため息をついた。そして今初めて、ニルス・ソルミの発言を冷静に考えてみた。可能なかぎり誠実にもめた経緯を説明する。ミス・チャンは二人のすぐそばで真面目な表情で聞きながら、ときどき促すような笑顔をクレメットに向けた。クレメットは意外にも感情的になっていた。コニャックのせいかもしれない。グラスを口につけるたびにほんの少ししか飲んでいないのに。しかし叔父がどうやってこんなに頻繁に酒を注げるのか不思議だった。

「叔父さん、うちの祖父がトナカイ放牧の世界を離れなければいけなかったのは、家族にとっても辛いことだったと思う。祖父はそれで苦しんだ。父さんもだ。あの世界から、頭を高く上げて堂々と出ていくことはできない」

「お前の言うとおりだ。お前のおじいさんはやめる決断をしたときすっかり打ちのめされていた。そんな様子は見せなかったとはいえね。しかし目は気持ちを隠せない。人間の目は。そしてお前のおじいさんは本物の人間だった。偉大で、謙虚な人間だ。恥ずべきことは何もない。わしは知ってのとおりトナカイ所有者ではないし、過去にもそうではなかった。一度もなりたいと思ったことはない。わしはずっと芸術家だった。最初はずいぶん馬鹿にされたものだ。やっと親族に少しは認めてもらえたのは、コンサートで観客を前にしてヨイクを歌うようになってからだ。それまでは、知ってのとおり当時はヨイクを歌うのは政治的な行為で、親族はわしが自らそれに飛びこんだと思っていた。そして六〇年代になるとノルウェー人が北極圏を工業化した。まるで誰もそこに住んでいなかったかのように」

「おれのためにヨイクを歌ってくれたときも、隠れて歌っていたのをよく覚えているよ」

「ああ、だがそれはもっと前の話だ。わしは何よりも親戚に、彼らに迎合したと思われたくなかったんだ。そうじゃなかったんだから。なあ、どうかわしの言葉を信じてくれ。うちの一族はまったくひどいもんだった！　信心深すぎて、いつも教会を走り回っている人間の集まりだった。古い習慣、そして一族同士の対立、まったくヘドが出そうだったよ。あそこまで伝統に縛られた、視野の狭い人たちはなかなかみつからない。わしがヨイクを歌っていると知ったら、彼らは大喜びしただろうさ。だからこっそりやらなきゃいけなかった、お前にだけ歌ってきかせたんだ」

「ああ、だが彼らの誇り高さといったら……」

「その誇りがサーミの民に高くついたんだよ、クレメット。だがいくらかは弁護できる部分もある。ソルミの話に戻らせてくれ。お前は長いこと地元から遠ざかっていて、小さなもめごとや秘密のことなど知らないだろう。わしが知るかぎり、ソルミは幼い頃、サーミ人としてはかなり非伝統的な育てられかたをした。ある意味、本物の都市系サーミとしてね。幼い頃はカウトケイノに住んでいたんだが。両親は実に慎ましやかな人たちだったけれど、この町でも周囲とは少し距離をおいていた。他のサーミ人を避けることが多かったね。記憶が正しければ、この町でニルスの人生が軌道にのるような努力は何もしなかった。かなり早くに息子を沿岸部に送り出したんだ。沿岸部と内陸部の人間がどれほど敵対しているか、お前も知っているだろう。ノルウェー人だけでなく、トナカイ放牧をしていないサーミ人もいる。彼らのほうが人数は多いが、与えられた権利は少ない。お互いに好きになれないふたつの世界なんだ。ニルスを内陸部から送り出す決定は、主に母親が主導したんだと思う。彼女はどういう決断をするべきかわかっていた。彼女もまた、誇りをもっていたんだ。父親のほうは取り立てて言うこともないような男だった。自信のなさを隠すためによく飲んでいたが。わしはあの夫婦と付き合いはなかった。本当にもっとソルミのことを知りたいのか？」

「よくわからない」

「知りたいならば、知っている人間がいる。心当たりがあるが、まずは電話してみないと」

ニルス・アンテは声のトーンを下げ、若い同棲相手に目をやった。ミス・チャンはテーブルの反対の端で、パソコンに向かって仕事をしている。

「だが、あとでだ。わしの天国のような若枝を傷つけたくないからね」

28

五月三日　月曜日
日の出：二時二十三分、日の入：二十二時二十一分
十九時間五十八分の太陽
スカイディ、トナカイ警察の小屋　三時三十分

どんどんひどくなる――とニーナは思った。夜明けには目が覚めて、自分がどこにいるかもわからないような感じだった。日が暮れたことにも気づかない。目覚めたくないのに目覚めてしまう。朝からすでに疲れている。エネルギーが震えながら全身を流れていく。疲れているけれど、疲れていない。もう自分でもよくわからなかった。もっと眠らなければいけないのに。もっと寝なければいけないという事実を時計が告げている。しかし目が閉じるのを拒否する。三、四時間は睡眠が足りていないのはわかっているのに。ニーナは悩んだ挙句に起き上がり、窓の外を見つめた。川が勢いよく流れている。散歩でもしようか。真夜中の散歩のことを考えただけで、ここは真っ暗ではないとはいえ、父親のことを思い出した。父親と過ごした最後の時期。真っ暗な中、父親は急に散歩に出ていった。森の奥へと。新鮮な空気を吸いに行くんだ、

と父親は言った。今になってそのことを頻繁に考える。疲れが勝りつつあるのを感じ、ニーナは目を閉じた。

何時間かして目が覚めた。今度はまともな時刻だ。カウトケイノまで行ってエリック・ステッゴの葬儀に参列しようかとも考えたが、やめておくことにした。クレメットがまだカウトケイノにいるし、葬儀に立ち寄るかもしれない。アネリーによろしく伝えてもらおう。

ニーナは署に向かった。エレン・ホッティ警部が一瞬ニーナと会ってくれたが、警部は機嫌の悪さを隠そうともしていなかった。ラーシュ・フィヨルドセン市長の葬儀のこともあって忙しいのだ。この国におけるフィヨルドセンの立場を考慮して、ハンメルフェストの町はそれにふさわしい葬儀を執り行いたいと考えていた。そのせいで警察にも負荷がかかる。おまけに減圧室が爆発した事件もあり……人手がまったく足りていない。それを誰もわかってくれない。おまけにクレメットのような警官がこのタイミングでダイバーを殴り、任務から外さなくてはいけなくなった。何もかもがわたしに嫌がらせをしてくるみたい――。ニーナは愚痴《ぐち》の嵐が通り過ぎるのを待った。そして警部はやっとファイルを開いた。

「フィヨルドセンのことでささやかなニュースが入ったわよ。爪の中からみつかったもののDNA解析からは何もわからなかったってことがね。あなたの同僚の理性を失わせたダイバーのソルミは、減圧室の事故があった時刻のアリバイがある。ダイビング・パートナーのトム・パウルセンと映画館にいたの。船上ホテルの反対側の端にある映画館。複数の人間が、ソルミがずっと映画館にいたことを証言している」

エレン・ホッティ警部はさらに書類を読み続けた。

「観ていた映画は……『インソムニア（不眠症の意）』。この季節にそんな映画を観たいものかしらね。船に宿泊している人間の聴取はほぼ終わった。例の三人のロシア人は、船上の誰も見覚えがないという。まったく、信じられないわね。もちろんティッカネンと、船で彼女たちを迎えたスタッフ、あとで減圧室を開いて怪我を負った男は除いてね。船にいた全員の顔写真を——身分証の写真だったけど——見せたんだけど、何もわからなかった。それに宿泊者は船のあの部分に入場する許可は得ていない。まったく意味がわからない。彼女たちを減圧室に入れて、あとで怪我をした男以外には、もう一人しか人を見かけていないそうよ。三人のうち二人がトイレに行くために外に出たときにね。かなり年上の男、六十歳くらいで、肩幅が広かった。しかしその男は船上にいた人間の写真にはなかった。今、その男を捜しているところ」

「パスカードを失くした労働者については？」

警部は不満げに唇をとがらせた。それについても何もわかっていない。そのとき、ニーナの携帯電話が鳴った。ニーナは申し訳なさそうな表情で相手の話を聞いてから、通話を切った。

「トナカイが二頭、教会の敷地で餌を食べているそうです。また日常が戻ってきたみたい……」

ハンメルフェスト　十三時

クレメットはニーナに約束したとおり、ハンメルフェストに戻る前にエリック・ステッゴの葬儀に立ち寄った。しかし後ろのほうで目立たないように立っている。こういう大きな集まりは苦手だった。トナカイ放牧界のそうそうたるメンバーが集まっていて、自分の一族の物語とは遠くへだたりがあるのを感じさせられる。アネリーがクレメットに気づき、そっと手を振った。アネリーは美しく悲しげだった。詩を一篇読み上げた。心をえぐるような一節一節に、集まった人々の目からは涙がこぼれた。その詩にクレメットは叔父の言葉を思い出した。言葉の軽やかさ——しかしそこから重く辛い思いが生まれてくるのだ。

　トナカイ所有者が全員出席できたわけではなかった。ヴィッダでトナカイの世話をしなければいけないのだから。ユヴァ・シックもその一人だった。来ていたらむしろ驚いただろう。オラフ・レンソンはわざわざキルナから、アネリーを支えるために来ていた。アネリーのすぐ脇に立っている。オラフもクレメットに気づいた。

　クレメットは人々の視線から、自分が勤務を外されたという噂が広まっていることに気づいた。どちらにしても長くここにいるつもりはなかった。帰ろうとしたとき、オラフ・レンソンが駐車場で追いついてきた。スペイン野郎はおれのことを好きではない、それはクレメットも知っている。好きな相手のことを売国奴なんて呼んだりしないのだから。

「ユヴァ・シックのしょぼい不動産ビジネスのことを確認したほうがいいぞ」レンソンがそっけなく言った。「あいつはここからずっと離れた場所でトナカイの飼育と農業をしようと考えているようだ。奇妙じゃないか？」

　車がカウトケイノの町を出る頃、クレメットはその線をたどってみようと決めていた。邪魔だてするものは何もない。ニーナにはあとで伝えればいいだろう。クレメットはハンメルフェストの市庁舎に向かい、資料室に案内してもらった。彼が警官だというのは誰もが知っているので、すぐになんの個性もない静かな大部屋に通され、麻紐でくくられた古い資料箱に囲まれた。ユヴァ・シック、エリック・ステッゴ、モルテン・イーサック他、トナカイ所有者に関する資料だ。小さなハンメルフェストの町が発展した鯨島でトナカイ所有者たちがどんな歴史をたどったのか、そのあたりを正確に知りたかった。

クレメットは受付に戻り、ずっと昔の鯨島とサーミ人に関する資料はないかと尋ねた。秘書は眉をひそめたが、フォルダをいくつか取ってきてくれた。

クレメットは黄ばんだ紙をそっとめくった。学校関連の書類、事務的な書簡などがある。読み進めるうちに時間が過ぎていった。島におけるサーミ人の数はここ十年で劇的に減ったようだ。ハンメルフェストの牧師がデンマーク王に宛てて書いた手紙もみつかった。一七二七年のもので、ノルウェーがデンマーク王国の一地方として支配下にあった時代だ。手紙の中で牧師は、鯨島にはこれまでずっと〝フィンランド人〟が居住していたと書いている。当時はフィンランド人というとサーミ人のことを指していたのはクレメットも知っている。牧師は書簡の中ではっきりと、ノルウェー人は南島の西側に住んでいると記している。南島というのは鯨島の約十キロ西にある大きな島だ。そのノルウェー人の村が東からやってきた残虐なロシア人に燃やしつくされたようだ。それでノルウェー人はハンメルフェストに逃れたのだ。

クレメットはさらに書類をめくった。リーペフィヨルドについても同じ状況だった。その小さな村はハンメルフェストのすぐ南にあり、今ではポーラーベースというロジスティックセンターがある。そこも古くからサーミ人が居住してきた場所だ。しかし一九〇〇年代の初めには、ハンメルフェストではサーミ人を名乗る人々はどんどん減っていった。その後も時が経つにつれ、状況はますます悪くなったようだ。

クレメットは受付にファイルを返しに行った。

「ハンメルフェストに何人くらいサーミ人が住んでいるか知ってるかい？」

秘書はため息をついた。

「わたしに言えるのは、今年の初めにうちの息子の学校でサーミ語での授業を申請したのは一家族だけだった。学校は困り果てて、どうやって手配すればいいのか他の学校に問い合わせたほど。町全体でも申請した子供の数はわずかだった。全部で十人くらい、いや、もっと少ないかしらね。だから、わかるでしょう？　それに沿岸部では誰もが少しはサーミの血が入っている、それは周知の事実」

秘書はクレメットに別のファイルを渡し、クレメットはまた一人になった。今度は土地登録簿に興味をもった。沿岸急行船の汽笛が聞こえてくる。毎日十一時半に港に入ってくる船だ。クレメットは時計を見た。クルーズ船はまもなく世界じゅうからやってきた観光客を吐き出すが、彼らは一時間ほど観光をしてまた船で去っていく。クレメットは屋台でホットドッグを買ってケチャップとマスタードを塗りたくり、もっと土地登録簿を読みこもうと部屋に戻った。するとファイルの脇で男が一人待っていた。クレメットが調査していることを秘書が伝えたようだ。男はハンメルフェストの副市長だと名乗った。フィヨルドセンの部下で、都市計画の責任者だった。クレメットはあわてて言い訳を考えた。今の自分に警察の捜査をする権利はない。しかし目の前にいる市民に選ばれし男は特に怪しんでいる様子はなかった。そこでクレメットは詳細には踏みこまずに、自分が何に関心をもっているかを話すことにした。

「石油会社やその下請けが、何社もハンメルフェストに進出したがっている」副市長は言った。「かれこれ十年もささやかれているように、いざ北極圏でオイル・ラッシュが始まったときにいちばんいい席をとっておきたいわけだからね」

古いサーミの村リーペフィヨルドにできたポーラーベースが、今のところバレンツ海で唯一の物流基地だった。

「まもなくスオロで原油の採掘が始まる。それにハンメルフェストとスピッツベルゲンの間の外海でも天然資源の生産量が増えている。だからこの町に物流基地を建てるための土地が必要なんだ。それに新しい空港も」

副市長は一瞬どこかへ姿を消し、島の地図が載ったパンフレットを手に戻ってきた。島は人の顔のような形で、額の片側が上に伸びている。地図でいうと上に。ハンメルフェストはその額の根元に位置し、島全体のほんのわずかな面積を占めているだけだ。この厄介な地形が町へのアクセスを制限していた。

「ハンメルフェストの上の台地に何か建設するだって？　標高が二百メートル高くなっただけで気候が相当厳しくなり、風も強い。そんなところに空港をつくるのは不可能だ。平らな土地が必要なんだ。その点はどうしようもないんだよ。確かにトナカイが……と言う人はいるだろう。われわれが狙っている沿岸の土地はトナカイ所有者の所有ではないが、彼らは五月から九月にかけて土地の使用権をもっている。だがね、国会でハンメルフェストをバレンツ海における原油と天然ガスの採掘および生産に関わるすべての作業基地にすると決まった瞬間から、それ以外の選択肢は存在しないんだ。未来に向かって進んでいかなくてはいけない。土地が必要なら、そこにある土地を手に入れるまでだ」

副市長は地図を見せながら話し続けた。彼にしてみれば自明の理だった。地勢的に選択肢がほとんどないのだ。

「だがもちろん、各者にはきちんと打診している。それがまた大変な作業なんだ。わたしに言わせれば時間がかかりすぎる。市長のフィヨルドセンは誰に対してもいい顔をしようとした。確かにトナカイに対しては厳しかったし、新聞でも文句ばかり言っていたが、トナカイ所有者たちには譲歩しすぎていたよ。わたしはもっと迅速に進めるべきだと思う。もっと強固にと言えばいいのか。未来はここにあるんだ。わたしたちの鼻先にね！」

副市長はクレメットのことを気に入ったようだった。市庁舎のロビーでコーヒーでも飲もうとクレメットを誘った。

「二十年後には、この町が北極圏のシンガポールになる。まあ見ていろ、この地方がノルウェー全体の就職口を創造するんだ。素晴らしい発展だろう。温暖化のせいで、皆があわてて北極圏の天然資源を採掘し始めた。もう始まっているんだ。そのうち北ノルウェーが南ノルウェーの面倒をみるようになる。われわれの手から食べ物を食うようになるんだ！」

副市長は彼の町に待ち受けている輝かしい未来について恍惚として語った。市長ラーシュ・フィヨルドセンの後継者にふさわしいやつだ、とクレメットは思った。実際に後釜に収まるのかもしれない。クレメットは彼の話を聞き流しながら、ロビーを飾るポスターの数々を見つめていた。様々な季節の鯨島の景色。そしてどのポスターにもトナカイが一頭もいないことに気づいた。自治体のイメージでは、ハンメルフェストのオフショア産業の周りに存在してもよいのは平和で偉大な大自然だけで、その場にいるのを許された唯一の動物は無難な鳥くらいなのだ。

「いやあ、そうなるんなら、おれたちトナカイ警察も少なくとも町でトナカイを追い払う以外の仕事をさせてもらえるな……」

副市長は大声で笑い、クレメットの肩をどんと叩いた。

少し離れたところに、棚の陰に隠れるように別のポスターがかかっていた。いかにも七〇年代風のデザインのポスターだ。副市長もクレメットの視線を追った。

「あれは『ハンメルフェスト一九七八』、アルヴィッド・スヴェーンのポスターだ」

それはハンメルフェストの寓意画のようなものだった。町を象徴するものがすべて描かれていて、今度ばかりはトナカイもいる。背景では巨大な白熊が北極らしい雰囲気を醸《かも》しているし、大きなトロール船がネスレ・フィンドゥスの魚工場に近づいている。この工場は、石油会社がスポンサーになった新しい北極圏カルチャーセンターに場所を明け渡すために、数年前に取り壊された。あれ以上にハンメルフェストの変遷を象徴する建物は思いつかない――とクレメットは思った。その右側には、今では〈ブラック・オーロラ〉が建っている場所に、豪奢な角をもつトナカイがいて、顔の横の吹き出しの中で、町に咲く花を食べてやろうと夢見ている。そのすぐ横には、町に覆いかぶさるように伝統的な民族衣装のサーミ人がコタの前に立っている。それが唯一のサーミ人だった。これは偶然なのだろうか。そのサーミ人はエリック・ステッゴのトナカイがときどき餌を食べに来る場所、つまりトナカイが探している餌がみつかる場所に立っている。このポスターの中でもっとも印象深いのは、左上にある石油プラットフォームだ。それが雲に乗っていて、煙突の先端が上で輝く太陽を指している。それが何を表しているのかは、特に賢くなくてもわかる。クレメットはポスターに近づいた。

「プラットフォーム？」クレメットは驚いた声を出した。「一九七八年にもう？」

「ああ、そうだよ」都市計画の責任者である副市長が答えた。「わたしより前の時代だがね、町はプラットフォームの話で盛り上がっていた。当時もう試掘が始まっていたんだ。ところがその後二十年、何も起きなかった。それからやっと、ガス田〈白雪姫〉が本格的に稼働し始めた」

「それに、ここにサーミ人とコタが……」

「ああ、これは芸術家の作品だ。過去の遺物だよ」

クレメットはコーヒーの礼を言い、資料室に戻った。

そのままそこで午後を過ごし、鯨島の土地の使用権にまつわる騒動の把握につとめた。トナカイ所有者の側から常に、彼らの使用権に抵触しているという訴えが上がってきている。案件は環境省へ送られ、結論が出るまでにたいてい二年もかかり、ほとんどの場合はトナカイ所有者側が涙をのむしかなかった。

書類のひとつに、皆が狙っている鯨島の西沿岸の土地がどのように使用されてきたかという歴史がまとめられていた。ハンメルフェスト周辺に住んでいた数えきれないほどのサーミ人たちは、少しずつ使用権を失っていった。他の方向に退いていくしかなかったのだ。

都合のいいことに、クレメットはこの地区のメンバーを知っていた。この情報と名前だけでは、ニーナにはどうしようもなかっただろう。数週間、いや数カ月かかったかもしれない。しかしクレメットは目の前に形ができあがっていくのが見えた。歳月を経るうちに、いくつも名前が消えていった。二十三地区のボスであるモルテン・イーサックも、どんどん追いやられていったトナカイ所有者の一人だった。シック一族、ステッゴ一族も土地を失っている。何を知りたいのかがわかると、調べるスピードがぐんと上がった。そのとき急に、よく知る名前が目に入った。アンタ・ラウラ——ニーナが回顧展を見に行ったサーミ人の芸術家だ。アネリー・ステッゴやスサンの野営地から姿を消した老人。彼もかつてトナカイ所有者だった。アンタ・ラウラのトナカイは夏の間、例の土地を訪れていた。しかし電気会社やその下請け会社が事業を拡大したときにその土地を奪われている。トナカイを連れてもっと離れた場所に行けと言われたのだ。

ミッドデイ

きみの沈黙はよくわかる。それでも辛いよ。もう頼れるのはきみしかいないんだ。不幸な仲間をみつけたことは話したね。彼は頭がはっきりしているときもあるし、わけのわからないことをつぶやくこともある。

ともかく、わたしはかつてのマスコットをみつけた。彼に引き継いでもらわなければ。彼が理解してくれれば――。彼が覚悟を決めてくれたら。でなければわたしたちがやってきたことすべてが無駄になる。あの少年を覚えているかい？　今は大きくなった。彼がわれわれと同じ道を選んだことは知っている。われわれが彼を夢中にさせてしまったんだ。特にわたしが。しかしそんな時代はとうの昔に終わった。彼に連絡をするべきではなかった。陰に潜んでおくべきだった。元の計画どおり。彼の瞳に恐怖が読みとれた。わたしは死んでしまいたかった。あの瞬間にあの場所で。即座に。いつもそのことを考えている。黒い穴に逃げこむ。かつて深淵で感じたことのある落ち着きを、また感じるために。

29

五月四日　火曜日
日の出：二時十五分、日の入：二十二時二十八分
二十時間十三分の太陽
スカイディ、トナカイ警察の小屋　八時三十分

クレメットとニーナは朝食の席で再会した。前の晩遅くにクレメットが小屋に戻ってきたとき、若い同僚はすでに深く眠っていたのだ。クレメットは運転してカウトケイノまで帰るには疲れすぎていた。

クレメットは複雑な土地の使用権について知りえたことをニーナに話して聞かせた。アンタ・ラウラの名前もあって、彼もトナカイ所有者だった過去を口にすると、ニーナは一気に目を覚ました。それでアンタ・ラウラがアネリーやスサンの野営地にいたことにも説明がつく。彼らとともにかつて通った道を移動していたのだ。ニーナはまた年老いたアンタ・ラウラのことが心配になった。捜さなくていいの？　どこかで迷っているのでは？　あるいはシックの親族ともめたとか？　トナカイ所有者同士のもめごとは世代から世代へと受け継がれていくのだ

から。

「そのとおりだな、確認してみよう」クレメットも同意した。「今はもうもめるような原因もなくなってしまったとはいえ。アンタ・ラウラの一族はずっと前にトナカイ放牧をやめたのだから」

噂ではラウラは病気だということだった。もう理性を失ってしまった。具体的にはなんの病気なのだろうか。クレメットは黙っている。ニーナは普段から彼の頭に浮かぶ考えを知る由もなかったが、今などは自分自身の一族の運命に思いを馳せているのではないかと思う。それにかつてクレメットとアンタ・ラウラの一族が知り合いだったという可能性もある。両家族ともトナカイを放牧していた頃に。

ニーナは自分の質問を口には出さなかった。アンタ・ラウラが悪人だというイメージは湧かない。しかしよく考えてみると、クレメットが傲慢《ごうまん》な人間を殴るとも想像できなかった。クレメットに見つめられて、ニーナは無邪気に微笑み返し、立ち上がった。

ニーナは自分独りでもアネリーの野営地をみつけられるからと言って、クレメットを安心させようとした。クレメットは何かぶつぶつ言ったが、そのうちにパソコンを取り出した。

ニーナのログイン情報で警察のイントラネットにログインし、びりびりに破いた罰金の用紙をパズルのようにつなぎ合わせて出てきた名前で検索をかけた。あとでカウトケイノに帰ろうか。いや、どうしようか。結局のところ、自分はなんの役にも立たないのだ。

「肝心なのは、あなたが何もしないこと」ニーナが小屋の外から声をかけた。スノーモービルのヘルメットをかぶりながら。

　ニーナはスノーモービルにまたがると、アネリーの野営地へと向かった。まだ慎重な春が溶かしつつある道筋を苦労して追いながら、アネリーの言葉を考えていた。丘を上って下り、上っては下りしながら、丘の形を正確に描いたアネリーの手の動きを思い出す。あの若い女性トナカイ所有者は目に留めたものを何もかも、詩にすることができるのだ。

　野営地に着くと、アネリーの姿はなかったがスサンがいた。男たちが留守の間、すべてを取り仕切っているのがスサンだった。

「男たち?」ニーナのコメントにスサンは笑った。「野営地を取り仕切るのは女の仕事よ。何もかもうまく進むようにね。かつては……お金でなんでも買えるようになる前は、男たちが群の世話に出ているとき、女が狩りをすることもあったのよ」

　スサンはニーナのためにコーヒーを注ぎ、ニーナの隣に座った。白樺の枝をまとめてクッションのようにしている。空は曇ってきたが光はやはり強く、二人の周りに散らばる雪の塊がさらに明るさを強めていた。

「なるほど、アンタ・ラウラに興味があるのね」スサンが言った。「いいことよ、ある意味。まあ少し遅すぎたかもしれないけど」

「鯨島の土地を使う権利を失ったとき、どうなったんですか?」

「あの島で彼はもうやっていけなくなった。だからもうあきらめるしかなかったの」

「どこに新しい餌場をみつけたんです?　別の島?」

「別の島？　トナカイと一緒にいきなり別の島に行けるわけじゃない。それにたとえ今まで他のトナカイが来ていなかった場所があったとしても、あっという間に誰かがやってきてトナカイ放牧者には使用権はないと言ってくる。だからさっさと出ていけ、ってね」

「出ていけって、どこへ？」

「それが問題だった。どこにも土地をみつけられなかったの。あきらめるしかなかったと言ったでしょう？　トナカイ放牧自体をね。もうおしまい」

ニーナは長いことコーヒーカップを見つめていた。そして悲しげに頭を振った。

「アンタ・ラウラはそれに対してどんな反応を？」

「まあ、他の皆と同じよ。喜んだわけない。でももう別の時代の話。サーミ人に今よりもっとずっと闘争心があった時代ね。アンタ・ラウラはそれほどでもなかったかもしれないけど、他のサーミ人はね。ほら、一九七〇年代の終わりにはここからそう遠くないアルタでダムが建設されて、そのときに人々は立ち上がった。でもひとつ言っておくと、わたしは子供の頃リーペフィヨルドの学校に通った。ハンメルフェストのすぐ南の村ね。だけどそこでは一度も、自分たちを誇りに思えるようなことを学ばせてもらえなかった。サーミ人がこれまでやってきたこと、この地元にどんな貢献をしてきたかといったことをね。そもそもサーミ人に対して好意的な言葉を一度も聞いたことがない。豊かな自然に関する知識、この地元らしいもののすべてが、組織的にまったく無意味で無価値なものにされてしまった」

「それでアンタ・ラウラはどうしたんですか？」

「ここから出ていったわ。また戻ってきたときには芸術家になっていた。しかも素晴らしい芸術家に。でも歳をとって健康を害した。それは彼だけじゃないと思うでしょう？　だけど彼は奇妙な痛みに苦しんでいて、ここいらの医者には原因がわからなかった。でも野営地にいると調子がよくなったのは確か。それははっきりとわかったわ。わたしたちと一緒に移動していたから」

「もう過去形で話すんですね」

「いえいえ、でもここ数年はもう喜びを表現することもなかった。まったくね。どんどん知能が失われてしまったんだと思う。何もかも忘れてしまって、それに他にも苦しんでいた問題があったみたい。だけどほら、彼のような老人は愚痴《ぐち》を言ったりしないから」

「姿を消してしまって、心配はしていないんですか？」

「しなければいけないんでしょうけどねえ……。だけどどうすればいいっていうの？　ツンドラはその人がもうこれ以上がんばれないというのを感じとる。時間が終わりに近づいたことを教え、彼らを導くの」


ニーナはスサンの運命論的な考えかたには賛同できなかった。スカイディの小屋に戻ってみると、クレメットはすでに発ったあとだった。メモが残っていて、何かあればカウトケイノにいると書かれていた。ニーナは独りでランチを食べた。NRKラジオのニュースのリードを聞いたとたん、ハムときゅうりをのせたパンを喉に詰まらせそうになった。狼湾で車が一台沈んでいるのが発見されたという。現在警察が車を引き揚げている。どうやらカーブを曲がり切れなかったらしい。ニーナはサンドイッチを食べ終わると、まっすぐに湾へと向かった。

警官がそのバンを取り囲んでいた。少し離れたところにはジャーナリストの姿もある。そしてクヴァールスンの住人も数人はやってきていた。エレン・ホッティ警部が指示を出している。ニーナはバンに近づいた。引き揚げられたのは見たことのある車だった。今はこの中に死体があるという違いはあるが。警官が忙しく動き回る中、ニーナはさらにバンに近づいた。背の低いよく日に焼けた男が運転席に座り、まだシートベルトを締めていて、頭が片側にがくりと倒れている。ニーナは車の後ろに回った。警官がバンの後ろのドアを開くと、水が溢れ出た。それに死体が一体。ニーナと同僚はあわてて後ろに跳びのいた。一瞬顔を見合わせてから、死体を見つめる。六十歳くらいの体格のよい男だ。ニーナは車の中に首を突っこんだ。何もかもぐちゃぐちゃだった。そのとき、警官が乱暴にニーナを押しのけた。

「ここはトナカイ警官の出る幕じゃないだろう」

「それはあとでわかる。最近この湾では色々起きたから」

警官は答えずに、バンの中に入った。

「なんてことだ。中にもう一体」警官は袋や毛布をどけていたが、急にそう叫んだ。

写真係を呼び、同僚の助けを借りて死体を外に運び出し、他の二体の横に寝かせた。死体をひっくり返すと、ニーナにはすぐにそれが誰なのかわかった。アンタ・ラウラは昔のサーミ人のようにツンドラに消えたわけではなかった。彼の人生は湾の深淵で終わったのだ。二人の異邦人とともに、古いバンの中で。

ニーナは皆から少し離れ、電話をかけた。自分でスサンとアネリーに告げたかったのだ。二人にとっても辛いニュースだった。特にアネリーは夫を亡くしたばかりで、まだその悲しみも癒えていない。バンに戻ると、警官たちが車の中身を全部出す作業をしていた。品目のリストをつくるためだ。鑑識官は車が走った軌道を再現するために、タイヤ痕を捜している。目に見えるようなブレーキ痕はないのが不思議だった。運転手はカーブで眠りこんでいたのか？　同乗者二人は後ろに座っていた。大声を出して運転手を起こすこともできたのでは？　それとも電話でもかかってきたのだろうか。タバコを吸っていて、灰が膝に落ちたとか？　そんなやり切れない事故が起きたことはある。酔っていたのだろうか。スピードを出しすぎていた？　司法解剖や鑑識捜査で必ず満足のいく答えが得られるとはかぎらない。しかし状況はかなりはっきりしていた。三人の男を乗せたバンがカーブで道を外れ、湾に落ちた。三人とも溺死。氷のように冷たい水なのだ。生き延びられるチャンスはゼロだった。

ニーナは死体へと向かった。その時に他の二人も知っていることを思い出した。一瞬躊躇《ちゅうちょ》してから、エレン・ホッティ警部の元へと走った。

「あとの二人も見たことがあります。クレメットと一緒に。エリック・ステッゴがここで溺れたのと同じ日に免許証の提示を求めたんです。建設現場で働く労働者だと言っていました。そのとき所持していなかった免許証を見せに署に来るよう要請したのに、来なかった。その二人です。自信があります！」

30

ハンメルフェスト　十四時

マルッコ・ティッカネンは気に入らなかった。そしてティッカネンに気に入らないことがあると、それは見た目にも表れた。ともかく人からはそう言われる。ティッカネン、お前は太ったブタみたいに汗をかいているぞ、友人たちはそう言って笑った。いや、友人と言うと言いすぎかもしれない。知り合い。あるいは人脈。そう、人脈がいちばんしっくりくる。ティッカネンには人脈がある。人脈を紡いでいく。その全員を、ティッカネンはこっそりとではあるが、大きな軽蔑で包みこむ。母親はティッカネン一家には誰も友達がいないと言っていた。彼女はいつも何もかも大袈裟《おおげさ》に言ったものだが、その分析はどんな小さなものでも斧のように鋭かった。ママ・ティッカネンと議論する者はいない。ただ単にそうなのだ。ティッカネンが子供の頃、家には一度も来客がなかった。そもそも誰が来るというのだ。父親は自分の友達とはパブで会っていた。だから友達はいたわけだ。母親は彼らを酔っ払いどもと呼んでいた。月の終わりになると突然現れる友達だ。父親に給料が入ったから。そのあと数週間は消えてしまう友達。ティッカネンの母親はおしゃべりではなかった。父親もだ。実際、家ではほとんど会話がなかった。自分たちはフィンランド出身なのだからそんなものなのだろうとティッカネンは思っていた。ここの人たちだって、フィンランド人がおしゃべりではないことくらい知っている。背筋の伸びた、まっとうな人々。だがおしゃべりではない。テキサス出身のやつらとは全然ちがう。いやはや、あのスティールという男は恐ろしくおしゃべりだった。爆発してこっぱみじんになったスティール。その結果を見るのは楽しいものではなかった。こんなことになるとは夢にも思わなかった。

ティッカネンはまた立ち上がった。ここ数分で三度目だ。その動きだけでも汗びっしょりになった。認めたくはないが、わずかに緊張している。スティールは減圧室で破裂してしまったが、幸いなことに売春婦たちに怪我はなかった。ムルマンスクの下請けにまつわる評判は聞いているから、あやうく命を狙われるところだった。ロシア娘たちはあれから警察に身柄を拘束され、質問攻めにされている。ティッカネン自身も最悪な状況にあった。スティールとビルゲがいなくなったからではない。いや、まあ少しはそれもあるが、警察から嫌がらせのように質問されるからだ。母親が昔何か言ったからって、なんの助けにもならない。馬鹿ではなかったから、警察がすぐに関連に気づくことは予測できた。だがやつらは、このティッカネンが騒動ですべてを失ったと思っている。例の土地のことは知らないのだ。まあそれ以外に関してはすべてを失ったという表現が正しい。ロシア娘、減圧室を改造した売春宿、おまけに評判まで。あれほど自分の評判を大切にしているティッカネンなのに。彼のような男は他にいないだろうが、それでも評判は大事だった。トナカイ警察がビジネスに首を突っこんできたら、厄介なことになりそうだ。あいつらがトナカイのように地面を引っかく音が聞こえてきたのだ。友人の一人、いや友人ではないか――市庁舎に勤める人脈が電話をかけてきて、ナンゴというあのトナカイ警官が長時間土地登録簿を調べ、質問もしてきたと教えてくれたのだ。

まあいい。ティッカネンはティッカネンだから、解決策をみつけることができる。どんなことにでも解決策をみつけられる男なのだ。だからこそ皆が自分のところにやってくる。おれは人を助けるのが好きだ。人に何かしてあげるのが好きな人間なんだ。優しい人間。そう、おれは優しい人間だ。警察もわかってくれるだろう。絶対に。おりこうなティッカネンよ、冷や汗をかくような理由は何もないぞ。しかしティッカネンは自分のオフィスの中でどこへ行っていいかわからない状態だった。頭の中の会話にもちっとも心が落ち着かなかった。ちっとも、という単語を強調しなければならない。ティッカネンは窓の外を見つめた。しばらく前に沿岸急行船は観光客を乗せて出港した。ティッカネンはため息をついた。うめき声をあげ、金庫のほうを振り向く。独創的なアイデアではないが、金庫の前には絵画をかけてある。しかし格式を感じさせる手法でもある。彼の世界観をつくりあげた映画の中では、必ず金持ちが金庫の前に絵画をかけているのだから。ティッカネンは絵画を壁から外した。冬の光に浮かぶフィヨルドの風景の絵だ。そのとき、もっと壁に絵を飾らなければと思いついた。でなければ簡単に金庫をみつけられてしまう。先のことも考えていかなければいけない。だからその思いつきをノートに書き留めた。〝もっと絵を飾ること〟それからやっと最愛の記録カードを取り出した。すると急に気分がよくなった。自分の人生の作品が目の前にある。ティッカネンは人々の人生を集めていた。この靴箱の中に、これまで耐えてきたどんな侮辱にも効く解毒剤があるのだ。金庫はマホガニー製のほうがよかったな——なぜ今まで思いつかなかった？　ティッカネンはそれもノートに書き留めた。それから部屋のドアを施錠し、席に戻ると、記録カードを一枚取り出した。それだけで胸苦しさが和らぐ。ビル・スティールとヘニング・ビルケに関するカードだ。ティッカネンは何も捨てない。小さな町の弁護士のように人々のことを記憶している。場所、裏切り、浮気などの記憶を生き生きと留めている、彼のような人間にぴったりの善良な笑みを浮かべながら。皆、彼と付き合うことはしないが、彼なしで生きることもできない。ティッカネンは母親からその資質を受け継いだ。母親は食料品店を営んでいて、何もかも書き留めていた。誰がいくらで何を買ったか。もちろんツケの金額も。ツケ払いを認めるということは、支払ってもらえるタイミングを知る権利もあるということだ。つまり、客について少し知っておくことは権利なのだ。しごく当然のことだ。母親は情報をつかんでこいとティッカネンを送り出した。近所で調査をさせるために。こうやってティッカネンにも母親の考えかたが遺伝した。ティッカネンは母親に輪をかけて完璧主義で、その精度を上げていった。

デジタルなデータには懐疑的だった。パソコンに保存していた初期のデータファイルは、ティッカネンには理解できない正体不明の何かのせいで消えてしまった。そのことを考えると今でも胸に痛みが走る。だからデータは手書きのカードをつくらなくてはいけない。

多くはないが重要人物が何人かいて、カードも複数ある。例えば市長のフィヨルドセンだ。数えてみると四枚もあった。高価なカードのスペースを無駄にしないよう、小さな文字で密に書いているのに、四枚は新記録だった。大規模なトナカイ所有者も複数のカードで威厳を放っているが、四枚というのは格がちがう。

スティールとビルゲ。ティッカネンは太いフェルトペンを取り出し、二人のカードはすべて左上に太い斜線を引いた。もたれている安楽椅子を揺らし、自分のやったことを確認して満足し、ポマードを塗った髪を手でとかしつけた。黒い斜線は記録カードのカード人生における決定的な瞬間だった。これからどうする？　スティール――彼は三年前にハンメルフェストにやってきたが、どちらにしてもまもなく別の人間と据え替えられるはずだった。状況を何もかも把握できているのは不幸中の幸いだ。次の代表者とはすでに連絡をとりあっている。いいやつだ。次の男がヒューストンからやってくるまで長くはかからないだろう。スティールよりももっと早く物事を進められる男。若く、権力に飢えていて、自分の利になるかぎり会社にリスクを負わせることもいとわない男。一度ここで会い、仲良くなった。その青年の記録カードもすでにあり、彼のために豪華なマンションを考えてある。若い独身男は一軒家の管理をするつもりなどないだろうから。ティッカネンはスティールの記録カードを裏返した。テキサスボーイに自分がどれだけ金をかけたのかを書き残してある。売春婦の件を考えると赤字になる危険性もあった。ああ、減圧室のことは考えたくもない。こんなことは計画になかった。警察が減圧室を押収し、保健福祉省がホテル組合の協力を得た上で、船上ホテル内に減圧室があるのは合法なのかどうか、安全基準を満たしているのかを調査し始めてしまった。合法かどうかという話でいくと、警察は石油会社重役の死にティッカネンが関与しているという証拠は何もみつけられなかったが、あれやこれやで罰金を科せられるかもしれない。まあいい、スティールは金を稼がせてもくれた。それは認めざるを得ない。しかもビルゲよりもずっと稼がせてくれた。今は何よりもユヴァ・シックをなだめなくてはいけない。ニルス・ソルミのことも。あの二人をなだめる唯一の方法は、二人がほしがっている土地の話を続けることだ。負けん気の強い男たちなのだ。芸術家とは程遠い。しばらく前から、ユヴァ・シックにはフィンランド国境近くの土地を手に入れるのが賢いと思わせるように働きかけてきた。そこなら苛酷な放牧の移動をすることなく、農家や鉱山会社、石油会社なんかともめることもなく、大きな農場で平和にトナカイを飼育できる。平穏で快適な暮らし。トナカイ所有者であっても、気が向けば農業だって始められる。観光客向けのビジネスもできる。トナカイ所有者全員がシックのようにのみこみがよければ、この世から争いごとはなくなっていただろうに。ツンドラの大地でも鯨島でもそうだ。そうすれば石油会社も問題なく事業を発展させられる。

しかしなぜ誰も、おれが全員の小さな悩みを解決してあげていることを理解してくれないのか。おれの言うことを皆が聞いていれば、全員が仲良く暮らせたのに。

ニルス・ソルミの土地のほうが難しかった。チビのダイバーは自分がサーミ人であることを指摘されるのを嫌がるが、じゃあティッカネンもフィンランド人と呼ばれるのを嫌がるべきなのか？　ニルス・ソルミはハンメルフェストの湾を見下ろす土地のことしか頭にない。しかしティッカネンには自分がその場所に立つのが見えていた。問題はニルス・ソルミがそこに立っているのがまったく見えないことだ。ましてや市が君臨しているところは想像もつかない。正直言って、そこにトナカイはまったく関係がなかった。裸の丘にトナカイの食べる物などないはずだ。とはいえステッゴが死んだおかげで、全員が先に進めるようになった。それは認めなければいけない。だから結局のところ、今形になろうとしている結果を自慢に思っていいはずなのだ。もちろん若いステッゴには気の毒だったが……。ティッカネンはステッゴの記録カードが最新の状態になっているかどうかを確認した。ちゃんと黒い線が引かれているかどうか。ちゃんと引かれていた。しかしあの青年は頑固だった。今はもう妻しか残っていない。ええと、これだな、アネリー・ステッゴ。そのカードにはほぼ何も書かれていなかった。彼女のことはまだ把握できていないのだ。そういう意味では夫のほうもあまり把握できなかったが。多くを必要としない若い夫婦というのは厄介だ。こちらの話を聞かせるのが難しい。例えばユヴァ・シックは簡単だった。ステッゴ夫妻と同年代なのに、何を手に入れられるのかを説明すると即座に理解してくれた。シックは耳まで借金に浸かっている。そうか、そうか、アネリー・ステッゴ。お前に会いに行かなければならないな。夫と話を進めていたと言えばうまくいくかもしれない。妻に何もかも話していたわけはないだろうし。男というのは、そういうビジネスのことは家庭では話さずに進めるものだ。ではでは、可愛いステッゴ夫人に会いに行くとするか。鯨島以外の場所に夏の餌場を探すよう説得しよう。シックとステッゴがあの島から消えれば、他のトナカイ所有者も最終的にはそれにならうはずだ。別の場所に餌場を探す。そうすれば全員が満足し、ハッピーになれる。そうかそうか、では可愛いステッゴ夫人にはどこに夏用の土地をみつけてやろうか。国家トナカイ飼育管理局に訊いてみよう。あとは市や土地登録簿、森林庁、トナカイ所有者地区……そうやって数え上げながら、ティッカネンは一枚一枚カードをめくった。なあ、どう思う、おれの愛しいカードたち。ティッカネンはカードをオフィスの床に並べ、突き出た腹が許すかぎりその中を転げ回った。それからまたカードを集めてしまった。自分のカードに囲まれて横たわる瞬間が最高に幸せだった。

31

狼湾　十四時四十五分

ニーナはエレン・ホッティ警部から二人の労働者の身元を調べる許可をもらった。だから今、バンに乗っていた三人の男の所持品を確認している。まずは運転席から。バックミラーにかかったアルタＩＦのペナントには見覚えがあった。バン自体はアルタの小さな工業地帯にある会社がレンタルしているものだった。場所はアルタ空港の近くで、古い車を低価格で貸し出している会社だ。ニーナはあとで寄ってみることにした。契約書にあったのはクヌート・ハンセンという名前だったが、聞き覚えはなかった。

ニーナはさらに所持品の確認を続けた。寝袋、キャンプ装備。一見して何もおかしな点はない。濡れた紙の山。ノート、食べ残し、ガソリンのポリタンク、服。キャンプをしにきていたのだろうか。そう考えると、所持品に何ら不自然な点はない。しかしなぜアンタ・ラウラが行動をともにしていたのかがわからなかった。見知らぬ男たち二人も芸術家アンタ・ラウラと同じようにサーミ人なのだろうか。スオロの原油を精製する工場の建設現場で働いていると言っていたが、本当に働いていたのだろうか。その点については簡単に確認できるはずだ。ニーナは建設労働者が着るような青とオレンジのジャケットがあることに気づいた。二人のうち少なくとも一人は建設現場で働いていたのかもしれない。ニーナはもっと個人的な物はないかと探したが、驚いたことに何もみつからなかった。身につけていた物以外。一人はゴールドのチェーン、もう一人は腕時計。車内のあちこちに貼られていた色とりどりの付箋《ふせん》を見つめる。先日、道端で確認を行ったときにも見た記憶がある。後部座席じゅうに貼られていた。ニーナは何枚か読もうとしたが、ほとんどが判読不可能になっていた。買い物リスト。食料。ときどき仕事の専門用語のようなものも。人の名前。スケジュール。ニーナにはなんの意味もなさない言葉ばかりだ。最後に疑問符がついているものもある。ときには感嘆符も。付箋の解読をあきらめると、今度は紙類に手を伸ばした。古い新聞は形のない塊と化している。破れた紙もぐちゃぐちゃになっている。

「そういえば」別の警官が馬鹿にしたような表情で近づいてきた。「これに興味があるんじゃないかと思って」彼はそう言って、ふにゃふにゃになったパスポートを差し出した。

「ありがたい」ニーナは勢いよく受け取った。「どこにあった?」

「三人とも上着のポケットに入れていたよ」

ニーナはその場に座った。男の一人、事故のさいに運転していた男はズビグネフ・コヴァルスキという名前だった。ウッチ生まれのポーランド人。六十三歳。もう一人はクヌート・ハンセン、ノルウェー人。ベルゲン生まれの五十九歳。そしてアンタ・ラウラ。

彼らは死んだとき、三人で何をしていたのだろうか。なぜここ狼湾で?　アンタ・ラウラはどのくらい前から一緒にいたのだろうか。二人が野営地まで彼を迎えに行ったのか、彼が道でうろうろしていたところを拾ったのか？　知り合いではなかったのかもしれない。ラウラを道端で拾ったとしてもおかしくない。野営地まで送り届けようとしていたのかもしれない。その可能性はある。ニーナは急に、二人はこの地方のどこに住んでいたのだろうかと不思議になった。先日はパスポートも所持していなかった。ということはおそらくハンメルフェストに住んでいた——建設現場で働いているのなら。もしくは家はもっていないのかも。先日もパスポートはもっていたが、わたしたちに見せたくなかっただけ？　そうかもしれない。でもなぜ？　何を恐れていたの？　ニーナはパスポートを渡してくれた警官に向き直った。

「ひょっとして、スオロの建設現場や海上ホテルの入場カードはみつからなかった？」

「今のところはまだ」

アンタ・ラウラは意に反して無理矢理車に乗せられていたのだろうか。激しく抵抗したせいで車が道を外れた？　想像ならいくらでもできる。想像しすぎるんじゃない、お嬢ちゃん。あ、クレメットに叱られてしまう。ニーナはまたバンの中に入ると、中に残っていた物をすべてもち上げてみた。しかし何もみつからない。間違った手がかりを追っているの？　それにこの紙の山は何？　確固としたイメージは湧かない。各省庁のパンフレット、払い戻しのための書類が何種類も。薬の処方箋。形を失った紙の塊。建設現場で働いていると言ったのに、なぜ？

ニーナはしばらく考えてから、クレメットの番号にかけた。クレメットはまだカウトケイノにいた。ニーナはまた叔父さんを訪ねてくれと頼んだ。

「叔父さんがアンタ・ラウラのことを知っているかもしれないと言っていたでしょう？　大事な手がかりになるかも」


クレメットが到着したとき、叔父は大きな一軒家の玄関前の雪かきに忙しそうだった。午前中の雪でまた庭が銀世界に戻っている。雪はすぐにやんだが、足元が濡れるくらいには積もってしまった。ニルス・アンテはクレメットの手に雪かきショベルを握らせた。

「ほら。わしは中に入ってコーヒーを沸かしてくる。チャンは郵便局に行っている。ベリー摘みのビジネスアイデアを真剣に進めているんだ。うまくいくと思う。わしは確信しているよ。タイ人やブルガリア人を呼び寄せて搾取する詐欺師どもとはちがうんだ。あの子はおまけにベッドの上で転がり回る楽しさまで思い出させてくれた。だから……」

「ところで、ソルミのことを教えてくれる人がいると言っていたね」

「ああ、そうだな。魅力的な若い女性だ。お前くらいの歳の。そのために来たのか？」

「アンタ・ラウラが今朝死体でみつかった。狼湾で溺れたんだ。他にも男が二人乗っていたバンごと湾に落ちてね。どうやら道路から外れたらしい。三人とも溺死だ」

ニルス・アンテはショックのあまり玄関に立ち尽くした。

「気の毒なやつだ……」やっとそれだけ言うと、急に深い物思いに沈んだ。「勇気さえあれば彼のためにヨイクをつくりたかったよ。だができなかった。どうにも気の毒なやつだ。それになんという運命の巡り合わせだ。若い頃、彼のトナカイが数えきれないほどあの湾を泳いで渡ったというのに」

「ずいぶん昔の話だろう」

叔父は記憶をたぐっていた。

「よく潜水をしていたが、溺れてしまったんだな」

クレメットは思わずショベルを手から取り落とした。

「潜水？」

「ああ、そうだ。ほら、水の中を泳ぎながら、ぶくぶくと泡を吹くやつだ。いや、本物のダイビングじゃなかったのかもしれないが。わしはダイビングについては何も知らない。だがトナカイ放牧をやめざるを得なくなったとき、確かアンタ・ラウラは潜水実験に参加したはずだ。油田関係の実験だ。新しい人生を始めるためのアルバイトのようなものだったんだろう。アンタ・ラウラの友人、わしは知らないやつらだが、彼らがその仕事の口をみつけてきた。その金のおかげで、のちに芸術の勉強をすることができた。だが実験についてはわしは何も知らない。長期間ではなかった。それに何もかも極秘だったんだ。だが今回自分の命を救えるほどは泳ぎも上達しなかったわけだ」


ニーナはハンメルフェストの警察署に戻り、犯罪鑑識官の捜査の成果を追った。分析がいくつも進んでいる。ニーナは溺死した被害者たちの顔写真をコピーしてから、クレメットに電話をかけた。しかし先に口を開いたのはクレメットのほうだった。クレメットは興奮しているようだった。

「ノルグオイルの代表者にもう一度話を聞いてくれ。牧師みたいなヤギ髭の男だ。七〇年代の終わりから八〇年代に何があったかを訊くんだ」

ニーナはノルグオイルの代表とトーン・ホテルの前で落ちあい、二人で埠頭を散歩した。

「七〇年代の終わりまで、北緯六十二度線以北での試掘は禁じられていた。ゴーサインが出て初めて、バレンツ海の探索が始まったんだ。ガス田〈白雪姫〉はその流れで八〇年代初めに発見され、すぐに生産が始まるだろうと皆が期待した。われわれもだ。すぐ隣の町に当時ポーラーベースが建設中だったし。なのに結局、二十年近く何も起きなかったんだ」

「なぜです？　サーミ人の問題？」

グンナル・ダールは笑みを浮かべた。

「そんなに偽善的な話じゃない。ちがうよ、政治的な問題、それにプロジェクトがとんでもない規模だったこと、原油価格の低下、誰もどこから手をつけていいのかよくわかっていなかったという要因が重なったためだ。二十年など、うちのように百億という単位の投資を行う企業にとっては短い時間だ。だが普通の人にとっては長い時間だろう。〈白雪姫〉は二〇〇二年にやっと建設が始まった。そこからはきみも知ってのとおりだ」グンナル・ダールはそう言って、遠くメルク島で燃えている炎を指さした。「あと三十年もすれば、バレンツ海は北海とノルウェー海を合わせたほど重要な存在になる。現在、バレンツ海ではわずか百件ほどの試掘しか行われていない。ノルウェー大陸棚の七十パーセントを占めるエリアなのにだ。たった百件だぞ！　つまりノルウェー海域の他の場所の十五分の一なんだ。考えてもごらん、北海とノルウェー海ではすでに千五百の油田が掘られている。バレンツ海の規模の大きさを皆が理解するまでにはまだ何年もかかる」

ニーナはダールが石油業界の男たちがやり遂げた大仕事のことを語るのを聞いていた。ダールの言葉にこもる興奮に、ニーナはあることを思い出した。彼女の父親も同じ熱に浮かされていたのだ。父親はニーナが子供の頃に消えてしまったが、昔ダイバーだったというつながりで、父親もまたその英雄譚に関わってくるのだ。父親には父親のストーリーがあった。そして父親はゆっくりと堕ちていった。あくまで母親の話によればだが。ニーナの家では、年月を経るうちに父親の存在自体が口に出されないものになった。ニーナは記憶の中の父親と、全知全能の母親の元で育った。母親は、父親の存在をどんどん遠くへ押しやった。竜と戦う騎士のように。母親は亡霊に対して十字軍遠征を行ったのだ。そして勝った。竜は煙とともに消えてしまった。

「油田関係の潜水実験があったという話を聞いたのですが」

「もちろん実験は行われたよ。油田は海の底にある。そこから管をプラットフォームにつないでガスや原油を採掘し、パイプライン経由でタンカーに積みこむんだ。そのどこかで問題が起きれば解決しなければいけない。われわれはオフショアの油田で働いていて、深さは色々だが、油田やパイプラインが位置する深さでも修理可能だという確証が必要だった。今ではほとんどの修理がロボットアームつきの小さな潜水艦によって行われるが、当時は人を海底に送っていたんだ。ダイバーをね。なんて時代だ……そしてなんと勇気ある男たち。二百メートルの深さにパイプラインを引くとしたら、未来のクライアントにはその深さでも修理ができることを証明しなければならないだろう？」

「なぜクライアントに？」

「二十年、三十年という契約にサインするのはクライアントだからだ。それが莫大な金額だということは保証するよ。〈白雪姫〉だけでも、その投資額がどれほどの規模なのか想像がつくかい？　六十億ユーロ以上だ。つまり五百億ノルウェークローネ。だからクライアントは確証がほしい。そのために潜水実験が行われた。その深さまで潜ることが技術的にも、人間の身体にとっても可能だということを示すためにね。しかし実験自体はほとんどが陸上で行われた。減圧室の中でだ。高気圧環境下でシミュレーションしたんだ」

　グンナル・ダールは急に暗い顔になった。そして悲しそうに微笑んだ。

「わたしもこんなに信心深くなければ、実験に参加していただろうな。そして今頃ぼろぼろになっていた」

　しばらく沈黙が流れた。

「ビルゲとスティールの死に関して、正確な状況は明らかになったのかい？」

「捜査のことは……残念ですが話せません」

「もちろんそうだな。理解できればと思っただけだ」

「潜水実験は、いつもうまくいったんですか？」

「もちろん毎回多少は柔軟にやらなければいけなかった。飽和潜水というやつは、何もかも初めてのことで試験的だったんだ。だがすべての実験結果が認可された。もちろんだよ。素晴らしいダイバーばかりだったんだ。それに優秀な医師やエンジニアがチームにいた」

「ここで行われたんですか？」

「ベルゲンだ。特別な研究施設でね」

「捜査に一人、興味深い人物が浮かび上がったんです。その人が潜水実験に参加していたらしくて。サーミ人なんですが」

「サーミ人？　ソルミも参加していたとは知らなかった。それにわたしの知るかぎり、そういう実験はもうずいぶん長いこと行われていないはずだが。ソルミは若すぎるだろう」

「ソルミのことじゃありません。アンタ・ラウラという名前の男です」

グンナル・ダールは足を止めた。

「ラウラ？　いや、知らないな。どの会社に勤めているんだ？」

「いえ、どうも八〇年代の話で」

「ああ、なるほど。そういうことか」

ダールは眉をひそめ、鬢をかいた。

「残念だが、正直言って当時実験にサーミ人が参加していたというのは……不思議だな……だがあの時期わたしは出張が多かった。だから気づかなかったのかもしれない」

ニーナはその日の残りはアンタ・ラウラと一緒にいた二人の男の写真を見せて回った。建設現場のリーダーはその二人に見覚えがなかった。ポーランド人労働者がパスカードを紛失した〈レッドラム〉は満員で、客はクイズ大会の真っ最中だった。質問がスクリーンに映し出され、DJが曲と曲の間にそれを読み上げる。客はチームになってテーブルに座り、相談しながら解答用紙に答えを書いている。ニーナは目に留まった給仕係に次々と話しかけたが、全員同じ答えだった。何百人という建設労働者が世界各地からやってきて、建設現場のバラック小屋か船上ホテルに泊まっているのだ。給仕係は誰の顔も覚えていなかった。

警察署に寄り、またエレン・ホッティ警部と話をした。警部からはやっと、少しは新たな情報を引き出すことができた。ロシア人売春婦のうち二人が、溺れ死んだ男の一人に見覚えがあると断言したのだ。サウナに行こうとしたとき、その男がスティールとビルゲのいた減圧室にやってきた。その三十分後に悲劇が起きた。その男とはどうやらノルウェー人のほう、死んだ男の中でいちばん大柄な男のことだった。百キロ以上はあっただろう。一度見たら忘れられない。

ニーナは理解できなかった。ラウラのような芸術家がそんな男二人と何をしていたのだろう。ロシア人が見たというクヌート・ハンセンは、減圧室の中に誰がいるのかを知っていたのか？　自分がどんな恐ろしい行為をしているのかわかったうえで、海上ホテルのスタッフに電話をかけたのか？　その問いは、殺人の意図があったのかどうかを訊くのと同じことだ。ニーナはその考えを頭から振り払った。

「彼らの携帯電話から何かわからないですか?」

「そもそも携帯電話が一台もみつかっていなくて」

「おかしいですよね。それにバンの事故のほうは? ブレーキは捜査したんですか?」

そう訊きながら、ニーナは頭の中で仮説を立て始めていた。バンの男たちは実は殺されたのか? 誰かの忠実な僕《しもべ》だったが、消されたのかもしれない。石油会社の重役のうちの誰かのために働いていたとか? どこにも登録されていない忠実な僕。だが建設現場への入場カードはもっていたはずだ。重役のために特殊任務を遂行したのか? どういう類の任務? ラウラはそんなやつらと何をしていたの? 二重の人生を送っていたのだろうか。推測ばかりしていると頭がおかしくなりそうだったが、それでも考えずにはいられなかった。

スティールとビルゲの死を狙った人間が、バンに乗っていた三人の死とハンメルフェストの市長が死んだ事件の裏にもいるのだろうか。

ニーナは自分の空想に圧倒されていった。押し流されてしまう。そういうときはいつも、クレメットが陸に連れ戻してくれた。彼がこう言うのが聞こえてきそうだ。証拠や関連性はみつかったのか? 純粋に捜査としてこれとそれ、それとあれをどうつなげられる? クレメットがまた繰り返すのが聞こえた。動機のことは忘れろ。具体的な証拠だけを追え。そう、推測ではなくて、具体的で確実な点だけに集中しなければいけない。その線だけを追え。

それでも……死んだ三人の男はグンナル・ダールと関わりがあったのだろうか。見た目はあんなだが、ダールは客観的に考えてもビルゲとスティールがいなくなって得をする人間の一人だし、ティッカネンやソルミとも知り合いだ。この三人が共謀しているのか？　その中にユヴァ・シックも隠れているのか。邪魔な重役二人を消すために？　グンナル・ダールの特徴的な容姿に騙《だま》されてはいけない。厳格な牧師のように見えるからといって信じていいわけではない。彼は相手に信頼を抱かせようとしているが、ニーナは宗教的に善良な良心を前面に押し出す人間が、相手を操ろうとする偽善者だということも知っていた。ダールはティッカネンが開催する内輪の会合にも参加していた。そこで行われる不正についてもすべて把握していた。やはり偽善者だ。ダールの話は裏をとらなくては。家族が証言するアリバイはきっと真実だろうが、彼のような立場の男は裏で何本もの糸を引いていて、自分自身は安全なところにいるのだ。

ダールは市長ラーシュ・フィヨルドセンの事故にも関係しているのだろうか。そしてティッカネン——ニーナはつぶやいた。ティッカネンがすべての中心にいる。ティッカネン、人助けをする男。そのティッカネンが残した波間にユヴァ・シックも現れた。

「ティッカネンを聴取すべきかと」ニーナは警部に言った。「それに八〇年代の潜水実験について誰かに相談する許可をほしいです」

「それはなぜ？」

「ラウラはずっと前に行われた潜水実験に参加していた。だけど、彼のような参加者がいたことはダールにしても不思議みたいで。よくわからないんですが……単に直感です」

警部は考えていた。

「キルナにいるあなたの上司に訊いてみるわ。でもあなたはクレメットの謹慎中、トナカイ警察の仕事で手がいっぱいなんじゃないの？」

「問題ありません。うまくやれます」ニーナは明るい声で言った。「今は現状維持という感じで……。普段より早く移動した群もいれば、遅い群もいる。牧夫たちはそれを少しでも集めようとしているところ。移動の時期がずれてしまったせいです。牧夫たちは喜んではいませんね」

警部は書類を見つめたままニーナに訊いた。

「あっという間に色々と学んだみたいね。この仕事は気に入ってるの？」

「クレメットはこれからどうなるんです？」

「特にどうにも。ソルミには謝ってもらわなくちゃいけないけど、検察官からは形式的な有罪判決が出るでしょうね。保護観察つきの。クレメットには立派な推薦状があるからその程度ですむ。だけど前科がつくのは避けられない。まあ、まもなくまた働いてもらうけど」

「ソルミのほうは？」

「ソルミたちには聴取が行われ、もう自分の仕事に戻っている」

「ティッカネンも含めて？」

「ええ、他の皆と同じようにね。ところで、町にトナカイが現れるせいで市ともめている件は？」

「申し訳ないですが、そこに話を戻さなければいけないんです。町を取り囲むフェンスができてましにはなったものの、トナカイはそれでも入ってくる。今はまだ五月で暑いわけではないけれど、夏になると状況は悪化する。トナカイは暑さを避けるために町に入ってきて、建物の陰やトンネルの中で涼もうとするんです」

「そんなこと知ってるわよ。ただ、ラーシュ・フィヨルドセンの葬儀があるんだから、なんとしてでもトナカイには町に入ってほしくないの。特に葬儀の最中にはね。そんなことになったら大変なのはわかるでしょう。ここの人たちを挑発しているように受け取られる」

「町の人たちを、ということ？」

「意味はわかるでしょ」

「でもサーミ人だってここの人たちじゃないですか。それともわたし、何か勘ちがいしてます？」

「サーミ人の話をしているんじゃないの。トナカイが教会やフィヨルドセンが葬られる墓地に現れて、花を食べることを危惧しているの。とにかくそんなことがあってはならない！　ステッゴの死の捜査をしてもいいし、トナカイ用かかしになったシックのことも調べていい。何もかもティッカネンに訊けばいい。だけどお願いだから、葬儀をめちゃくちゃにしないで。埋葬の最中にトナカイが現れたりしたら……」

警部の必死の表情にニーナの口元が緩みそうになったが、警部のほうはちっとも面白くないだろうと思い直し、表情を引き締めた。

「葬儀の日に町の秩序を保つためには、どうしてもクレメットの手と、トナカイ警察からももっと加勢が必要だと思います」

ニーナはもう笑いをこらえきれなかったが、すぐに真面目な顔に戻り、警部の部屋を出た。

警部は憂鬱な表情で頭を振りながら、それを見つめていた。

32

ハンメルフェスト、のけ者の埠頭　二十三時四十五分

アネリー・ステッゴはニルス・ソルミに会いたくて、ハンメルフェストの埠頭へと赴いた。アンタ・ラウラの死体が発見されたことで、アネリーは新たな悪夢に放りこまれた。

エリックが死んで、アネリーの魂は悲嘆に暮れた。トナカイ競争ではお腹の子まで失いそうになった。あの時は人生を終わらせたかったなどと誰に言えるだろうか。昨日、医者からはほっとする診断結果をもらえた。エリックの子なのだから、そう簡単にはあきらめない。アンタ・ラウラが死んだことは驚きではなかったが、この状況全体に、そしてその残酷さに、またアネリーの気持ちが暗くなった。

しばらくしたら立ち直れると思うなんて、わたしはどれほど傲慢《ごうまん》なのだろう――アネリーは目の前のことに集中しようとした。仔トナカイたちのところに行かなければいけない。ようやく重い雪から解放されたヒメカンバが風に吹かれている。数カ月間そうやって押さえつけられてきたのだ。雪が解け、ツンドラがまた語り始めた。それでも緑に色づくまであと一カ月はかかる。今はまだ立ち上がる力もないが、あと一カ月で自然が本来の姿を取り戻し、太陽に身を

さらすのだ。その時期には一日がいちばん長くなり、一年でもっとも神秘的な季節が訪れる。自然は人間の気づかないところで復活する準備をしていて、時がくれば一瞬のうちに、自然とは不変で、抗《あらが》えない存在だということを証明する。しかしアンタ・ラウラはもう二度とそれを目にすることはないのだ。

ここ数年、アネリーはあの病気の老人と長い時間を過ごした。人々が言うように、確かに知能は衰えていたかもしれない。それでもアンタ・ラウラはときどきアネリーに自分の夢や自分に見えていることを語った。彼の魂は哀愁の中で彷徨を続け、そんな瞬間には顔が輝いていた。アネリーは彼の言葉に耳を傾けた。その言葉にアネリーの心は満たされた。最近もアンタ・ラウラは自分の子供時代の聖なる岩のことを語ってくれたところだった。魔法のような永遠の場所、サーミ人の知識と人間の希望が存在する場所。アネリーは目を閉じた。

わたしの聖なる神に捧げ物を。受け取ってくれてもくれなくても、あなたは永遠にわたしの神です。

アネリーは目を開けた。穏やかな光が宿っていた。葬儀のあと、まずは数カ月前にエリックと一緒に住み始めたばかりだった家に戻った。芸術家の老人が死んだと知って、エリックのアルバムを見返そうと思ったのだ。そこにある写真は、彼女自身の子供時代が思い出されるようなものばかりだった。懐かしい色合い、心地よさ、トナカイの周りに集まる人々。ヴィッダの奥地からやってきた親族との再会。小学校に上がったばかりのエリック。真面目な顔をした少年。目にかかるまっすぐでさらさらの前髪。先生の前で背筋を伸ばしている。スキーをはいたエリックは、ニット帽に眉が隠れている。写真の下に、隣の少年はニルス・ソルミだと書かれていた。二人はよく似ていた。ニット帽のせいかもしれない。あるいはいつでも臨戦態勢で、恐れることを知らない子供の態度が似て見せるのか。二人とも目を輝かせている。トナカイを囲いに集めたときの写真。ここでもエリックはまだ子供で、隣にいる少年ユヴァは遠慮がちな表情だ。ユヴァはいつもそうだった。ニルスとエリックの陰にいるような存在。ニルスとエリック。ニルスかエリック。今さらどうだって言うの。アネリーはお腹に片手を当てた。もう片方の手も。呼吸をする。わたしの聖なる神への捧げ物――。

アンタ・ラウラ、あなたは死ぬときにあの聖なる岩を選んだの？　なぜエリックの近くで死んだの？　エリックに何をもっていってくれたの？　きっと心の平安を、そうでしょう？　親愛なるアンタ・ラウラ……。

誰がトナカイのマークを受け継ぐのか。

時間は遅かったが、疲れてはいなかった。アネリーはさらにアルバムをめくった。後悔も感じた。アンタのために泣きたかったが、微笑んだ。エリックが狼湾の聖なる岩にいる写真もあった。アネリーはアルバムをつかむと、湾に向かった。そこへ向かう途中で急に、ハンメルフェストにも行こうと心を決めた。車を運転すると気分がましになった。道中、風が道脇の雪を巻き上げ、目の前で雪のベールが生き物のように揺らめいた。

ハンメルフェストに着くと、埠頭に車を向けた。小さなトロール漁船は海に出ているようで、アークティック・ダイビング号の姿もなかった。しかし目立たない二軒のパブはこんな遅い時間にも開いていた。サーミ人酒場のテラス席は空っぽだった。〈リヴィエラ・ネクスト〉のほうも鋭い光のランプの下で椅子は空だった。アネリーは長く感じられる数秒の間、どうしようかと決めかねて立ち尽くした。それから〈ボレス〉のドアを押すと、中には壁からテーブル、椅子からバーカウンターまで明るい色の木でできた大きな部屋が広がっている。ウエイターが挨拶を寄越した。奥の隅に老人が座っていて、ビールを前にぶつぶつ独り言を言っている。その唇が動いている以外は、彼もまた木でできているように見えた。アネリーは中に入らずにドアを閉めると、今度は〈リヴィエラ・ネクスト〉のドアを押し、ここには一度も来たことがないことに気づいた。数人の男や若い女がテーブルに座っている。壁のパステルブルーが椅子やテーブルのステンレスの冷たさを和らげているが、部屋に漂う攻撃的な雰囲気は消せていなかった。目の前で、客の一人がアネリーからは背中しか見えていない男に合図を送った。男が振り返ると、アネリーが願ったとおりそれはニルス・ソルミだった。隣に座る若い女は不機嫌そうだ。アネリーをじっと見つめたが、表情は変わらなかった。

アネリーはくるぶしまであるロイヤルブルーのワンピースの皺《しわ》を伸ばし、ニルス・ソルミに近寄った。

「エリックはあなたに対して偏見はもっていなかった。それだけは伝えておいたほうがいいと思って」

ニルスは無言のままアネリーを見つめ返した。かなり飲んでいるようだ。隣の若い女も同様だった。アネリーはニルスの向かいに座る男を見つめた。ニルスを見守っているような様子だ。

アネリーはゆっくりとテーブルにアルバムをおいた。わざと開かずに、ニルスの反応をうかがう。自分の考えが彼に伝わるように。頭にアルコールの霧がかかっていても、ニルスはそのアルバムに彼自身の物語も含まれていることに気づいていいはずだ。しかしなんの反応もない。アネリーは一ページ目を開いた。わたしはいったい何をしたいのだろう——二人の少年に付き合いがあったのはもうずっと前の話だ。

「あなたがハンメルフェストの高台の土地をほしがっているのは知っている」アネリーは口を開いた。「エリックのトナカイが使っている土地を。その前には彼の父親が、そして祖父が」

「だから何？」スウェーデン語訛りのある女が言った。

「エレノール、黙ってろ」ニルスが吐き捨てた。

「あなたには知る権利があると思って」

「そうか、じゃあ今知ったよ。それで何かが変わるとでも？　お前らはもうこの島に用はないはずだ。エリックはそれを理解すべきだった」

「この写真をどうすればいいかと思って」

「そんなことなぜおれに？　罪の意識を感じさせたいのか？」

「この女、追い払ってよ」スウェーデン女が要求した。

「お前は口を挟むな」

アネリーは何事もなかったかのように、さらにアルバムをめくった。自分が何をしたいのかもわからないまま。わたしはニルスに何を期待しているのだろうか。

「子供の頃、写真にたくさん一緒に写っている。仲がよかったんでしょうね。でもそんなことどうでもいいのかも」

「ああ、どうでもいいさ。今お前が言ったようにな」

「それでもこの写真を渡したかった。これはエリックが初めて自分で撮った写真。そう書かれている。ニルス、あなたはほんの子供だった。だけど巨大なダイビングマスクを誇らしげに抱えている。この写真はあなたがもっていて」

ニルス・ソルミはアネリーが差し出した小さな写真を乱暴にもぎとった。写真を見たスウェーデン女は大笑いした。

「あんた、馬鹿みたい。まったくもう。でも可愛すぎる！」

ニルスの向かいに座る友人もあきれたように頭を振ったが、彼の瞳はスウェーデン女とはまったくちがう感情を宿していた。アネリーにも一瞬微笑みかけ、同情を示した。ニルスは黙ったままだ。そしてぎこちなく立ち上がった。テーブルにつかまる。写真を見せたのは間違いだったのだろうか――アネリーは自問した。

「エリックとおれは別の道を選んだ。だからといっておれの価値が下がるわけじゃない。だがお前らは、お前らトナカイ所有者どもは、ずいぶん偉そうな。自分たちのほうがよっぽど立派だと思っているんだろう？　ダイバーになったおれは滑稽《こっけい》なのか？　昔も今も」

アネリーはがっかりして首を横に振った。誤解されてしまったようだ。だけど他に何を期待していたの？　アネリーはアルバムを閉じると、一歩下がった。

「なぜあなたに写真を見せたかったのか、自分でもわからない。なぜあなたなのか。ニルス、あなたを傷つけるつもりはなかった。ただ、エリックの世界を理解したかったの。あなたが望もうと望むまいと、あなたはその一部だったんだから」

アネリーは左手をお腹に当て、もう一方の手でアルバムをつかんだ。

「お腹にエリックの子供がいるの。でも彼は自分が父親になることを知らずに死んだ。教えていなかったことをすごく後悔している」

訳者紹介　1975年兵庫県生まれ。神戸女学院大学文学部英文科卒。スウェーデン在住。訳書にペーション『許されざる者』、ネッセル『殺人者の手記』、ハンセン『スマホ脳』、ヤンソン『メッセージ　トーベ・ヤンソン自選短篇集』など、また著書に『スウェーデンの保育園に待機児童はいない』がある。

白夜に沈む死　上

2023年1月20日　初版

著　者　オリヴィエ・トリュック

訳　者　久《く》　山《やま》　葉《よう》　子《こ》

発行所　(株)東京創元社
代表者　渋谷健太郎

162-0814/東京都新宿区新小川町1-5
電　話　03・3268・8231-営業部
03・3268・8204-編集部
URL　http://www.tsogen.co.jp
DTP　工友会印刷
暁印刷・本間製本

ISBN978-4-488-22705-0　C0197

創元推理文庫

フランスミステリ批評家賞、813協会賞など、23賞受賞!

LE DERNIER LAPON◆Olivier Truc

影のない四十日間

上下

オリヴィエ・トリュック 久山葉子 訳

◆

クレメットとニーナは、北欧三カ国にまたがり活動する特殊警察所属の警察官コンビ。二人が配置されたノルウェーの町で、トナカイ所有者が殺された。クレメットたちが、隣人からの苦情を受けて彼を訪ねた直後のことだった。トナカイの放牧を巡るトラブルが事件の原因なのか?　CWAインターナショナル・ダガー賞最終候補作で、ミステリ批評家賞など、23の賞を受賞した傑作ミステリ。